COLLECTION FOLIO

Armand Salacrou
de l'Académie Goncourt

Dans la salle des pas perdus

II
Les Amours

Gallimard

ISBN 2-07-037349-5

Né à Rouen en 1899, Armand Salacrou passe toute son enfance et son adolescence au Havre, où il arrive en 1902.

Au lycée, il a pour condisciples Jean Dubuffet et Georges Limbour.

Ses études de piano et de composition musicale auprès de Léon Dufy lui permettent de connaître le frère de celui-ci, le peintre Raoul Dufy, qui forme son goût pour la peinture.

Salacrou, après son baccalauréat, part pour Paris sous prétexte de commencer sa médecine.

De son passage dans les hôpitaux, bien que bref, il gardera une impression ineffaçable. Il entreprend une licence de philosophie et une licence en droit, tout en faisant des reportages pour *L'Humanité* et *L'Internationale.*

En 1922, il se marie. Il se lie avec les peintres Masson, Juan Gris, Miró, les écrivains Michel Leiris, Tristan Tzara, Antonin Artaud, Max Jacob. Kahnweiler publie sa première pièce, d'inspiration surréaliste, *Le Casseur d'assiettes.* Il termine sa licence de philosophie et sa licence en droit et écrit plusieurs pièces, dont *Tour à terre* (1925) et *Le Pont de l'Europe* (1927). Dullin monte *Patchouli* (1930) et *Atlas Hôtel* (1931) avec un grand succès.

En mai 1929, Salacrou fait des débuts éclatants dans la publicité grâce à une innovation dont il est l'auteur : il intercale de faux faits divers publicitaires dans les pages rédactionnelles des journaux. Plus tard il associe Robert Desnos et Charles Trenet pour la publicité radiophonique, dans de courts poèmes mis en musique. Homme de théâtre avant tout, Salacrou atteint la maîtrise avec quatre pièces capitales : *Une femme libre, L'Inconnue d'Arras, Un homme comme les autres* et *La Terre est ronde.*

A la veille de la guerre, il écrit *Histoire de rire,* qui sera porté au cinéma par Marcel L'Herbier. Armand Salacrou participe à la Résistance. A la Libération, on crée *La Marguerite* et *Les Fiancés du Havre.* Puis viennent *Les Nuits de la colère* et *L'Archipel Lenoir.* Armand Salacrou est élu en 1949 à l'Académie Goncourt. Depuis, son œuvre dramatique s'est enrichie de plusieurs pièces, notamment de *Boulevard Durand,* inspirée par l'histoire vraie d'un syndicaliste du Havre.

Ses Mémoires, intitulés *Dans la salle des pas perdus,* comportent deux volumes : *C'était écrit* et *Les Amours.*

EN GUISE DE PRÉFACE

Après la lecture du premier volume de ces notes recopiées, Jacques Lemarchand m'adressa la lettre suivante :

Paris, 25 octobre 1973

Mon cher ami,

J'ai relu — et lu, — ce premier volume, dont vous aviez bien voulu me confier des chapitres. Cette lecture confirme et amplifie mes premières impressions. Je le dis dans ma note de lecture : c'est un livre pathétique. J'ai été plus sensible encore, lors de cette lecture en bloc, à ce qu'il y a dans ces pages d'inquiétude et d'appel. Ressusciter, pour des lecteurs qui savent « la suite », cette inquiétude de l'adolescence et de la jeunesse peut passer, sur le plan littéraire, pour une réussite. Pour moi c'est, aussi, autre chose : la marque même du vrai *dans cette évocation de souvenirs, et d'un vrai que celui qui écrit n'a jamais perdu de vue, a demandé à ceux qu'il a connus ou simplement croisés, — et au nom de quoi il les a choisis ou rejetés.*

Je n'ai pas besoin de vous dire combien est importante et précieuse la présence constante de la personne de Lucienne. Elle est sans doute — même quand l'auteur ne semble pas le savoir, — la pierre de touche de ce « vrai » qui peut seul non le satisfaire pleinement, mais l'apaiser.

Et rien de tout cela n'empêchera des lecteurs de trouver ce livre drôle, ce qu'il est, méchant, ce qu'il n'est pas ; remarquable en tout cas.

Je ne vous ai signalé qu'une erreur — page 71, je crois, du dernier chapitre. Le secrétaire de Dullin s'appelait non Darrasse, mais Charles Charras — que je connais bien.

Dites je vous prie ma très respectueuse amitié à Lucienne,

et croyez-moi votre ami

Jacques Lemarchand.

CHAPITRE PREMIER

La fête de Noël

Cette trop vaste Villa Maritime que j'essayai d'apprivoiser pendant les terribles défaillances de Lucienne, voilà déjà trois ans, — maintenant je l'habite et ce soir, 28 décembre, avec mes soixante-quatorze ans, je regarde encore, entre les deux fenêtres qui s'ouvrent sur la mer noire et froide, le plan en relief des glaciers de la Maladetta devant lesquels je suis retourné m'asseoir l'été dernier, le 9 août, dans l'ouverture du Port de Venasque à plus de 2 600 mètres, après une rude grimpée de quatre heures, heureux de saluer avec cette vaillance physique la nouvelle année qui passait dans ma vie.

Lucienne, avalant chaque nuit des drogues diverses pour calmer ses atroces maux de tête, attendit d'abord mon retour dans la grande maison vide, puis aussitôt elle attendit, avec quelle impatience ! les fêtes de la fin d'année où toute la famille se réunirait autour d'elle.

Comptant les jours, affolée quand elle se sentait plus fatiguée que la veille ; reprenant espoir si, le lendemain, la fatigue s'atténuait.

Enfin, ce fut Noël avec la maison pleine de jeunesse. Pendant trois jours, quatorze personnes à table. Un bonheur tendre dont elle s'imprégnait pour qu'il l'accompagne durant l'année qu'elle aurait encore à vivre. Avant l'arrivée des enfants, les derniers jours, afin de tromper son attente, dans des bouffées très courtes d'allégresse, Lucienne incrusta dans toutes les ferrures extérieures des portes et à l'intérieur, dans tous les recoins de la maison, des rameaux de houx à boules rouges. Elle enfila des fleurs dans tous les vases, sur tous les meubles, et fit installer, dans la grande entrée, un haut et fort sapin, avec autour de toutes les branches des colliers de lumière électrique dont les couleurs changeaient, puis s'éteignaient et se rallumaient grâce à une mystérieuse petite boîte noire offerte par la science d'aujourd'hui aux sorciers d'autrefois.

Lucienne ne pouvant plus souffrir ni valet de chambre ni cuisinière depuis qu'elle reste vingt-cinq jours sur trente au fond de son lit, aidée de sa sœur et de la femme du concierge elle fit poser, sur la table agrandie de ses rallonges, la plus belle nappe brodée, le plus beau service de porcelaine dorée et l'étincelante verrerie ramenée autrefois de Prague, en guise de droits d'auteur.

Alors, la Fête commença.

Comme dans une comédie vénitienne, apparut d'abord le défilé des marchands pêcheurs amenant d'immenses plateaux de fruits de mer, avec des langoustines rouges couchées sur les huîtres vertes et les crabes dorés, suivis de cuisiniers présentant sur les plats d'argent de mes parents des dindes déjà découpées entourées de leurs marrons, enfin deux petits pâtissiers apportèrent des pâtés, des glaces et des tartes. Le champagne doré pétillait avec la fraîcheur de la cave et Lucienne fit allumer les bougies étroites et longues comme des crayons qui se dressaient le long de la table, entre les verres miroitants. Le bonheur soutenait son désir de vivre, encore une journée, comme une femme bien portante. En face de moi, à l'autre bout de la table, elle triomphait, mais à la manière de la chèvre de M. Seguin, dans le crépuscule de l'aube. Le cœur serré, je sentais sa joie déchirée :

était-ce pour la dernière fois qu'elle les tenait tous autour d'elle dans le bonheur d'une fête qui nous réunissait, non pas pour un réveillon de minuit impossible, mais pour un déjeuner frémissant dans lequel elle s'attardait et qu'elle eût voulu sans fin.

La veille, les petits et les grands étaient allés se coucher très tôt dans toutes les pièces de la bâtisse. Alors, seuls, Lucienne et moi, nous accrochâmes aux branches du sapin les cadeaux, les paquets, les enveloppes et les surprises.

Puis Lucienne s'allongea sur son lit devant la mer disparue dans la nuit et je me couchai au fond de l'immense pièce qui donne à la fois sur sa chambre, et à gauche sur la serre pleine de mimosas en fleur, et à droite sur l'entrée où l'arbre de Noël, avec l'inquiétante obstination de certaines mécaniques, continuait d'allumer, d'éteindre et de rallumer toutes ses lumières devenues inutiles dans le silence de la maison endormie.

Tout à coup, je fus réveillé par des cris, des hurlements, des rires, des piétinements joyeux. Déjà le commencement de la nouvelle journée ? Mais je me sentais encore las. Je n'eus pas envie de me mêler à cette explosion de bonheur. Qu'ils soient heureux loin de moi, sans moi. Vieux chef solitaire qui se réjouit d'avoir conduit tous les siens à la fête, apaisé, j'essaierai de dormir encore un peu.

Le matin, vers neuf heures, Lucienne entra dans ma chambre :

« Avez-vous entendu le vacarme à minuit ?

— A minuit ?

— Non ? Il est vrai que c'est l'heure de votre profond sommeil...

— Qui les a réveillés à minuit ?

— Je n'en sais rien, mais ils étaient tous là et la joie de tous ces êtres auxquels je suis tant attachée fut une fête éclatante... venez voir... »

Autour du sapin qui continuait sa farandole de couleurs changeantes, c'était le Forum après le passage des Normands, les restes d'une joie barbare, un amoncellement de boîtes brisées, de papiers griffés, d'enveloppes déchirées, de paquets le ventre ouvert, une explosion maintenant figée sur les décombres.

« J'ai été heureuse au-delà de mes espoirs... »

*

Avant cette fête de Noël, ma décision était prise, en accord avec Jacques Lemarchand et Raymond Queneau, de publier trois mois plus tard, en mars 74, le premier volume de mes notes ***Dans la salle des pas perdus,*** ces salles d'attente des gares sans destination et des tribunaux aux juges inconnus. Ensuite, pour le deuxième volume, je n'aurais plus qu'à recopier mes cahiers de 1934 à 1939 pour rattraper le début de la guerre amorcé dans le tome premier.

Mais la lecture et la relecture de ces notes m'accablèrent. Bien sûr, tout était là : le triomphe des affaires, les succès de théâtre, les belles dames du monde et de Paris, mes lassitudes au fond de ce brouhaha que Lucienne détestait — mais était là, aussi, l'histoire de cette histoire qui n'est pas une histoire d'amour, mais une histoire encore plus hésitante et dérisoire que celles que nous ont contées tous les Benjamin Constant des journaux intimes.

Je m'en croyais délivré et les pages écrites au jour le jour m'ont sauté à la gorge avec une telle violence que ma souffrance d'autrefois m'a, à nouveau, enflammé — et son absurdité ricanante m'a désespéré. Comment un homme, qui pendant un temps eut tous les pouvoirs que donnent l'argent, la célébrité et le dédain des réussites, peut-il s'empêtrer dans une aventure sans issue raisonnable, sans signification même, s'obstinant à suivre une femme qu'il méprisait, tout en retenant près de lui, abattue par l'inquiétude et le chagrin, une femme qu'il admirait ? Je fus délivré de cette tornade, inhumaine comme tous les cataclysmes, juste avant la guerre, grâce à l'amour inébranlable de Lucienne.

Mais en suis-je délivré ? Ne suis-je pas encore englué dans tous ces souvenirs que je croyais endormis avec leur nature de souvenirs et qui viennent de me sauter au visage, comme des vipères toujours vivantes, entre les pages de mes cahiers ?

Obsession qui m'a mené au cœur de la sottise d'un homme attrapé par une idée fixe, une idée fixe aussi idiote qu'un entêtement qui vous entraîne à répéter : « Je veux que deux et deux fassent cinq », surtout lorsque la muse qui vous regarde est une jeune femme d'une grande beauté, ne s'intéressant pas du tout aux mathématiques, et toute prête à accepter, pour avoir la paix, que deux et deux fassent trois, et même quatre si vous le désirez.

Aurai-je la force, aujourd'hui, de raconter cette extravagance pour une femme un peu bête, mais si belle, et qui n'en demandait pas tant ? Elle aimait le calme, la douceur et la gentillesse. Je voulais du feu.

En relisant ces pages qui emplissent deux gros cahiers, j'ai eu pitié de moi. Aurai-je le courage de les recopier, — et même le temps, car le temps m'est désormais mesuré et je veux arriver vite à la guerre, à l'Occupation, à la Libération, trois moments où il fut exaltant d'être un homme, dans une fraternité inattendue qui dissipait l'angoisse de vivre.

Je lisais et relisais ces deux gros cahiers où les allers et retours et mes chutes ont été enfermés au temps où Camille fêtait ses dix ans, où Laurence venait de naître, et c'est la tête encombrée du beau visage de Line et de mon désespoir d'autrefois que je regardais maintenant toute la famille réunie devant les bûches de Noël couvertes de chocolat.

Camille, entourée de ses trois enfants, avec le souvenir de son mari, docteur en pharmacie, mort tragiquement, à trente-neuf ans, allant en voiture, avec sa famille, à Luchon pour escalader, lui aussi, par-dessus les glaciers, les rochers de la Maladetta. Mort en dix minutes, sur les bords d'une route de Touraine, d'un infarctus, se tordant de souffrance dans l'herbe du fossé, devant les trois gosses immobiles et terrifiés. « Mes pauvres enfants... », put dire le père à la dernière seconde de sa vie. Le dernier-né, François, alors âgé de cinq ans, regardait, sans bien comprendre, mourir son père qui avait les mains sales, ayant tripoté le moteur quelques instants auparavant.

Pendant des années, François refusa de se laver les mains, et c'est la violence de ses colères quand on exigeait qu'il eût les mains propres à table qui me mit sur la piste de ce complexe affectif. Il refusait aussi de visiter les églises, car de la fenêtre d'une maison où il devait attendre la fin de l'enterrement, il avait vu disparaître le corps de son père dans l'une d'entre elles sur la place de l'Église de ce petit village dont nous répétions le nom avec effroi : ce village de hasard, décor de ce drame, s'appelle *Sainte-Maure*.

Aujourd'hui, autour de la table joyeuse, c'est un grand garçon d'un mètre quatre-vingts, qui vient de passer son bachot et étudie je ne sais quelle science dans une de ces universités où l'étudiant du Quartier latin de 1917 se perd un peu.

Son frère aîné sort avec le diplôme de Sciences Po, après avoir épousé une charmante jeune fille qui prépare je ne sais quelle maîtrise d'études économiques. Leur sœur, rescapée d'une toxicose à l'âge de dix mois, prépare une licence de psychologie et semble croire que la psychologie est une science exacte. Elle a épousé un étudiant en médecine qui, en quatrième année, a lu plus de livres qu'il n'a vu de malades :

« Nous sommes trop nombreux dans un hôpital trop petit. »

La mort du mari de Camille m'ôta d'un coup la joie d'être grand-père. Je devais renoncer aux indulgences et aux blagues enfantines. J'étais devenu le père de mes petits-enfants.

Autour de la table, en face de Camille, sa sœur Laurence, de qui je fus si proche dans sa prime jeunesse, a passé une licence d'anglais et le diplôme de russe aux « Langues O ». « Mais les " Langues O ", c'est Berlitz School », me dit-elle ; alors elle passa en Sorbonne une licence d'enseignement du russe. Maintenant, elle étudie le slavon et, au C.N.R.S., elle prépare une thèse de doctorat sur les crises mystiques au Moyen Age en Sibérie. Mais surtout, elle écrit de ravissants contes d'enfants. Elle les écrit pour ses enfants, n'aimant pas toujours ceux qu'on offre dans les librairies. Son mari enseigne les mathématiques modernes à des étudiants dans je ne sais quel cagibi niché sous les toits de la Sorbonne. Leurs deux enfants, qui liquident en ce moment les plats de gâteaux qui traînent encore sur la table, sont les derniers-nés de la famille : l'un, grand costaud tendre, est en quatrième et l'autre, une charmante rousse, certainement la plus équilibrée et la plus courageuse devant la vie de toute la famille, saute les classes comme on joue à saute-mouton, tout en raflant les premières places. « J'ai quand même des difficultés, me dit-elle, surtout avec les patins à glace et ma guitare. »

Ce remue-ménage joyeux éclipsa pendant trois jours notre solitude inquiète et le quatrième jour, au fil des heures, les uns après les autres, tous s'en allèrent.

Restés seuls, Lucienne me parla de mon travail, qui fut aussi une des grandes aventures de sa vie. Ce soir, dans son désarroi, elle essayait de s'y raccrocher. Je lui dis mon désir de ne pas suivre l'ordre chronologique de mes notes et de garder l'« histoire de Line » pour plus tard.

« Elle n'était pas méchante, mais comme j'ai souffert ! Elle aussi vous avez dû la faire souffrir. Un peu, car je ne crois pas qu'elle fût douée ni pour la souffrance, ni pour l'amour. Elle vous aura aimé selon ses moyens. En ce moment, je me souviens encore du jour où je l'ai rencontrée par hasard, sans qu'elle me vît. C'était sur le chemin du logis que je vous avais loué pour que, loin de moi, vous puissiez " travailler " tranquille. Naturellement, elle allait vous retrouver, et je fus indignée par son calme. Elle marchait sans souci comme si elle allait à un rendez-vous de coiffeur. Moi, allant vous retrouver, j'aurais couru, couru, et mes talons n'auraient pas touché terre, et je serais tombée dans vos bras hors d'haleine... Oui, j'ai beaucoup souffert ; certaines heures furent intolérables, mais avant tout, je devais essayer de vous sauver.

— Et tu as gagné ! Ce soir, dans le silence de la fête terminée, ne sommes-nous pas encore vieux et jeunes à la fois, l'un près de l'autre ?

— Mes plus belles années disparues... Sans votre acharnement à vous perdre, comme nous aurions pu être heureux durant ces quatre années de réussites exceptionnelles où tout obéissait à vos désirs, les événements et les gens. Même ceux qui ne vous aimaient pas désiraient faire semblant d'être de vos amis... Pendant votre folie, tous les hommes m'entouraient avec une espérance que je ne voulais pas voir. Pour vous laisser libre à Paris, j'ai été me réfugier dans la solitude de Courval, notre chaumière perdue au milieu de la prairie, au-dessus des falaises de la Seine. Tous les soirs, pour ne pas m'écrouler, dînant seule, je m'habillais avec mes plus belles robes de Lanvin, je me faisais servir avec cérémonie. Ensuite je vous écrivais et j'allais enfin pleurer dans mon lit.

— N'est-ce pas cette folie qui nous aura permis de continuer notre aventure, et d'être, ce soir, toujours l'un près de l'autre ? Au jour le jour, on ne comprend pas grand-chose. C'est dans la perspective d'une vie qui s'achève, dont le passé est immobilisé, que les événements qui apparurent incohérents au moment du passage, prennent leur véritable signification, — telles ces photos aériennes qui dévoilent des paysages invisibles au ras du sol.

— Encore maintenant, à plus de soixante-dix ans, des révoltes me bouleversent comme des accès de fièvre quand m'envahit le souvenir de ce gâchis encore aussi vivant que la journée d'aujourd'hui. Je ne crois pas que j'étais jalouse. J'étais atterrée par votre désir de vous perdre.

— Les catastrophes réunissent les êtres plus étroitement que certaines douceurs de vivre. C'est peut-être cette folie de ma jeunesse qui nous a soudés l'un à l'autre.

— Non, c'est mon amour pour vous. Dès la première année de notre mariage, vous m'appeliez " ma bernique[1] ", du nom de cet étrange petit mollusque qui se colle sur un rocher, dont on ne peut le détacher qu'en le tuant.

— Tu sais que je me sens moins perdu dans ce qu'on appelle avec insouciance l' " inexplicable " que dans la " clarté cartésienne " comme disent les gens qui n'ont jamais lu Descartes. Eh bien, rappelle-toi mon extravagante aventure de Gibraltar ! »

Puisque j'étais normand, je me voulus marin et, en 1933, j'achetai un voilier de dix mètres à la flottaison, qui s'était paraît-il distingué dans l' « Aventure du Rhum » au temps de la prohibition américaine. Je le baptisai du nom d'un quartier du Havre, le *Frileuse ;*

1. Je sais maintenant que cet animal s'appelle « bernicle ». Mais pour nous, il s'appellera toujours « bernique ».

et un matin, le ***Frileuse*** sortit du port du Havre pour rejoindre Marseille par Gibraltar. A la sortie du golfe de Gascogne, bien agité, après une relâche à Lisbonne, nous saluâmes avec une tristesse patriotique le paysage de Trafalgar — et nous mouillâmes, enfin délivrés de la houle, dans une mer bleue et calme en face de Gibraltar. Lucienne plongeait du bateau dans l'eau profonde, j'essayais de l'imiter, mais la profondeur de la mer me paralysait. Moi, le futur montagnard, j'avais le vertige. Des contrebandiers venaient en barque nous vendre des cigares et nous offrir des dentelles.

Un matin, Lucienne, alla aux provisions à Gibraltar, pendant que je dormais à bord, et Pierre, notre matelot, revint avec le youyou. Réveillé, je me fis conduire à mon tour au quai. J'avais étudié le plan de la ville, et arrivé dans une grande rue, j'interpelle un passant : « Est-ce bien la Main Street ? — No Señor, la Calle Reale. » J'allais méditer sur la permanence espagnole dans la citadelle impériale quand j'aperçus au loin une fille ravissante. Était-elle anglaise ou andalouse ? Je laissai sur place mon nationaliste revendicateur, et essayai de rattraper la lointaine passante. Je la suivais sans trop me montrer. Enfin, elle entra dans une boutique. C'était une charcuterie. J'entrai aussi. J'achèterais un saucisson pour le ravitaillement du *Frileuse,* voilà tout. Alors, la ravissante personne se retourna en éclatant de rire ! C'était Lucienne !

« J'avais remarqué votre manège depuis l'entrée de la Calle Reale ; et je sais que vous ne reconnaissez jamais personne, mais à ce point ! » Les clients de la charcuterie et la charcutière espagnole auraient bien voulu comprendre. Lucienne riait toujours et je n'avais pas l'air très malin.

« N'y a-t-il pas des apparences d'infidélité qui montrent une profonde fidélité... Et ce soir, puisque nous parlons de cette aventure comique dans le silence de la fête terminée, serais-tu jalouse si tu renaissais à l'âge de vingt ans et que je me jette à tes pieds avec mes vieilles jambes ? Et pourquoi n'aimerais-je pas aujourd'hui une fille de vingt ans qui te ressemblerait, qui serait à son tour celle que tu as été ?

— Mais elle ne vous aimerait pas ! A moins que ce ne soit vraiment moi, et moi ayant déjà vécu toute ma vie près de vous. Certes, le temps n'existe pas. Ce que d'autres appellent " notre âme " et que j'appelle " nos souvenirs ", notre vie vécue, permet toutes les promenades à travers le passé, comme nos espérances permettaient toutes les échappées vers notre futur, aujourd'hui si rétréci. En zigzaguant l'un après l'autre dans nos cinquante années d'amour, je suis, encore à certaines heures, une jeune fille de vingt ans. Mais comment imaginer une vie étrangère se mêlant tout à coup à notre vie, aujourd'hui, maintenant que tout est joué pour moi et pour vous. Nous n'avons plus qu'à attendre, dans le calme et l'étonnement, la fin de l'aventure qui nous a réunis.

— Non, je ne veux pas. Les jeunes garçons qui emmènent avec eux une fille pour leurs vacances appellent quelquefois ces filles une " fille pour l'été " — je ne veux pas que notre maison devienne une " maison pour la mort ".

— Je ne cherche pas à comprendre et j'aurai vécu sans trouble parce qu'une évidence m'a aveuglée : ma vie n'avait de sens que par vous, près de vous. Et il vous eût été aussi impossible de vivre sans moi. Que notre existence n'ait pas de signification éternelle m'est indifférent. Notre amour n'existait pas avant nous ; il n'existera pas après. Mon éternité, c'est notre vie. Dans cette maison pour la mort, elle s'achève avec le miracle que j'ai attendu depuis notre première rencontre : elle s'achève l'un près de l'autre. Mon amour n'a pas besoin d'explications.

— Les choses inexplicables ont accompagné toute ma vie, dansant autour de moi, m'affolant et moi cherchant dans leurs mystères des clartés inattendues. Mais Descartes nous l'a dit : " Il est des choses *incompréhensibles* de par leur nature. " Rappelle-toi notre visite du palais d'Hadrien, à Carthage... Le guide nous mena d'abord dans un champ rempli de petites urnes qui avaient contenu les cendres des enfants mâles premiers-nés de familles patriciennes, et brûlés vifs pour honorer le dieu Moloch. Puis Scipion l'Africain détruisit la ville, brûlant tout le monde, vieillards et nouveau-nés. Sur les décombres, il construisit un cirque aussi vaste que le Colisée de Rome, aussi vaste que nos stades d'aujourd'hui où 80 000 spectateurs viennent trembler devant un match de football, — mais alors, on se réunissait pour assister aux repas des lions auxquels on offrait à croquer de jeunes chrétiennes. Puis, à leur tour, les Romains furent détruits et les Vandales rasèrent la ville. Les Arabes la reconstruisirent et, de siècle en siècle, s'entassèrent couche sur couche les cadavres des nouvelles civilisations. Ainsi, autour de la terre, du nord au sud, de l'est à l'ouest, les cadavres s'enfoncent sous les nouveaux vivants. Pascal s'effraie du silence éternel des espaces infinis. Un autre effroi me tourmente : le silence des morts. Dans le ciel, brillent des milliards d'étoiles muettes. Mais, pense aux milliards de cadavres disparus sous la terre : ces milliards d'anciens vivants qui ont vécu comme nous vivons et qui, sous la terre, se taisent pour toujours. Plus que le silence des étoiles qui nous sont étrangères, c'est le silence de tous ces morts, le silence de ces milliards d'anciens vivants qui m'épouvante. Si tous les morts de la Terre, depuis que la Terre est Terre, se dressaient tout à coup, ensemble, dans un hurlement ? Mais quel silence !

— J'aime ce silence, pour être seule avec vous. »

CHAPITRE II

Deauville

Au rez-de-chaussée de la maison où mes parents ne recueillaient plus, dans un broc, la nuit, le filet d'eau gratuit, vivait un jeune pharmacien sans clientèle. Il venait d'épouser une chanteuse de la troupe du Grand Théâtre, et il m'épatait un peu pour la seule raison qu'il était docteur en pharmacie, avec une médaille d'or de la faculté de Strasbourg.

« Mais que voulez-vous que j'en fasse, de ma thèse sur l'uvaria de Madagascar ? Rien du tout ! Elle ne m'aide pas dans la vente de tubes d'aspirine à des clients rares et indifférents. Je me console certains soirs en écoutant ma femme chanter des airs d'opérette dans notre cuisine.

— Uvaria de Madagascar ?

— Une plante indigène, un stimulant dont les Malgaches se servent comme les Indiens usaient de la coca et de la cola...

— Docteur, votre forture est faite. Mon slogan qui flotte en ce moment dans le vide : " le plus fort des fortifiants ", va s'accrocher à votre médaille d'or de Strasbourg et à cet uvaria de Madagascar ! Établissez-moi la formule du Vin de Frileuse ! Et vite ! je veux démarrer dans six mois ! »

Pour ce printemps et cet été 1934, Lucienne louait, au bord de la mer, entre Bénouville et Deauville, une villa au nom inquiétant : « La Rafale ». Elle s'y installa avec le valet de chambre et la cuisinière qui nous servaient depuis quelque temps à Paris. De mon côté, j'installai, au Havre, dans mon bureau, un jeune diplômé d'H.E.C. et j'organisai solidement mes services pour diriger d'aussi loin que possible cette affaire qui se développait comme une invasion de sauterelles.

Entre Deauville, Paris et Le Havre, la vie quotidienne me tiraillait. En dehors des bousculades avec l'agence Havas, c'était la ravissante Alice Cocéa, entourée de son mari et de ses amants, qui me retenait à Paris : fin septembre, elle devait jouer ma nouvelle pièce *Une femme libre*.

Déjà, depuis plus d'un an, un admirateur lui construisait un appartement sur le Bois, trois terrasses et toutes les pièces en marbre blanc, ce qui amuse Paris, car on sait que l'admirateur qui finance cette extravagance, est un certain M. Noël, vieux monsieur sans barbe, mais propriétaire de la maison qui concurrence la maison Borniol, des enterrements. D'où le marbre...

J'écoutai la première lecture, très joyeuse, de la *Femme libre*, avec Claude Dauphin et Jacques Dumesnil, dans cet appartement aux murs froids comme des pierres tombales.

Après la lecture qui nous gonfla d'espérances, et le départ des comédiens, Alice s'approche très près de moi qui sur son balcon regardais le ciel rouge, et me chuchote avec son délicieux accent : « Les couchers de soleil me rendent toujours sentimentale », et sa tête s'appuie sur mon épaule. Cette charmante actrice, hors la scène, dit faux. Pour m'en débarrasser, je lui réponds : « Moi, ils m'angoissent et je dois me réfugier très vite dans une solitude non partagée. »

Le lendemain, vers quatre heures, je vais au lycée Jules-Ferry où Camille termine, pensionnaire, le dernier trimestre. Elle arrive dans le parloir en larmes : elle m'avait aperçu d'une fenêtre et craignait que je ne la fasse pas demander. Pendant un quart d'heure ensemble, elle sur mes genoux, nous nous embrassons, scandalisant professeurs et parents qui passaient.

Le soir, je rencontre Steve. Marcel Achard à Hollywood « synchronise » des films américains et Steve ne quitte pas Juliette toujours indifférente. Par télégramme Marcel vient de lui demander de le rejoindre pour assister à une grande fête offerte à Charlot. Tout de suite, elle veut retenir sa cabine sur le premier bateau en partance. Steve, désemparé, la suit dans toutes les agences de voyages.

« Viens habiter avec nous à " La Rafale " »...

Mais il attendra jusqu'à la dernière minute le départ de Juliette pour débarquer à la maison, où il arrive sans bagages car son hôtel, à Paris, les lui retient jusqu'à ce qu'il paie sa note.

Le 19 mai, Camille doit venir en vacances par le train de 16 h 33. L'attente a toujours déréglé mon imagination. Je suis alors obsédé par des drames rêvés et des catastrophes irréelles et évidentes, dont la plus simple, aujourd'hui, est l'accident de chemin de fer, avec mort de Camille, suicide de Lucienne, — suivi du mien le jour de l'enterrement.

Sacha Guitry me dit l'an dernier : « Quand on est heureux un jour, le lendemain, il faut payer ! » D'abord c'est une réflexion de concierge. Ensuite, n'ai-je pas payé toujours tout ? au jour le jour, à chaque heure ?

Dans cette gare de Deauville, imitation sans âme de maisons normandes, après l'annonce d'un retard de dix minutes, puis de vingt minutes, le train arrive enfin — mais sans Camille.

Josette Gris qui doit l'accompagner n'a pas écrit — mais elle n'écrit jamais et déteste le téléphone.

Obstiné, je ne quitte pas le quai désert et j'apprends qu'un train arrive, avec des troisièmes, une demi-heure plus tard et j'imagine enfin une histoire raisonnable : celle de Michel Leiris et Zette, qui accompagnent Josette et Camille, prenant tous les quatre des billets de troisième.

Pour me soutenir, je bois deux Picon-citron, et Lucienne un thé. Fixant l'horloge de la gare, nous restons tous les deux sans dire un mot. Un flot de voyageurs apparaît. Il passe. Il se termine. Nous nous regardons tous les deux affolés. Et voici qu'on nous appelle, là-bas, avec des cris et des gestes. Ce sont eux qui sortent tranquillement par une porte latérale, très souriants, n'imaginant pas que je regardais fixement le corps de Camille déjà broyé parmi les wagons écrasés... Dans cet omnibus, Camille comprenant qu'ils avaient oublié de nous prévenir de l'heure d'arrivée leur dit : « Si les trains savaient que des mamans attendent à la gare, ils iraient plus vite. »

Le soir, dîner avec pour nous servir Alfred en gants blancs (il les avait « oubliés » et je l'ai prié assez sèchement de les mettre. Ses mains sont laides, avec des pouces d'étrangleur). Puis sortie avec Steve, ping-pong et billard russe. Maintenant il est deux heures du matin et je relis le plan de ma nouvelle pièce « L'Anneau de cheveux » (qui deviendra : *Un homme comme les autres*).

Deux jours plus tard, j'attrape un « tour de reins », résultat d'une culture physique trop brutale, sur la plage, lundi, en plein soleil.

Aujourd'hui, vent et pluie.

5 juillet.

J'entraîne Steve au Havre. Il découvre la ville et je la redécouvre. Une vraie ville. Nous allons aux phares, puis dans Frileuse, sur la place de la Liberté, enfin au Royal Bar, dans l'Ile, devant le quai. Un monde vivant qui n'a pas été créé par un décorateur, comme à Paris les boîtes de nuit, de notre ami Pol

Rab, mais par les escales des bateaux venant de toutes les mers du monde. En fin d'après-midi, un homme, dans l'avant-port, avait retourné sa barque, pour en ressortir à la nage, afin de démontrer la valeur de son invention qui devrait sauver la vie des marins en perdition.

8 août.

Nous attendons Alice Cocéa pour déjeuner. Elle vient de Paris avec son amant officiel, le fils d'un agent de change. Naturellement, ils arrivent en retard, mais tout de suite commence le numéro de charme : « Ah ! quel voyage ! je voulais partir à l'aube tant je désirais être près de vous tout de suite. Mais les embouteillages ! A Pacy-sur-Eure, j'ai cru que j'allais vous téléphoner pour changer le déjeuner en dîner. A Pont-Audemer, ce fut pire… ! » Camille qui a neuf ans se demande comment on peut devenir cette sorte de fée adorable dont le regard vous remercie d'être si totalement séduit. Elle ajoute des détails à l'histoire du voyage : « Ah ! ce matin la poussière de Paris et à midi devant la mer à grignoter des crevettes chaudes… »

Elle arrête pile son monologue et d'une voix étranglée, elle hurle : « Robert ! mon manteau de panthère ! Tu as oublié ce matin mon manteau de panthère à l'hôtel du Golf. » Robert abandonne les crevettes qui vont refroidir, pour téléphoner. Donc ils étaient depuis hier soir à Deauville.

Steve me dit, après le déjeuner : « As-tu remarqué, lorsqu'elle dit la vérité, ce qui ne lui arrive pas souvent, qu'elle cligne de l'œil ? Elle semble se surprendre en flagrant délit de vérité ! Elle introduit du vice dans la vérité, qu'elle dit comme un mensonge à l'envers. »

Quelques semaines plus tôt, dans la maison de

marbre de l'enterreur, seul un instant sur le balcon près de Robert, le fils de l'agent de change, pour dire quelque chose à ce garçon peut causant dont la mine de chat efflanqué à la suite d'un long jeûne est ravagée par des frémissements de terreur :

« Vous avez de la chance de vivre avec un être aussi précieux...

— Ne croyez pas cela ; c'est un malheur. Elle est cruelle. Trop cruelle ! Non ! elle n'est même pas cruelle, car la cruauté, c'est encore une façon de s'intéresser aux autres. Elle ne s'intéresse qu'à elle. Une égoïste totale. Et son égoïsme fait mourir les autres. Et je ne peux plus la quitter — le suicide de Victor Point nous a ligotés l'un à l'autre... »

Quelques jours avant, Alice, comtesse de La Rochefoucauld (son divorce n'était pas encore prononcé) m'avait confié : « J'avais bien aimé Stanislas, mais devenu ennuyeux, je n'avais qu'un désir à toutes les heures du jour et de la nuit : être loin de lui. Alors, après le dîner, chaque soir, de terribles maux de tête m'abrutissaient. Stanislas, très bien élevé, m'aidait à me coucher, puis partait pour son cercle après m'avoir souhaité la meilleure nuit possible. La porte fermée, je sautais hors de mon lit, je jetais par la fenêtre une robe, des chaussures et j'arrivais dans le jardin retrouver mon amant qui m'y attendait. Toi tu comprends la polygamie, alors pourquoi ne serais-je pas polyandre ? Trois hommes dans ma vie et je me sens presque heureuse.

— Celui qui s'en va, celui qui est là, et celui qui arrive ?...

— Décidément, tu es un organisateur. Moi, je suis une amoureuse et j'aime le mélange. C'est dans le mélange, les retrouvant tous à la fois, que je les aime le mieux. »

A la fin de l'année précédente, un très séduisant officier de marine s'était tué pour elle. Ce fut un énorme scandale. Et Steve, beaucoup plus parisien que moi, m'explique : « C'est à cause du suicide de Victor Point qu'Alice va jouer ta pièce, en septembre, au théâtre de l'Œuvre. En effet, les officiers de marine ont fait le serment d'interdire à Alice de reparaître sur une scène. Elle devait jouer en novembre sur les Boulevards une pièce de Verneuil. Devant le chahut certain, Alice a renoncé à cette création. Tandis que la pièce d'un auteur qu'ils ne connaissent pas, dans un théâtre sans clientèle, dont ils n'ont jamais entendu parler, et avant le début de la saison, les amis de Victor Point seront pris de court. Ils arriveront trop tard. Alice qui est, ne t'y trompe pas, très intelligente, a compris l'importance, pour elle, de cette " entrée de secours ". Les directeurs du théâtre de l'Œuvre aussi l'ont compris. Tu connais le contrat ? Alice, une des vedettes les plus payées sur les Boulevards, accepte de jouer à l'œil ! Pas un sou jusqu'à 50 % de la recette. Au-dessus de 50 %, chiffre que le théâtre de l'Œuvre n'a jamais atteint, la recette sera partagée. Attends-toi à une générale archidiscrète, sans aucune publicité pour ne pas ameuter les amis de Victor Point. »

Au moment du drame, Alice et Robert vivaient sur un petit voilier dans la baie de Saint-Tropez, Victor Point les rejoignit en youyou et se dressant à hauteur de la lice, devant eux, se tua d'un coup de revolver en plein cœur. Robert me raconta cette histoire en ajoutant : « Il avait fixé avec des épingles de nourrice à l'intérieur de son pull deux lettres, une d'Alice, une de moi où nous parlions de notre prochain mariage. Croyez-vous, quel manque d'éducation !... »

Robert me dit ces mots avec une conviction têtue. Il est vrai qu'il est, lui, si bien élevé, que sans la pathétique histoire d'Alice, il serait insupportable. Alice, elle, appelle l'histoire : « Mon malheur... » Le lendemain soir, je rentrai du casino avec elle et nous restons seuls dans la grande pièce devant la mer...

« Tout Paris a parlé de mon malheur, comme toujours sans en rien connaître et comme toujours les journalistes ont dit n'importe quoi. Victor, je l'ai adoré et lui m'a aimée à en mourir. D'ailleurs il en est mort. Fils naturel de qui tu sais, un des personnages les plus puissants de la République, son père, fier de ce garçon beau, intelligent, d'un charme fou, s'intéressait à sa carrière, à son bonheur aussi. Quand j'ai rencontré ce merveilleux lieutenant de vaisseau en uniforme... je ne veux pas te raconter Roméo et Juliette, mais pour la seule fois de ma vie, j'ai été frappée du coup de foudre. Et c'est Victor que j'allais retrouver dans le jardin, quand je sautais pieds nus par-dessus la fenêtre. Son père fut très heureux de la liaison de son fils avec une jolie comédienne célèbre. Mais la passion nous emportait. Stanislas demanda le divorce. Je ne serais plus comtesse, mais libre et Victor allait pouvoir m'épouser. Alors le père s'inquiéta. On raconta que nous prenions de la drogue — ce qui était un peu vrai — et Victor ne deviendrait jamais amiral s'il épousait une actrice... Le père décida de nous séparer. Il inventa une croisière automobile au bout du monde : la “ Croisière jaune ”. Il nomma Victor commandant d'une unité de cette croisière qui devait durer deux ans. “ Elle te mûrira, à ton retour la France sera fière de toi, et je te ferai décorer. ”

« Ainsi, Victor partit pour la Sibérie, et vers la Chine et encore plus loin, je ne sais où.

« Pendant des mois avec mon chagrin, je me suis roulée dans la drogue et la solitude. Mais je ne suis pas la princesse de Clèves, mes hurlements de douleur s'apaisèrent. Sans aucune nouvelle de lui, j'essayai d'endormir puis de distraire ma tristesse, et d'en sortir.

« Deux ans après le départ, il revint. La France le célébra. Et avec le ruban rouge sur l'uniforme de marin, il vint se jeter à mes pieds : “ Alice, Alice ! je n'ai pas pu t'oublier ! ” Dès son apparition, je l'ai à nouveau aimé comme une folle. Ma vanité m'empêcha d'avouer la vérité : " Tu es parti pour m'oublier. Tu n'as pas réussi. Tu as raté ton affaire ? Moi, je ne voulais pas t'oublier et j'ai aussi raté mon affaire. Je t'ai oublié, avec difficulté d'abord et soulagement ensuite. Stanislas a demandé le divorce, je vais épouser Robert. "

« Il revint supplier. Pour résister, je rappelai tous les souvenirs de ma souffrance lors de son abandon. Je savais bien qu'un jour je céderais. Mais j'étais si heureuse de le voir à son tour se tordre de souffrance. Mon amour pour lui se détendait dans sa détresse. A la fin de chaque rencontre, pour avoir le courage de dire encore " non " je me répétais : " La prochaine fois je me jetterai dans ses bras... "

« Le matin du drame, il vint du rivage en youyou près de notre bateau. Il monta à bord. Robert, près de moi, se taisait, très pâle. Et tout à coup il se jeta sur Victor qui venait de sortir un revolver. Il le désarma et jeta le revolver à la mer. Hélas, le revolver tomba dans le youyou. " Vous m'avez pris, monsieur, ce que j'avais de plus précieux au monde. " Pourquoi, devant Robert, ne me suis-je pas jetée à ses pieds ? Immobilisée par la terreur, je savais que le soir, je le rejoindrais à terre.

« Redescendu dans son youyou, il ramassa le revolver, et se dressant jusqu'à ma hauteur, me regardant avec un regard qui ne me regardait déjà plus, il se tira un coup de feu en pleine poitrine, à travers mes vieilles lettres d'amour. Il tomba à l'eau et disparut dans la mer. Je m'évanouis parmi les cordages. Que pouvais-je faire d'autre ? Robert plongea dans la grande tache de sang sur l'eau si calme et ramena le cadavre.

« Alors commença le long cortège des insultes. " D'avoir porté le deuil. " Mais si ma robe eût été verte, que n'eût-on pas dit ? " De n'avoir pas assisté à l'enterrement. " Mais les amis de Victor me l'avaient interdit. D'ailleurs je crois que j'y suis allée… Et je me suis enfuie avec Robert.

« Dis-moi, Armand, suis-je coupable ? Alors qu'on avait toujours ri de mes folies et que mes zigzags à travers les hommes avaient toujours amusé les autres, parce que j'avais été tant aimée et que j'avais tant aimé, je devins en une heure une réprouvée… »

Alice pleurait. Elle ne sanglotait pas. Des larmes coulaient. J'ai cru et je crois encore que c'étaient de vraies larmes.

Des journalistes, avec cet appétit du sensationnel qui les délivre de toute hésitation dans leurs interviews, demandèrent à Stanislas de La Rochefoucauld, l'ex-mari d'Alice, ce qu'il pensait du suicide de Victor Point. Il répondit calmement à leur insolence : « Moi, je ne me suis pas tué. »

*

A « La Rafale », Steve n'osait plus demander, après le passage du facteur, si une lettre l'attendait, une lettre d'Hollywood, une lettre de Juliette qui ne vint jamais. Souvent, pendant le repas, dans notre salle à manger devant la mer, Steve « s'absentait ». Il continuait à mastiquer sans avaler, regardant au loin, au-delà de la rade, où apparaîtrait un jour le gros navire qui reviendrait de New York. Après le repas, nous allions tous les deux faire un tour. Quelquefois il m'entraînait au casino. Dans le silence du « grand privé » où nous étions admis par faveur, Steve en tremblant assistait aux passes de jeux entre la « banque » et certains richissimes joueurs, tel le roi d'Égypte. En trois ou quatre minutes, des dizaines de millions changeaient de mains. Dans quel silence ! Steve qui, s'il avait eu de l'argent, aurait joué jusqu'à ce qu'il eût tout perdu, connaissait alors le bonheur d'un chrétien devant le pape célébrant la messe à

Saint-Pierre. A la sortie de ce sanctuaire, François André, l'extraordinaire animateur de Deauville, vint vers Steve qui allait écrire pour *Le Journal* un reportage sur le casino, et me salua. François André m'ahurit : il savait déjà tout sur moi (bien sûr, sinon m'eût-on autorisé à entrer dans le « grand privé » ?). Il appela son chef croupier : « Pour M. Salacrou, crédit illimité ! » Quel service m'a rendu, avec cette petite phrase, ce cher M. André ! M'asseoir à cette table verte, avec mon crédit illimité, c'était m'exposer à la quitter, laissant nos Laboratoires dans les cartes du casino ? Steve et moi, nous connaissions un ami joueur, docteur en médecine, riche par sa femme, qui, un matin, rentra chez lui après une dramatique partie de poker, ayant perdu tous les immeubles que possédait sa femme, et sa femme elle-même qu'il avait « jouée » à la dernière minute de la dernière partie. Nous n'avons jamais su si la femme avait payé cette dette de jeu. N'était-ce pas une dette d'honneur ? Un échec tourmentait François André : le désespoir de n'être pas décoré. Alors, on ne décorait pas ceux qui de près ou de loin appartenaient à la profession du jeu. Enfin son obstination l'emporta : très brillant ancien combattant et revenu de la guerre avec la médaille militaire, il obtint enfin sa Légion d'honneur à titre militaire. Ses reparties amusaient ses amis. Un célèbre acteur qui se ruinait au jeu lui télégraphia, un soir, de Cannes : « Envoie-moi 10 000 francs et je dirai à tout le monde ta générosité. Ton déjà reconnaissant Jules Berry. » François André répondit : « Je t'envoie 5 000 francs, mais ne le dis à personne. »

Malgré son habileté et sa prudence, il fut victime d'un maître chanteur qui devait fonder plus tard *Le Merle blanc* et *Paris-Soir,* Eugène Merle. Dans le bureau directorial du casino, il disait à André, déjà inquiet : « Comme tout le monde, je connais votre générosité, comme tout Paris, je sais que vous êtes un héros de la guerre et c'est pourquoi je viens vous demander votre aide. Pour l'œuvre des " gueules cassées ", vos malheureux frères d'armes défigurés, horribles à regarder, qui donnent des cauchemars et qu'on essaie de cacher... C'est indigne, moi je veux m'occuper d'eux, les montrer, les distraire. N'ont-ils pas droit eux aussi aux joies des soirées mondaines ? Et c'est pourquoi j'ai acheté l'hôtel qui est devant l'entrée de votre casino. Je vais en faire la maison d'été des " gueules cassées ". Ainsi pourront-ils venir se mêler à vos galas. Je cherche des commanditaires. Pour combien puis-je vous inscrire ?

— Comment avez-vous pu acheter cet hôtel, vous qui n'avez pas un sou !

— C'est exact, je n'ai pas un sou, mais j'ai négocié une promesse de vente, la voici.

— Combien en voulez-vous ? »

Et François André paya. Et acheta l'hôtel pour être tranquille à l'avenir.

Henri Jeanson qui disait souvent n'importe quoi et que la canaillerie de certains de ses amis ne gênait pas quand il pouvait en rire voulait qu'Eugène Merle fût un poète. Un poète ? mais sans aucun doute un inventeur de situations théâtrales.

*

En fin d'après-midi, sortant du casino avec Steve, j'aperçois deux jeunes filles admirant les robes de la vitrine d'Henry à la Pensée, une petite blonde un peu boulotte et son amie, une grande brune très maigre avec des yeux pathétiques où se mêlent la peur, la gentillesse, l'attente du bonheur et qui hurle : « Armand ! » Je la reconnais à son maquillage, une bouche barbouillée de rouge, ses yeux entourés d'un cadre noir qui touche le front et les joues, plâtrées de blanc, avec de très longs faux cils recourbés. (Plus tard, Cocteau l'appellera « Faux cils et marteau » ce qui est vrai si l'on ajoute « avec un cœur d'or ».) C'est Renée Veller ! Je l'ai connue pendant le tournage de *Monte-Cristo.* Elle vivait alors avec le neveu d'un des plus grands couturiers de Paris et, rêvant de cinéma, s'était laissé courtiser par Henri Fescourt, le metteur en scène. Explosive, mais très gentille et d'une maigreur telle qu'elle devait porter des bas rembourrés aux mollets pour donner un peu de vie à ses deux jambes en manche à balai, et d'une timidité imprévue chez cette agitée. Parmi les figurantes, Fescourt la plaçait toujours devant la caméra, et je me souviens d'un plan où elle devait avec les autres trépigner de joie, en levant le bras pour saluer l'arrivée d'un navire. Si timide qu'on ne parvint pas à lui faire lever le bras : elle n'osait pas ! (Et pourtant, dans la suite de sa vie, pour vivre, elle fit le clown, les soirs de générale, en portant des chapeaux si extravagants que certaines femmes du monde, avec la lâcheté des grues bien protégées, lui éclataient de rire au nez. Elle passait, indifférente, sans regarder, sans écouter, enfermée dans sa bonne conscience de mannequin pour modistes folles.)

« Armand ! tu es là ?

— Et toi ? que fiches-tu ici ?

— M. André, qui veut de la jeunesse à Deauville, nous a invitées, mon amie et moi, à l'hôtel Normandy dans une chambre sous les toits. Nous devons nous débrouiller pour les repas. Mais tu sais, je mange si peu...

— Présente-moi à ton amie... Et voici Steve Passeur, que tu connais de nom...

— Et dont j'aime tant les pièces. »

Je la laissai avec Steve. Et j'essayai d'expliquer les tourments de ma vie à la ravissante petite blonde si jeune et un peu boulotte. Nous nous retrouvâmes tous les quatre plusieurs soirs de suite. Puis les deux couples se divisèrent. Lucienne me dit : « La femme de chambre se plaint de ne plus pouvoir laver les mouchoirs de Steve. Ils sont couverts, paraît-il, d'un rouge qui tient, qui résiste même à l'eau de Javel. »

Pendant les déjeuners et les dîners, Steve regardait toujours la mer. Et l'on apprit que le *Provence* avait quitté New York pour Le Havre. A son bord, disaient les journaux, parmi les passagers de marque on notait la présence, retour d'Hollywood, de M. et Mme Marcel Achard.

Note du 21 août.

Je dors. Un bruit. La lumière s'allume. Steve, la mine ravagée, me dit : « Pardonne-moi de te réveiller, mais je viens t'apprendre une nouvelle très grave, très très grave : je me marie. J'épouse Renée Veller...

— Elle te demande le mariage ?! »

Ahuri et furieux de m'être trompé à ce point sur Renée que j'avais toujours jugée désintéressée.

« Non c'est moi qui lui demande de m'épouser. Et elle refuse ! Que veux-tu, je n'ai pas un sou, rien que des dettes. Il ne me reste que mon nom, alors je le lui donne. Elle m'aime, et je n'en peux plus de ne pas être aimé... Et maintenant, je voudrais aller réveiller Lucienne pour lui annoncer la pathétique nouvelle. »

Nous passons le reste de la nuit à parler. Le jour se lève. Camille, qui dormait dans le lit de sa mère, prend part à la conversation, qu'elle comprend. (Et en recopiant ces phrases aujourd'hui, je me demande si ce n'est pas au cours de cette nuit-là qu'est née l'amitié qui unit Camille à Renée, et lui permet de l'aider encore dans son terrible désarroi de la fin de sa vie, veuve et paralysée.)

Lucienne est tellement étonnée qu'elle note au jour levant les phrases délirantes de Steve qu'elle me donne et que j'ai gardées dans mon cahier à la date du 21 août :

« Je crois que Renée me portera bonheur. Elle me sera reconnaissante toute sa vie de l'avoir épousée. Et elle m'aimera toute sa vie. Et j'en ai assez de discuter avec Marcel de toutes ses prochaines pièces. Par amour, je l'ai fait, mais je veux une autre vie. " Pas à la remorque ", comme me répète Renée. Je dois travailler pour moi. Avec elle, je travaillerai. Juliette ne m'a fait faire que des bêtises, sauf *Une vilaine femme.* Et encore, cette nuit, je crois que j'ai eu tort sur son conseil de refaire ma pièce. Je vis pour l'amour. J'ai aimé Patricia. J'ai aimé Juliette. J'aimerai Renée, en tout cas, avec les années, je l'aimerai davantage. Je viens d'envoyer un télégramme à mon père et je vais lui écrire que j'épouse une femme qui n'est pas protestante, qui est une actrice de dixième ordre, fille naturelle dans une famille impossible, qui n'a pas le sou, sans culture, pas très intelligente, d'une santé médiocre, qui sent mauvais de la bouche, trop maquillée avec l'air d'une grue. D'ailleurs, c'est un faux air. Jeanson l'a invitée à dîner pour coucher avec elle, et elle n'a pas couché. Renée se formera. Elle quittera ses petites amies. Vous ne pouvez pas imaginer le bonheur de Renée. Elle deviendra Mme Steve Passeur. L'opinion des autres ne m'a jamais touché. Avec les saoulographies de Patricia, je me suis habitué... Et ce mariage m'empêchera de faire une carrière officielle. L'Académie française que j'aurais peut-être eu la faiblesse d'accepter, c'est fini maintenant pour moi. Je crois que Patricia serait heureuse de ma décision de cette nuit. »

Néanmoins, Steve ne peut pas se résoudre à envoyer à bord du *Provence* le câble qui annoncera son mariage à Juliette, qui affirmera la rupture. Et continuant dans son délire d'amant torturé : « Jamais

Marcel ne pardonnera à Juliette que je l'abandonne... Et si Juliette se tue, je me tuerai aussi... »

Alors Lucienne : « Pourquoi voulez-vous qu'elle se tue si elle ne vous aime pas ?

— Non, elle ne m'aime pas, elle ne m'a jamais aimé ! » Et Steve se tut, s'immobilisa pour ne pas s'écrouler en larmes.

Enfin, il me demanda d'aller à l'arrivée du transat prévenir Marcel et Juliette. « Sois-sûr que dans les mêmes circonstances, je te le jure sur la tête de mon père, je te rendrai le même service... »

Ce qui suffoque Lucienne. Et il ajoute : « Et moi, en plus, ça me passionnerait. Je voudrais être à ta place pour voir leur tête...

— Alors pourquoi n'y vas-tu pas toi-même ?

— Renée m'a fait jurer sur l'âme de Patricia de ne pas revoir Juliette avant plusieurs années...

« Paulette Pax arrive aujourd'hui, je crois, pour les répétitions du théâtre de l'Œuvre. Prévenez-la gentiment de l'aspect de Renée... de son maquillage... et elle va être si intimidée... »

Après cette nuit ahurissante, nous allons déjeuner chez Mme Drouilly, près de Lisieux, à qui son mari donne par an deux millions d'argent de poche, et qui nous dit, en mangeant d'excellentes moules à la crème : « Si j'avais de la fortune... »

Le soir, à la maison, dîner de fiançailles. Renée regarde, écoute et ne dit pas un mot. Ni Paulette Pax ni moi n'osons porter un toast. Paulette Pax qui, après avoir fait les belles nuits des princes russes, a rapporté de Moscou, au lendemain de la Révolution russe, une fortune de bijoux et de tableaux, avec laquelle elle entretient maintenant le théâtre de l'Œuvre où elle espère jouer les pièces de Crommelynck.

Dès le lendemain, à tous les Parisiens de Deauville, Steve annonce ses fiançailles et leur jette à la figure, comme une injure : « Renée, ma fiancée ! »

Mais le *Provence* apparaît en rade du Havre ; Renée emmène Steve à Paris.

J'attends au quai d'escale. J'ai une lettre de Steve pour Juliette dans ma poche gauche et une lettre de Steve pour Marcel dans ma poche droite. Juliette, dont la surprise est totale, trépigne : « Steve est devenu fou ! » Puis elle se calme et dit à Marcel : « Se marier ! ce garçon qui ne faisait pas l'amour ! » Marcel joue les « Jean de la Lune » : « Je ne comprends pas l'inquiétude de Steve. Moi je suis très content de ce mariage ! »

Au retour à « La Rafale », un très long téléphone de Mme Simone qui a créé *L'Acheteuse* de Steve. Débordante de joie ! Elle déteste Juliette qu'elle accuse de l'avoir séparée de Steve : « Elle ne lui a fait faire que des pièces ratées. Maintenant, c'est moi qui vais le faire travailler et pour moi ! » Elle demande des détails et comme je lui dis qu'ils n'ont pas encore fait l'amour, elle répond : « Ça c'est dangereux ! » Mais comme j'ajoute que Renée a déjà gardé certains de ses amants plusieurs années, elle répond, toujours au téléphone : « Ça c'est bon signe ! »

Puis c'est Jeanson qui téléphone, mais il rigole tant, qu'on n'entend pas ses paroles.

Le mariage a lieu à la mairie du VIIe arrondissement. Mme Simone est le témoin de Renée. J'ai refusé d'être le témoin de Steve, et Achard a demandé à Steve d'être son témoin. « Pourquoi ne serais-je pas ton témoin ? C'est à moi d'être ton témoin ! »

*

Je reçois une lettre de Jep, agent de la publicité Quintonine qui ignore encore mon lancement proche du Vin de Frileuse, me demandant un rendez-vous pour étudier la façon dont je pourrais collaborer avec son agence, et un rapport de Havas-Londres m'offrant un

« départ » en Angleterre, les Anglais jugeant ma publicité très « English looking ».

Et le lancement de Frileuse est prêt. Notre publicité passerait ainsi de deux millions de francs à six millions et demi par an. Je n'hésite pas, mais j'attends encore. C'est une dure partie. Non pas une partie de poker, ni un jeu de casino, mais la bagarre va être rude, car la Quintonine est puissante, riche, et solidement installée dans toutes les pharmacies de France ; et dans moins de trois semaines commenceront les répétitions d'*Une femme libre* au théâtre de l'Œuvre. Je suis épuisé. Je décide de prendre, seul, quinze jours de repos. J'irai à Néris-les-Bains soigner mes nerfs fatigués, et réfléchir. La rentrée sera passionnante. Elle me passionne déjà. Mais je veux l'oublier pendant quinze jours. Maintenant, fermer les yeux, attendre ainsi le lancement du Vin de Frileuse qui peut me ruiner et la générale d'*Une femme libre* qui peut être un désastre. Mais je ne crois ni à la ruine ni au désastre. J'ai envie seulement de dormir loin des soucis qui m'attendent. Enfin Lucienne m'apprend qu'elle est peut-être enceinte. Sur le bateau Trouville-Le Havre, elle avait été incommodée. Et nous avions accusé le mal de mer.

*

Ce matin, sortant de chez le médecin, je rentre à l'hôtel de Néris-les-Bains où je suis arrivé hier soir. Dans le hall, très surpris, je rencontre Lisa Duncan avec tous les souvenirs de la loge de Jouvet qui traînent derrière elle. Elle vient vers moi, heureuse de me rencontrer dans l'ennui de cette ville d'eaux, si triste me dit-elle. Je me rappelle le drame qui l'avait brisée l'année précédente. Un peu lasse de Jouvet et de ses continuelles passions passagères pour des actrices diverses, elle rencontra un jeune danseur, Pomiès, que toute la jeunesse admirait déjà comme le futur maître de la danse moderne, c'est-à-dire de la danse qui naissait pour un temps, dans ces années lointaines.

Un soir, au lieu de retourner attendre Jouvet dans sa loge de la Comédie des Champs-Élysées, elle suivit Pomiès chez lui. Ce fut une passion violente qui se nourrissait aussi de leur passion partagée pour la danse. Lisa, fille adoptive d'Isadora Duncan, vivait dans la danse comme une religieuse dans la religion. Jouvet supporta très difficilement ce rôle de Don Juan cocu que Lisa, tout entière enfermée dans son amour, lui offrait sans penser à lui, et le « Tout-Paris des théâtres » s'attendrissait avec exubérance devant le charme de ce jeune couple de danseurs. Pomiès, créateur inspiré, travailla avec Lisa qui regardait devant elle l'image d'Isadora. Pomiès et Lisa inventèrent une suite de danses d'un ton, d'un esprit qui, bouleversant les traditions, enchantaient les amateurs de nouveautés vraies. Des imprésarios organisaient déjà le tour du monde de leur récital.

Et avant le départ, sur la piste du cirque Médrano, ils offrirent pour un soir à tous leurs amis la générale de leur « tour de danse ». Ce fut un triomphe. Le bonheur, la chance, la réussite de ce jeune couple qui partait maintenant pour la conquête du monde, touchaient tous les cœurs.

Quelques jours avant le départ, parmi les valises et la joie, en une heure, Pomiès fut terrassé par un ulcère perforant de l'estomac, et mourut.

Que devint Lisa désemparée ? Paris se le demanda puis pensa à autre chose. Et tout à coup, elle venait vers moi, par hasard, dans cet hôtel d'une ville d'eaux pour grands nerveux.

Le soir, nous dinâmes à la même table dans la salle du restaurant, puis je l'emmenai le lendemain en voiture, pour essayer de la distraire, à travers la belle campagne des environs de Néris.

Pendant des années, j'avais aimé, dans la loge de

Jouvet, sa réserve charmante. Entre les verres d'eau, les bains et les douches, les déjeuners, les dîners et les promenades, un sentiment tendre entourait nos bavardages.

Une nuit, elle m'accompagna dans ma chambre encombrée d'un lit très large, avec une vaste fenêtre ouverte sur les jardins de l'hôtel. La nuit suivante, un oiseau s'engouffra à travers la fenêtre ouverte, affolé, au-dessus du lit, frôlant le plafond, se heurtant aux murs, ne parvenant pas à découvrir sa liberté par l'ouverture de la fenêtre sur la nuit noire. Cet oiseau, tantôt reprenait souffle dans le lampadaire éteint du plafond, puis, tout à coup recommençait sa ronde autour des murs.

Et c'est dans les battements des ailes de cette bestiole affolée que Lisa me raconta, sans larmes, d'une voix monotone et lasse, comme un malade sur le canapé d'un psychanalyste, sa dernière rencontre avec Jouvet, après la mort de Pomiès.

« Un soir, à l'heure où les théâtres sont fermés, on frappe à ma porte dans l'appartement de la rue de Seine où j'étais revenue vivre, si seule ; je ne dormais pas, je pleurais. “ Qui est là ? — C'est Louis. ” Surprise, je me levai de mon lit et ouvris la porte.

« “ Je pense beaucoup à toi. J'ai imaginé ton désarroi et ton chagrin, et ce désert dans lequel tu tournes égarée. Nous avons vécu ensemble dix ans. Nous nous sommes aimés. Puis, dans un emballement, tu as tout brisé. Je ne te reproche rien. Je comprends... Surpris par la mort qui éclate, on comprend tout... ” Il s'étendit près de moi sur le lit. Il me parlait avec sa voix qui m'avait accompagnée tant d'années. Il me parlait avec une si grande tendresse de notre passé. Perdue, j'avais tant besoin de me raccrocher. Et de vieilles habitudes s'emparèrent de nous. Ensuite, alors que nous étions encore enlacés, Jouvet encore dans moi, me dit d'une voix goguenarde et dure : " Lisa, maintenant, je l'ai enterré ton Pomiès ! "

« Comme une femme qui tombe vivante du haut d'une falaise, je l'entendis ouvrir la porte, j'entendis ses pas descendre lentement l'escalier... »

L'oiseau continuait sa ronde tourmentée au-dessus de nos têtes dans la nuit de la chambre.

Pendant très longtemps, je jugeai cette vengeance répugnante, puis j'essayai de découvrir dans l'acte de Jouvet l'explosion d'une jalousie qui, dans son horreur, frôlait la grandeur de certains crimes shakespeariens.

*

Mon aventure fort calme, avec Lisa, dura peu, mais assez longtemps pour que Jouvet en fût informé. Maintenant, nous nous évitions, mais sa nature était rancunière. Lisa qui, pour vivre, dirigeait une école de danse, donnait pour ses élèves un récital chaque année. « Du temps de Jouvet », elle le donnait à la Comédie des Champs-Élysées. Maintenant, elle devait chercher un théâtre. Et n'en trouvait pas. Toujours un empêchement rendait impossible la location. Jouvet intervenait-il ? En tout cas, jamais plus, jusqu'à la guerre, Lisa ne parvint à monter un nouveau spectacle d'élèves.

Pour en terminer avec Jouvet, après la drôle de guerre, ce fut la débâcle éclair. Engagé, prisonnier, évadé, démobilisé, je me retrouvai fin juillet à Marseille, avec Lucienne et nos deux filles, désemparé comme beaucoup d'autres. Un matin, sur l'un des quais du Vieux-Port, Jouvet et moi, sommes nez à nez. Je ne pensais pas alors à nos démêlés anciens.

« Que comptes-tu faire ? J'hésite entre Toulouse, Marseille, Lyon, et toi ? Paris ?

— Ah ! mon p'tit gars, Paris ? sûrement pas ! »

Le lendemain, des amis m'apprirent le départ de Jouvet pour Paris. Quand il me disait « sûrement pas », il avait dans sa poche ses papiers de retour.

A Paris, les nazis semblèrent l'adopter, comme ils adoptaient tous ceux qui revenaient. Puis il organisa avec leur accord une grande tournée théâtrale à travers l'Europe, d'abord l'Espagne, puis le Portugal… mais, au Portugal, Jouvet avec sa compagnie s'échappa vers l'Amérique du Sud.

Les nazis floués, furieux, déclarèrent : M. Jouvet nous a menti. Jamais plus il ne jouera en Europe. Peut-être pourra-t-il se montrer à Jérusalem, et encore à la condition qu'il y arrive avant nous…

En Amérique du Sud, ce fut le succès. Et un soir, après une première, au cours d'un souper organisé pour l'honorer, il fut placé à la droite d'un homme fort sympathique et silencieux. Jouvet, fatigué et un peu saoul, se lança dans une diatribe contre les Américains du Nord auxquels il reprochait tout : d'être américains, d'être du Nord, de parler du nez, d'être incultes, et leur façon de faire la guerre. « D'ailleurs cette guerre, la feraient-ils si le Japon ne les avait pas attaqués ? » Enfin, un flot de critiques que l'on pouvait certes partager, mais quand le souper se disloqua, Jouvet demanda quel était son si sympathique et compréhensif voisin de table : alors il apprit que c'était l'ambassadeur des États-Unis… Les Américains d'alors devaient être aussi vindicatifs que Jouvet, car il n'obtint plus jamais son passeport pour les États-Unis et la tournée pour New York fut annulée.

Quand Jouvet revint à Paris, après la Libération, des journalistes l'attendaient sur le quai de la gare. Et là encore, il se mit à parler sans retenue. Voici un extrait de l'interview par Alexandre Astruc, publiée dans *Combat,* le journal d'Albert Camus, et intitulée : « Louis Jouvet est rentré. »

« Un œil de poisson, globuleux et humide, tour à

tour ironique et tendre au fond d'un visage doré par le soleil des tropiques : Louis Jouvet après quatre ans... Brésil, Argentine, Uruguay, Honduras, Mexique, Fort-de-France... Vingt-cinq acteurs. Huit laissés en route. Romain Bouquet mort, Madeleine Ozeray, devenue guitariste mexicaine...

« — Des projets ?

« Il ne sait pas. C'est lui qui interroge... A tous les gens qu'il a vus depuis qu'il a mis le pied sur le sol de France, il pose des questions :

« — Comment, Steve Passeur n'est pas mort ?

« Cher Steve Passeur... Mais non. Il était même sur le quai de la gare...

« — Et Anouilh, toujours aussi sordide ? »

Voici quelques mois, lors de la reprise d'une de ses pièces créée par Georges Pitoëff, Anouilh rappela un mot intolérable de Jouvet sur l'émouvant Pitoëff ; « Pitouf » comme le nommait Jouvet qui le détestait comme on déteste ses remords. Jouvet le regardait comme on regarde sa propre trahison car Pitoëff, lui, continuait de vivre avec noblesse son idéal, comme avait voulu vivre autrefois Jouvet, au temps de sa jeunesse ; sans complaisance ni lâcheté. Pitoëff croyait en la pureté des autres. Jouvet avait besoin de croire à la nécessité de certains accommodements. Pitoëff se promenait pauvre et joyeux autour de Jouvet triomphant comme une accusation permanente. « Pitouf ? je ne lui reproche pas d'être arménien. J'ai même une grande tendresse pour les Arméniens — quand ils ont été massacrés ! »

Ce mot intolérable, même dit à minuit devant un verre de champagne, Anouilh le rappelait avec mépris trente ans plus tard.

*

Au retour de Néris-les-Bains, j'apprends à Lucienne ma rencontre avec Lisa.

« Comptez-vous la revoir à Paris ?

— Probablement... »

Et un vendredi soir, je trouve sur mon bureau cette lettre écrite au crayon (même quand nous vivons l'un près de l'autre, Lucienne m'écrit et quelquefois tous les jours).

« Mon cher Armand,

« Je vous écris ce que je n'ai pas eu le courage de vous dire ce soir, en vous quittant. Je ne peux plus, je ne veux plus conserver l'enfant. Voyez-vous, quand je suis heureuse, je ne m'imagine pas que je puisse être à nouveau malheureuse. Et quand j'ai accepté cet enfant, j'étais heureuse. D'abord, je pensais vous donner ainsi la plus grande preuve d'amour et de confiance que je vous aie jamais donnée. Je risquais beaucoup, mais je choisissais le plus difficile — la porte étroite ? Comme si la porte large n'était pas terriblement étroite déjà...

« ... Ce n'est pas de gaieté de cœur que je renonce à un enfant que j'aimais déjà... ce qui m'encourage à le supprimer, c'est qu'en même temps je lui supprimerai les souffrances qui m'étouffent depuis huit jours...

« ... Tant de tendresse, tant de bonne volonté pour arriver à cette incompréhension... Vous ne savez pas comme c'est grave pour moi de refuser cet enfant de vous. Votre amour me semble trop faible, trop incertain, trop à la merci d'une simple rencontre, d'une aventure, d'un hasard...

« Je m'accroche à ce papier pour ne pas vivre les

cinq minutes qui précéderont mon sommeil. Réfléchissez, n'est-ce pas la meilleure solution ? Vous me répondrez à votre retour. Mais à notre âge, après douze ans, accepter un enfant a une valeur symbolique — et vous n'avez pas pour moi un amour assez fort. Je ne vous accuse pas. C'est peut-être ma faute... »

*

La générale d'*Une femme libre,* au théâtre de l'Œuvre, a été un gros succès, elle eût pu être triomphale sans les maladresses techniques de Paulette Pax, la directrice-metteur en scène, qui mit plus d'une demi-heure pour le changement de décor entre le II et le III. Et qui fit commencer le troisième acte à minuit passé, la représentation s'achevant vers une heure du matin.

Néanmoins, la presse est bonne, et la location s'emballe. Claude Dauphin, Dumesnil, Cocéa et Jane Lory sont remarquables.

*

J'ai donné l'ordre du démarrage. Mon budget de publicité-presse va dépasser six millions de francs, plus le budget Radio. Je ne tremble pas. Je suis passionné. Les Labos fabriquent actuellement 4 000 Frileuse par jour et j'envisage de faire monter la production à 6 000 dès la semaine prochaine. J'ai adressé à tous les pharmaciens une circulaire « manuscrite » et timbrée à cinquante centimes comme une lettre. Nous recevons des commandes par télégramme ! Car la Quintonine n'était pas aimée, elle imposait aux pharmaciens des conditions très dures. Moi, j'offre, au départ, des remises doubles. Après le succès de la Marie-Rose et du Vermifuge Lune — qui en ce moment bat tous ses records de vente —, les pharmaciens ne doutent pas du Frileuse, et pour profiter des « conditions exceptionnelles » de lancement, commandent en masse. C'est un triomphe. Ma publicité va-t-elle maintenant faire entrer les acheteurs dans les officines remplies de mes flacons tout neufs ?

Depuis huit jours, en dessous de chacun de mes clichés Frileuse, apparaît un petit cliché du concurrent de la Marie-Rose, dont on ne parlait plus depuis des années. Vont-ils me concurrencer sur tous mes produits ? Est-ce le début d'une grande bagarre ? Je ne suis pas angoissé, mais extraordinairement fatigué.

*

La *Femme libre* est un triomphe. La location emplit la salle quinze jours à l'avance. Ce soir, me trimbalant, seul et désœuvré, rue de Clichy, j'entre au théâtre, mais trop fatigué, je ne veux voir personne. J'interroge seulement la dame du vestiaire.

« Alors, ça marche toujours ?

— Si ça marche, monsieur Salacrou ? Ce soir j'ai vingt-neuf manteaux de vison ! »

PARENTHÈSE

Je ne veux pas, partant de la réflexion de la dame du vestiaire, et arrivant aux Centres dramatiques actuels, écrire un chapitre survolant quarante années de vie théâtrale. Mais cette réflexion de la dame du vestiaire éclairait l'inquiétude qui agitait mes préoccupations. Cette inquiétude m'amenait à rechercher ce que j'appelais un « malentendu ». Je devais trouver une passerelle entre ces « visons » et moi-même. Tandis que la dame du vestiaire comptait ses visons, j'écrivais *L'Inconnue d'Arras*...

A la Libération, Jean-Richard Bloch, l'auteur de *Carnaval est mort* (mort parce qu'il n'y a plus de Carême), me demanda des chroniques sur le théâtre ; je recopie quelques lignes d'entre elles, celles-ci, publiées le 29 juillet 1945.

« Une sortie au théâtre, avec les faux frais, va chercher dans les 500 francs. Premier résultat : on prend de nombreux renseignements avant de se décider. On va voir seulement la pièce dont " tout le monde " dit du bien. Ainsi le directeur est condamné au triomphe. Il n'y a plus de demi-succès : le triomphe ou le four. Mais il y a plus grave : *l'ouvrier, l'employé ne vont pas au théâtre. Bientôt, le fonctionnaire n'ira plus : le théâtre est trop cher.*

« Or, dites-moi, quel théâtre vraiment *contemporain* voulez-vous créer, lorsque dès le principe, vous rejetez du public tout le public ouvrier ?... Mais, *et c'est le vrai problème,* ce public nouveau, qui par ses exigences créerait de nouveaux auteurs, ne peut pas se constituer parce que aujourd'hui, ce qui organise le public dans sa vie de public, ce n'est plus une classe, qu'elle soit sociale ou intellectuelle, mais *l'argent.*

« ... Notre théâtre n'est plus actuel parce que nous n'avons pas un vrai public, mais une collection de personnes qui ont par hasard, un même soir, 500 francs à dépenser. Le divorce des auteurs et de l'époque naît de l'absence d'un public constitué ayant lui-même une profonde signification. » Le 2 janvier 1946, dans ce même journal, pour permettre la naissance de jeunes auteurs, je faisais cette proposition :

« Ce projet a été approuvé par la Commission de la Société des Auteurs dont j'ai l'honneur d'être le secrétaire ; par la Direction des théâtres du ministère. Des directeurs de théâtres m'encouragent.

« Voici ma solution : puisque le directeur est contraint d'exploiter à fond ses succès, ce qui immobilise une salle et le laisse inactif, et qu'il existe un jour de relâche par semaine, je propose :

« Tout directeur ayant dépassé la centième et qui ne répéterait pas un nouveau spectacle, se fera un point d'honneur de monter dans son théâtre (au besoin avec des rideaux et des élèves du Conservatoire) une pièce d'un jeune auteur qui sera présentée à la critique en répétition générale et jouée devant le public le jour de relâche, et en matinée le samedi... »

Déjà préoccupé par cette relève qui ne devait pas être confiée à des manteaux de vison, j'écrivais, dans *Aux écoutes* le 5 août 1939 :

« En 1923, Dullin montait dix pièces par an. En 1938, il en montait une.

« Et Jouvet ?

« Depuis dix ans Jouvet a-t-il monté un auteur nouveau ? (Giraudoux, bien sûr ; mais ce " jeune auteur " était un vieil écrivain célèbre.) Je dis : un jeune auteur vraiment inconnu comme le furent à leurs débuts Sarment, Achard, Passeur, Crommelynck ? Même le jeune Corneille de *L'Illusion comique* qu'il avait tellement envie de monter, il n'a pas osé le monter chez lui — et c'est aux frais des Comédiens-Français qu'il calma sa fringale. Si Jouvet n'a pas osé recevoir chez lui Corneille débutant, jugez des chances du jeune inconnu qui dépose en tremblant un manuscrit chez son concierge. »

J'écrivais dans *Ce soir* le 29 juin 1945 :

« Le véritable auteur de spectacle pour moi, c'est le couple Auteur-Public, s'interrogeant, se répondant, s'unissant. L'auteur dramatique, qu'il soit Corneille ou Shakespeare, jaillit d'un public — qu'il forme mais qui le forme aussi, qui a une influence sur lui — et le public est responsable. Amusez-vous à “ changer ” le public de Corneille en 1636, et vous changerez dans une certaine mesure le théâtre de Corneille ! La règle des trois unités, le goût de la Cour sont également responsables de nos tragédies classiques. Et cela est vrai dans toutes les époques.

« Aussi je porte autant de gratitude au génial public élisabéthain qu'à Shakespeare lui-même. Le théâtre ne s'écrit pas “ en l'air ”. Le théâtre est, à travers un vrai public, l'expression même d'une époque — d'une philosophie — et, il faut bien le dire, d'une classe.

« Or, si nos auteurs, en France, ne sont plus nos contemporains, c'est qu'ils sont “ en l'air ”. Ils sont “ en l'air ” parce que ces auteurs sont sans public. Parce qu'au théâtre, il n'y a plus de public.

« — Mais les théâtres sont pleins !...

« — Oui, d'une foule — d'une foule qui, elle, en effet veut s'évader, penser à autre chose, qui est lâche comme toutes les foules, qui ne sont pas le peuple. Et, aujourd'hui, si les auteurs sont “ trop petits ” c'est que la foule manque de grandeur.

« On cherche des salles de spectacle nouvelles ? Bravo. On cherche des auteurs nouveaux ? Bravo. Mais n'oublions pas de rassembler un ***public nouveau.*** Un public nouveau dans le sein duquel naîtraient les véritables nouveaux acteurs. Un public nouveau qui ne se recruterait pas seulement parmi les couples à 500 francs la soirée. »

C'est pourquoi, depuis longtemps convaincu que le théâtre doit se nourrir d'auteurs nouveaux, j'écrivis dans une page entière de *Paris-Soir,* en décembre 38, une grande lettre au ministre Jean Zay, qui était mon ami, en réclamant la création d'un *Centre d'Art dramatique.* C'était alors une expression presque inconnue.

En ce temps-là, le Conservatoire comptait 80 classes ; 36 consacrées à l'art lyrique et 4 à l'art dramatique, avec un directeur musicien.

Je demandai d'abord la coupure du Conservatoire avec en tête des classes de théâtre un homme de théâtre. Pour faire taire les petits salauds qui me suivaient à la trace comme des chiens et qui allaient japper que je me préparais un fauteuil, je citai tout de suite un nom capable d'être accepté par tous : celui de Jacques Copeau. Le lendemain, Copeau venait chez moi avenue Foch, me remercier. Et je proposai alors de transformer le Conservatoire en Centre d'Art dramatique, où se réuniraient les jeunes acteurs, les jeunes auteurs, les jeunes metteurs en scène, tous abrités sous l'expérience de Copeau. L'article ne passa pas inaperçu ! Quel bruit ! Quelle affluence de mauvaise foi. Je répondis dans une nouvelle page entière de *Paris-Soir* le 25 janvier 1939 :

« Qu'ai-je dit ? Ceci : qu'un jeune auteur inconnu en 1939 ne peut pas se faire jouer... Et je pense que cette situation est grave parce que le théâtre français sera mort le jour où il n'y aura plus d'auteurs vivants.

« Alors, le charmant Pierre Wolff s'écrie, indigné : " Quoi, vous effacez d'un trait de plume Molière, plus Renard et Courteline ? "

« Mon Dieu ! quel trait de plume ! Mais je dis et je répète que sans nouveaux jeunes auteurs le théâtre français deviendra un musée — et les musées sont des cimetières où les génies ont une concession à perpétuité.

« Certains n'ont pas hésité à dire : " Le projet Salacrou est idiot parce qu'il veut diminuer les difficultés que rencontrent les débutants. Or le talent ne se développe que dans les difficultés. "

« A ceux-là, une seule réponse : qu'ils aillent jusqu'au bout de leur sottise : qu'ils ferment tous les théâtres à tous les nouveaux venus. Ainsi la difficulté sera parfaite.

« Lorsque j'ai proposé de confier à de jeunes metteurs en scène la tâche de monter, avec les élèves du Conservatoire, devant trois paravents, certaines pièces de jeunes auteurs inconnus, je ne pensais pas, à vrai dire, au sauvetage des metteurs en scène.

« Mais je ne pensais pas à l'objection que m'a faite ce vieux metteur en scène : " Il y a une ' opposition formelle ' dans le projet Salacrou. En effet qu'est-ce qu'un metteur en scène ? C'est un homme qui a de l'expérience. On ne peut donc pas être un jeune metteur en scène puisque, par définition, un jeune metteur en scène serait un débutant sans expérience. "

« ... Et les directeurs de théâtre viendront assister à ces générales jeunes et passionnantes, avec l'espoir de découvrir la pièce qui les aidera à finir leur saison. Et la critique théâtrale qui a tous les défauts, sauf celui de ne pas aimer son métier, la critique théâtrale, croyez-moi, monsieur le Ministre, sera là chaque fois au grand complet, elle aussi avec l'espoir de découvrir les grands auteurs de demain. »

Je savais que Jean Zay allait mettre sur pied mon projet... Mais la guerre, avec son affreuse mâchoire, allait tous nous avaler.

*

Après la guerre furent enfin créés des centres dramatiques. Ils eurent deux mérites : ils existaient, et ils proliféraient.

Ce n'est pas, pour moi, l'heure d'écrire une histoire des Centres de la Libération à nos jours. J'ai écrit des « dialogues intérieurs » à ce sujet et recueilli dans mon livre *Les Idées de la nuit*. Je veux rappeler simplement la violente et tout de même courtoise (on s'injuriait par personnes interposées) polémique à propos des metteurs en scène, à la suite d'une réflexion de Vilar, grand comédien, grand metteur en scène, mais foutu théoricien : « De 1920 à 1940 les metteurs en scène furent beaucoup plus importants que les auteurs... »

Ce fut un beau charivari. Mais c'était aussi le coup de tonnerre qui annonce une longue période de mauvais temps. Aujourd'hui, la plupart des Centres servent d'abord les envies créatrices des metteurs en scène qui les dirigent. Et la grande naissance d'auteurs nouveaux, que j'attendais dans les Centres, je ne l'ai pas connue. Peut-être, en s'asseyant dessus, les metteurs en scène les ont-ils un peu étouffés ? Pourtant, ils attendaient... Ionesco, Beckett, Dubillard, Adamov, Billetdoux, et dix autres, ***tous révélés par le théâtre privé,*** pas un par nos metteurs en scène directeurs de Centre. L'un d'entre eux disait ces jours-ci : « Je ne joue que des morts : je ne veux pas, dans mon travail, être emmerdé par un auteur vivant. »

Mais tout change si vite au théâtre, que les Centres dramatiques eux aussi changent... Et je ferme vite la parenthèse.

Samedi 5 janvier 1935.

Je suis arrivé hier soir à travers une tempête de neige à Megève, glacé dans l'autocar qui part de Sallanches. La peur dans les virages sur la route glissante m'a bientôt réchauffé.

A l'hôtel du Mont-d'Arbois, le tiers des clients entrent dans la salle à manger en boitant ou en se tenant les fesses. Couché à neuf heures, endormi à dix heures (après avoir lu le *Falk* de Conrad, admirable), je me réveille à neuf heures ! Ayant dormi onze heures en une seconde.

Ce matin, achat de cravates, de chemises, et après déjeuner, conversation avec le professeur de ski, tyrolien blond qui m'emmène tout de suite. J'ai de longues planches de bois sous les pieds et il me dit, en haut d'une petite bosse : « Laissez-vous glisser. » Quel bonheur ! Puis il me demande un arrêt en « chasse-neige ». Impossible. Après vingt essais, la leçon prend fin. Et je continue à me promener seul, avec les longs patins, dans les champs de neige, à plat, suivant la route.

A quatre heures, je descends dans Megève. Je remonte en automobile. Bain. Je m'habille pour le dîner.

Si je n'ai pas de tuile, dans quinze jours, je serai à nouveau en pleine forme. Je lis *Ma vie et mes amours* de Frank Harris — et je note dans le tome III, page 147 : « Tant que la partie se joue, la lutte m'accapare. Mais dès que je vois poindre la victoire et que je suppute le butin, la désillusion m'envahit et je me demande si je ne fais pas fausse route. »

1er février, Paris.

Je ne savais pas parler, alors j'écrivais. Aujourd'hui, je parle encore plus mal, je bredouille avec une vitesse encore plus grande, mais maintenant avec l'assurance des réussites, je prends plaisir à parler, et j'ai même un certain goût à la rencontre des hommes, des femmes et de leur légèreté. Leur sottise m'amuse... le défilé éphémère, l'écoulement vers le vide ne m'ôte plus mon plaisir. Je vis avec un désespoir qui ne me révolte plus. Si je vis, je vais découvrir un sens à ma soumission apparente qui prépare je ne sais quelle révolte.

12 février.

Laurence est née il y a neuf jours, et je l'ai vue à l'âge *d'une heure*. Et je l'ai trouvée non seulement belle, mais intelligente. J'aurais voulu la prendre dans mes bras, lui parler et qu'elle me réponde. Un transport d'amour. Père, cette fois volontairement intégré dans la file des vivants, d'Adam au dernier mort. Je ne l'avais pas désirée mais cette fois (à l'encontre de 1925), si j'en avais ainsi décidé, j'avais les moyens de l'empêcher de naître.

Lors de notre mariage, nous étions convenus que nous n'aurions pas d'enfant. Et j'ai accepté cette horreur de donner la vie. Et le regard d'un bébé qui vient de naître efface tous mes remords. La nature, quelle belle escroqueuse ! Tous les moyens lui sont bons, même celui de nous donner de la joie dans notre mauvaise conscience. La vie nous envahit. Et je ne sortirai plus, hélas, jamais de la vie... Quand je serai mort, mes filles continueront le jeu, et leurs enfants jusqu'à la fin des temps. Responsable de leurs malheurs jusqu'à la fin des temps ! Et dans le regard de Laurence, vieille d'une heure, je ne vois qu'un violent et pathétique désir de vivre, qui m'éblouit.

15 avril.

Je viens de passer l'après-midi dans une chambre avec Suzanne arrivée de Nantes. Ce soir, je vais retrouver dans une autre chambre Andrée (de Deauville) qui me parlera sans doute du jeune ménage de son amie Renée avec Steve.

Et c'est Lucienne que j'aime. *My wife and my love.*

Trouverai-je un jour l'explication de mes désordres ? Mais où seraient les désordres si j'étais un prince arabe ?

Bien sûr, je ne demande pas à Lucienne de ne sortir que voilée et je suis heureux qu'elle soit si belle et que tous mes amis regrettent de ne pouvoir la courtiser utilement. Mais c'est une chance qu'elle n'aime pas à danser, car je ne supporterais pas de la voir dans les bras d'un autre. Une analyse freudienne me donnerait-elle la clef de mes extravagances ? Et la violence avec laquelle je refuse cette analyse ne prouve-t-elle pas la grosse censure qui boucle mon inconscient ?

19 mars.

J'ai demandé au décorateur André Barsacq de s'occuper de l'aménagement de l'avenue Foch.

En attendant la fin des travaux, j'ai mis en place ce matin le plan du troisième acte de ma nouvelle pièce : « La Mort est le rendez-vous des vivants », — que j'intitulerai peut-être plus simplement : *L'Inconnue d'Arras.*

Lucienne est venue dormir avec moi, cette nuit, au Claridge. Nos deux filles sont encore rue Chaptal, qui sent le déménagement, avec la nurse et le couple serveur.

Ce soir, rendez-vous avec Jacques Schoeller pour passer la nuit aux Six Jours. Dans l'après-midi, Camille vient me voir ; elle joue près de mes pipes avec les allumettes et veut en frotter une pour l'allumer.

« Que fais-tu là, Camille ? C'est interdit !

— Oh ! papa, laisse-moi l'ouvrir. »

CHAPITRE III

Courval

Quand, en 1930, le neveu de Copeau, Michel Saint-Denis, qui allait bientôt créer la « Compagnie des Quinze », désira passer avec moi des vacances travailleuses, nous avions donné à Lucienne la mission de découvrir en Normandie, pour l'été, une maison sur le bord d'une rivière, au milieu d'une forêt, non loin d'un village, et dont la location ne dépasserait pas quelques centaines de francs, car nous n'étions pas riches, et la maison devait être grande : une salle commune, deux chambres, l'une pour lui et Madeleine Gautier qui viendrait avec leur fils Blaise, une autre pour nous et notre fille Camille et aussi une chambre d'amis pour les voyageurs de passage...

Michel qui aimait à faire travailler les autres et aussi à les embarrasser, fumant sa pipe, me dit en gloussant : « Tout de même, je crois que nous avons été un peu fort ! Comment veux-tu que Lucienne s'en sorte ? »

Eh bien, Lucienne examina avec soin la carte Michelin ! Avec un crayon, elle suivit toutes les rivières de Normandie qui traversaient des bois et elle dénicha sur les bords de la Seine, en pleine forêt de Brotonne, un village au nom prometteur : Vieux-Port, entre Quillebeuf et Caudebec. Elle y alla en voiture, et visita une vaste et vieille chaumière sans lumière (mais avec des bougies...), sans eau (mais avec un puits dans la cour...) et elle loua.

« Vous avez votre rivière, elle est large, vous avez votre forêt, elle est immense ; et je ne crois pas que le toit de chaume s'écroule avant la fin de l'été... »

Ce fut le bonheur. Michel et moi sucions nos pipes, imaginant le théâtre qui allait naître, parmi les cris des deux enfants qui jouaient à la balle et la gentillesse des femmes qui lavaient la vaisselle.

André Masson était venu nous rejoindre. Pourquoi, ce soir-là, avons-nous parlé de graphologie ? Saint-Denis sortit de ses dossiers des lettres en cachant les signatures. Et André analysa les écritures. Des portraits éblouissants de vérité défilèrent avec les lettres de Copeau, de Jouvet, de Dullin et d'acteurs et d'actrices que Masson ne connaissait pas et que nous reconnaissions, ahuris par la pénétration et la science graphologique de notre ami. Puis il approfondit ses premières interprétations grâce à l'étude des signatures que maintenant nous lui montrions. La psychologie suivit la graphologie avec des souvenirs et des anecdotes. Les bougies s'éteignirent dans les soucoupes quand le jour se leva à travers la brume de la Seine.

Certains après-midi, nous éloignant des murmures de la forêt, nous suivions le cours du fleuve à flanc de falaise par le chemin des douaniers, encombré de ronces, et après une heure de marche, nous entrions dans un clos entourant une bicoque habitée par une vieille paysanne habillée de noir. Son prunier donnait d'excellentes prunes que nous achetions et dont on se passait le lourd paquet, les uns aux autres, pendant le retour.

Quatre années plus tard, alors que nous habitions « La Rafale » à Deauville, la paysanne aux prunes nous écrivit que son mari cantonnier venait de mourir et que le fils d'un premier lit exigeait la mise en vente de la « propriété » : quatre hectares de bois taillis, trois hectares de prairies (défrichées en trente ans par le mari défunt) et la masure. La vente publique se tiendrait à la mairie de Trouville-la-Haule. Les enchères de la propriété, estimée à 10 000 francs, montèrent rapidement, poussées par un jeune cultivateur. Enfin, je fus adjudicataire à 19 000 francs. Alors, le visage désolé du jeune cultivateur déçu me fit mal. Qu'avais-je besoin de ces terrains inconnus ? Lui, il avait déjà rêvé certainement de sa future ferme, où il serait son maître. Et il avait poussé jusqu'au dernier sou qu'il possédait. Pour la première fois, j'étais propriétaire, et j'avais déjà mauvaise conscience. Et propriétaire de quoi ? D'un vieux prunier dont nous avions acheté autrefois quelques prunes.

Avant de rentrer à Deauville, Lucienne et moi, nous eûmes la curiosité d'aller visiter l'enjeu de la journée. La route départementale qui conduisait de Trouville-la-Haule à Vieux-Port longeait le haut du terrain que nous venions d'acheter, terrain couvert de noisetiers sauvages et de châtaigniers. Un très étroit sentier, ouvert sur la route, s'enfonçait dans le bois taillis. Lucienne et moi, pour la première fois, nous descendîmes ce sentier encombré d'épines et de branches emmêlées, que nous écartions avec les bras repliés pour passer. Après une descente assez raide de deux ou trois cents mètres, sous le couvert des arbustes dont les feuilles cachaient le ciel, d'un coup, le paysage se dévoila, du haut de la prairie qui descendait doucement vers la masure et le chemin des douaniers que nous reconnaissions et qui longeait le bord de la falaise, à pic. Dans un silence assourdissant, la Seine, au loin, immobile, avec ses deux larges courbes en amont vers Caudebec, en aval vers Quillebeuf, et en face, de l'autre côté de la rive, une très vaste plaine s'enfonçant dans le flou de l'horizon. Et dans le subit et stupéfiant silence de cet immense paysage, nous fûmes convaincus l'un et l'autre que l'on pourrait vivre toute une vie, en s'immobilisant dans l'image grandiose qui nous enveloppait. Un navire doucement apparu sur le fleuve remontait sans bruit vers Rouen. Et nous recommençâmes à descendre le sentier qui maintenant coupait en deux la prairie inclinée. Je n'avais pas connu l'ancien propriétaire, le cantonnier, mais seulement sa veuve, la marchande de prunes. Sans argent, il avait acheté à crédit, voilà trente ans, cette chaumière entourée de bois taillis, et pendant trente ans, seul, avec une pelle, une serpe et une pioche, il avait défriché, mètre par mètre, la prairie pour y faire vivre, d'abord une chèvre, puis une vache, puis deux vaches, afin de payer les dettes. J'avais acheté quelques milliers de francs le travail de toute la vie de cet homme mort. Jamais je ne pourrai m'approprier sa terre. C'est la peine des hommes qui donne la véritable possession. Et je serai toujours chez lui.

Nous approchions de la vieille bicoque, entourée d'un petit jardin où poussaient dans les mauvaises herbes des poireaux tristes et des choux affaissés. Sans oser entrer, nous regardions les quatre pièces sombres, sales, humides, avec leur odeur de moisi. Une date sculptée dans le bois, au-dessus de la porte : 1707. Donc la poutre centrale, taillée à coups de serpe dans un gros chêne plus que centenaire, était née et avait poussé sous le règne de Henri IV et des guerres de religion qui ravagèrent le pays (Quillebeuf s'étant réformé attaquait Caudebec la catholique qui se défendait avec sauvagerie), et j'apercevais aux branches du vieux chêne qui soutenait aujourd'hui le chaume de la masure, se balançant à tour de rôle, au milieu de la grande forêt, les pendus de la chrétienté en colère.

« Si nous pouvions vivre dehors, quelle merveille ! Mais si nous voulons nous installer dans cette demeure plus vieille que les châteaux d'alentour, j'aurai de quoi m'occuper...

— Qui sait ? Cela peut vous distraire ? » dit Lucienne qui, au cœur de ce paysage, veut croire à notre bonheur.

*

Lors du premier séjour à Vieux-Port, nous avions fréquenté le bistrot « la Bonne Auberge » dont la longue salle à manger réservée aux promeneurs du dimanche donnait au ras de l'eau, sur la Seine.

Le patron, César, Italien venu ici comme ouvrier maçon pour installer un vague système d'eau courante qui ne marchait pas, s'arrangea pour épouser la veuve, propriétaire de l'hôtel, de vingt ans son aînée, tout en couchant avec la jeune bonne. La veuve morte, il hérita et épousa la servante qui engagea aussitôt une bonne pour la remplacer, mais elle la choisit assez jeune pour travailler, et trop vieille pour séduire.

A ses heures perdues, entre deux parties de dominos avec les clients, en quatre ans, César construisit à côté de la vieille salle du restaurant, une bâtisse en parpaings grisâtres, mornes comme la cendre mouillée, avec deux chambres au rez-de-chaussée, deux chambres au premier, sans feu puisqu'elles ne seraient louées que l'été, et sans eau, puisque la bonne d'âge canonique apporterait des brocs d'eau chaude avec le petit déjeuner. Le soir, César servait au dîner un délicieux mulet à la crème, poisson de mer pêché dans la Seine, devant l'auberge, venu avec le « flot ». Ce flot a inspiré Corneille dans le récit du Cid « le flux les apporta, le reflux les remporte ».

Les historiens assurent que c'est aussi devant Vieux-Port que les Romains traversèrent la Seine pour aller envahir la grande île de Bretagne. Au-delà de Vieux-

Port, existe encore un théâtre romain près d'une bourgade : Lillebonne, mot dans lequel les linguistes découvrent « Julius », le prénom de César qui, si loin de Rome, passa des mois ici, en attendant de s'enfoncer dans les brumes froides du Nord.

4 avril.

Séjour à « la Bonne Auberge ». Chambre glacée au premier étage. Dans la chambre d'en dessous, dont mon plancher très mince est le plafond tremblant, un colonel retraité en vacances. Il achève sa vie en se donnant sans retenue à sa passion : la peinture. Il n'est pas doué, mais sans arrêt devant le motif, sous les averses et les giboulées. « Avec ce temps, mes vacances sont ratées », me dit-il hier après-midi, dans la longue salle à manger, aux fenêtres à guillotine, d'où l'on regarde l'eau tranquille du fleuve.

Le matin, devant mon encrier et mes papiers, je l'entendais chanter des marches militaires, avec beaucoup de « Poum ! Poum ! » quand les paroles lui manquaient. Puis, comme un bateau passait sur la Seine, il hurlait, seul dans sa chambre : « Oh ! le beau bateau ! » Et il applaudissait ! Pour se réchauffer les mains ? Car maintenant, il crie : « Qu'il fait froid ! Nom de Dieu, je gèle ! » Et il reprend ses « Poum ! Poum ! »

Dans ce froid, je travaille à *L'Inconnue d'Arras,* matin et soir. L'après-midi, je vais me mêler aux ouvriers qui entreprennent les premiers travaux de la « propriété ». A mon arrivée, aujourd'hui, ils me montrent, dans une casserole, un méli-mélo que je distingue mal : « C'est une portée de rats, et la mère n'a pas voulu les quitter. La voilà. » Et je distingue maintenant une dizaine de charmants très petits animaux blancs et me semble-t-il, aveugles. Leur vivacité m'attendrit. Le courage de la mère me rappelle la violence de l'amour maternel chez tous les mammifères.

« Qu'allez-vous en faire ?

— On va les noyer, parbleu ! »

Je me révolte. « Si vous les laissez vivre, dans six mois, dans un an, c'est par centaines que les rats danseront autour de vous... »

Je rentre à l'auberge, désolé par cette nécessité de tuer. Bien sûr, pour me nourrir, j'accepte que d'autres tuent : pêcheurs, chasseurs, bouchers... je suis entouré de bêtes saignantes, abattues. Ma chère âme se révolte, mais mon corps se révolterait plus violemment si les délicatesses de mon âme l'emportaient. Le corps a faim, voilà.

Mon corps ? un long tuyau : juste un long tuyau qui va du trou de la bouche au trou du cul. Et c'est autour de ce long tuyau qui tournique, encombré de bestioles et d'herbes en digestion, que se sont organisés des appendices de muscles et d'os, pour le soutenir, ce long tuyau. Et toute cette mécanique fonctionne, vit comme la charmante nichée de petits rats... peut-être déjà dans l'eau de leur mort. Allons, pas de tristesse. Soyons joyeux : jusqu'à ce que je rencontre, à mon tour, le jour venu, mon eau de la mort. Vivons heureux — avec désespoir !

Au retour, dans le courrier, une lettre de Steve qui me remercie de la petite rente que je lui fais donner par les « affaires ». Il m'écrit que sa belle-mère, sa femme, sa bonne et lui n'avaient plus de quoi manger quand le mandat est arrivé [1].

1. Je n'aurais pas recopié cette note du 4 avril 1935 si Steve lui-même n'avait rapporté dans un article du journal *L'Aurore* que je l'avais ainsi aidé tous les mois jusqu'à l'Occupation. De même Robert Desnos fut inscrit sur les bordereaux des « affaires » jusqu'au retour de ses cendres des camps de la mort. Youki Desnos le raconte dans ses mémoires. Je ne parlerai pas des autres, si parfaitement tranquilles, aujourd'hui, dans leur oubli...

1er avril.

Je reviens de Paris en voiture. J'ai rencontré Copeau et sa fille Maïenne devant la Société des Auteurs où j'allais toucher les droits d'*Une femme libre*. Ricanements sur la « Pharmacopée ». Agacé, je lui demande si cette activité est plus — ou moins — dégradante que la mise en scène de la richissime Ida Rubinstein dont il méprise le talent, mais empoche les dollars. Et j'ajoute : « Moi, je fais des affaires, pour que mon théâtre n'en soit pas une ! » En nous quittant, nous nous serrons quand même la main.

Sous les giboulées, je tourne et tourne autour de la masure. Au-dessus de la prairie un couple de corbeaux tourne et tourne aussi au-dessus des peupliers. Tous les deux, ils se suivent, se dépassent, se rejoignent. Je connais mal les bêtes, mais il est évident que ce couple est un vrai couple, mâle et femelle, heureux tous les deux, comme de vieux amoureux, de glisser dans l'air. Ils continueront leur ronde noire, ailes ouvertes dans le ciel gris, pendant que les ouvriers abattent le refend qui sépare les deux pièces à l'est. Ainsi naît une nouvelle salle assez grande. Nous y mangerons, et entre les repas, elle deviendra ma salle de travail. Nous installerons notre chambre dans la pièce à l'ouest, et la petite pièce intermédiaire — ancienne laiterie et réserve de légumes — je l'arrangerai sur le mur ouest en salle d'eau et, sur le mur est, en cuisine. Tout cela est bien petit...

Mais « tout cela » allait grandir.

*

Cette chaumière de quatre-vingts mètres carrés, posée à cru, depuis des siècles, sur la terre argileuse de cette falaise et séparée du sol humide de Normandie par un seul pavement de deux centimètres d'épaisseur, allait m'entraîner pendant quatre ans dans une aventure où je m'enfonçais avec jubilation, ne parvenant pas à m'arrêter, avançant toujours, les yeux bien ouverts, sans jamais apercevoir la fin de l'histoire... Oui, tout allait grandir, dans un charmant cauchemar, jusqu'à la fin de la guerre et disparaître de ma vie comme un paradis, perdu comme tous les paradis.

Cet après-midi-là, après avoir à l'accoutumée travaillé à *L'Inconnue d'Arras,* j'allai visiter les travaux. Avec les années, ainsi que certains vieillards, la chaumière prenait du ventre. Indiscutablement, la maison montrait une tendance à l'affaissement. Quand j'arrivai, il ne restait, sous le chaume encore dans le ciel, qu'un squelette de maison, une carcasse de vieux bois tordus, les murs vidés de leur terre.

« Dans trois jours, tous les trous seront rebouchés, et vous aurez des murs tout neufs...

— Mais je ne veux pas ! Entre les colombages, pas de torchis ! pas de terre ! Des vitres ! Entre ces branches ajourées, de la lumière ! Appelez tout de suite un vitrier habile ! je veux une maison transparente... »

Les ouvriers me regardaient. Que dire à un fou ?

Mais je trouvai un vitrier qui transforma la grande pièce en une immense cage lumineuse, à l'image des petites cages de mon enfance où j'emprisonnais des mouches, pour les retrouver, immobiles, pattes en l'air, malgré les feuilles de salade que je leur servais.

La maison moisie et sombre qui allait s'emplir de lumière avec ses vitres entre les vieux bois tordus ne fit pas seulement rigoler les paysans d'alentour, elle intrigua même des Parisiens puisque, vers 1937, invité à déjeuner chez la comtesse de Fels, je fus placé à côté d'Alexis Léger, poète et secrétaire général du Quai d'Orsay, qui voulait me connaître. Pour me parler de mon œuvre ? Ce fut sur la vieille masure qu'il m'interrogea : « Il paraît que vous habitez une maison de verre, au milieu d'une forêt, seul, entouré de sangliers ? »

En attendant l'arrivée des sangliers, à cette propriété, il fallait donner un nom. C'est l'opération qui me coûta le moins cher dans toute cette aventure qui, pendant quatre ans, avala, avec une gloutonnerie qui me fascinait, tous les bénéfices de la Pharmacie et du Théâtre.

Une route étroite entretenue, qui sait ? dans les anciens temps, devenue un ravin caillouteux, à pente raide, que les orages transformaient en torrent, descendait jusqu'au chemin des douaniers, c'était le val de la Briqueterie ; mais personne ne se souvenait de ce nom que je n'aimais pas beaucoup. A cent mètres en aval, un sentier parallèle disparu dans les taillis et les ronces, à la descente encore plus raide, déboulait sur un vieux phare dont les ruines se disloquaient. Le phare, sur les vieilles cartes, s'appelait le phare de Courval. Je nommerais donc « mon bien » : la maison de Courval. Tout était maintenant en ordre, sauf Courval qu'il fallait ordonner. L'aventure déjà commencée allait s'étendre, se répandre...

La commune ne pouvait me donner que l'autorisation de réparer le chemin communal qui permettait d'accéder à la « propriété », rien d'autre : quatre cents mètres de chemin sur cinq de large, soit deux mille mètres carrés sur lesquels j'allais étaler un tapis de cailloux de dix centimètres d'épaisseur, soit deux cents mètres cubes de cailloux apportés par des camions, à écraser au rouleau compresseur, lequel, le premier jour, dévala la pente en glissant parmi les cris des ouvriers qui le voyaient déjà, avec le goût des âmes simples pour le drame, sauter dans la Seine ; mais il parvint à tourner dans le chemin des douaniers et à s'immobiliser juste sur le bord de la falaise, à côté du phare en ruine.

Le chemin terminé, recouvert d'une couche de goudron qui résista trois hivers et deux printemps à la violence du désir de vivre des herbes folles, aboutissait, par une légère courbe, à un terrain plat où j'avais décidé de bâtir une large et belle barrière, avec chapiteau de chaume. A côté je construisis aussitôt un garage, surmonté de trois pièces, avec balcon décoré de géraniums, deux pour les futurs gardiens et l'autre pour Joseph, le maître d'hôtel et Berthe, sa femme, la cuisinière. Tout le village s'amusa beaucoup : le « Parisien construisait une maison neuve, pimpante, pour ses employés, et lui habitait la vieille masure.. »

Courval passa l'hiver endormi. Je lançai la campagne de publicité du Vin de Frileuse, et sans attendre la fin des giboulées du mois de mars, je m'installai dans le domaine où je devais maintenant amener la lumière, et la force pour monter l'eau du puits afin d'alimenter le chauffage central.

La force, je ne pouvais la rejoindre qu'à Vieux-Port, avec l'obligation d'obtenir des onze paysans dont les prés bordaient le chemin sur trois kilomètres l'autorisation de dresser vingt-deux poteaux en ciment qui porteraient les fils de cuivre de l'électricité — six cents kilos de cuivre — accompagnés des fils de téléphone.

Ne voulant pas abîmer « mon » paysage par les poteaux à l'approche de la maison, je fis enterrer les fils qui aboutissaient enfin à la vieille masure, maintenant transparente dans la lumière changeante du ciel normand.

Lucienne et moi étions impatients de vivre dans notre chaumière où, sur le faîte, des iris bleus commençaient à fleurir. « Ce n'est pas pour l'œil, m'expliquait l'ouvrier chaumier de Sainte-Opportune-la-Mare, mais parce que leurs racines retiennent la terre que l'on met là-haut, afin de coller les deux versants du toit. »

Grâce au beau chemin tout neuf de Courval, que les autos pouvaient descendre et monter sans caler, Lucienne put faire livrer des lits, des sommiers, des chaises, des tables et de la vaisselle, achetés dans les « criées ».

Un jour enfin, délaissant « la Bonne Auberge », ce fut la prise de possession. Lucienne couchée avec une bougie et un livre, j'allumai dans ma grande pièce un feu de bois, selon la technique apprise à Yville, et à la lumière de deux chandeliers, face à la chaleur de la vaste et vieille cheminée crépitante, je continuai la mise au net de *L'Inconnue d'Arras*.

C'était l'époque où je travaillais tous les jours jusqu'à deux heures du matin, me levant le lendemain vers neuf heures, avec une sieste après le déjeuner. En songeant, je bourrais ma pipe. Ai-je la sensation que quelqu'un est derrière moi ? Je ne suis pas encore habitué au silence de cette maison dans la nuit. Je me retourne, et je vois, sur les carreaux rouges, un serpent qui avance tranquillement vers le feu en se tortillant. Je ne suis pas un spécialiste des serpents et je pense seulement : « Ça commence bien ! » Je me calme, et j'espère, pour me rassurer, que ce serpent est de la race des orvets. Mais il est impossible de lui laisser croire qu'il est chez lui. Si je l'attrape avec les pincettes pour le jeter dehors, il va revenir, car c'est la chaleur qui l'attire. Alors je l'attrape pour le laisser tomber dans les braises rouges, entre les bûches en flammes, où il grésille.

Est-ce le souvenir du serpent d'Ève et des flammes de l'enfer qui m'aident à surmonter mon horreur de tuer ? Mais que pouvais-je faire d'autre ? On ne chasse pas un serpent comme un oiseau ou un crapaud. Pouvais-je le laisser se promener dans la maison, et jusqu'à notre chambre, autour du lit posé sur les pavés rouges, eux-mêmes posés à cru sur la terre ? Après tout, un serpent dans les flammes, ce n'est pas un crime, mais un apologue.

Je décide de ne pas parler de l'aventure à Lucienne quand je la réveillerai en allant me coucher et de demander, demain, au menuisier, une meilleure fermeture — et de poser une sorte de plinthe au bas de la porte qui sépare si mal la prairie des chambres de la maison. Le bois crépite. Un feu d'enfer. Comment les croyants du vieux et du nouveau Testament peuvent-ils prononcer si légèrement ces mots : un feu d'enfer ? Ce feu dans lequel ils risquent de griller éternellement vivants. Mon serpent, lui, semble délivré pour toujours des tourments de la vie. J'allume une pipe, et je tourne dans la pièce éclairée par les lumières et les ombres dansantes du feu. Je ne travaillerai pas ce soir. Mon premier soir ! Je résiste à la panique. Je me raccroche aux flammes de la vieille cheminée pour apprivoiser ma solitude dans le silence de la nuit.

Le lendemain, renseignements pris, oui, il y a des vipères dans le coin.

« Comment s'en débarrasser ?

— Les paons mangent les vipères... »

Le jour même, à Pont-Audemer, j'achète un couple de paons qui se réfugièrent à l'autre bout de la prairie sous la ronde des deux corbeaux. Avec des jumelles, nous attendions qu'ils veuillent bien faire la roue. Le surlendemain, les deux paons étaient morts, bouffés par un renard. Roger, notre jardinier-concierge, me dit : « Je suis du pays, je sais poser des collets. Je vais l'attraper ce renard, et vous pourrez alors acheter un nouveau couple de paons. » Il posa ses collets qui fonctionnèrent : dans le collet, on retrouva, étranglé, le chat de Roger.

J'essayai de me rassurer en pensant que les vipères, comme certains hommes, aiment peut-être la tranquillité, et que le remue-ménage de Courval les éloignerait plus sûrement que les paons. Je fis donc ratisser tous les jours l'herbe qui entoure les maisons et nos chemins.

Un menuisier de Pont-Audemer, amoureux du beau et vieux chêne au teint d'abricot, et des vieilles façons de cheviller le bois, ne quittait plus Courval. Quand je me reposais de mes écritures, il me racontait avec l'accent des histoires normandes. Malheureusement, alors las d'écrire, je ne prenais pas de notes et je n'ai plus d'autres souvenirs que celui de mon rire, qui continue avec ma mémoire, à rire, — mais dans le vide.

Par-dessus la grosse poutre, sous le chaume, il organisa deux minuscules mansardes, avec chacune deux toutes petites fenêtres vers le bois taillis et vers la Seine. Deux appartements de poupées où mes filles seraient heureuses. Pour y accéder, deux magnifiques escaliers de chêne, l'un à l'est, l'autre à l'ouest, sous lesquels je fis empiler des bûches, — et autour desquels je plantai des chèvrefeuilles. Pourquoi faut-il tant attendre ? On plante et toujours il faut attendre. Les chèvrefeuilles ne parfumeront les escaliers que l'an prochain. Le menuisier et les maçons, eux, répondent tout de suite à mes désirs. Et j'en ai : dans la maison trop petite, le fourneau fait mauvais ménage avec l'appareil à douches et je supporte mal les aménagements de la salle à manger dans mon bureau de travail.

A cinquante mètres, en grimpant dans la prairie, un bâtiment très laid, mais couvert de chaume, est à l'abandon. C'est une vieille étable construite par le cantonnier avec des voisins charpentiers. Je vais la restaurer ; la coupant en deux par un refend. Contre le refend du côté cuisine, un immense fourneau. Du côté salle à manger, une cheminée normande dont j'ornerai la hotte avec des pavés anciens, achetés pour les hasards de l'avenir chez un antiquaire de Caudebec.

Pas de mur à l'est, car on y entrait en carriole avec le foin pour l'hiver. Et je n'en construirai pas : pour boucher cette entrée, pas de porte, pas de mur ! je fais poser une immense vitre qui eût dû finir ses jours à l'étalage d'un commerçant, devant les passants d'un trottoir, et dans laquelle s'encadrait maintenant le paysage de la prairie ; nous étions entourés de la prairie. Les beaux jours, quelle merveille ! Mais les jours de pluie, de cette pluie normande, si calme, si régulière et si tenace ! Après trois jours de cette pluie qui s'enfonçait dans la prairie, Lorlette enfermée dans la grande salle, où la nurse cherchait à la distraire, éclata devant la glace dégoulinante : « Ah ! si au moins l'herbe était rose. »

On parla de mes exploits architecturaux dans les deux bistrots de Trouville-la-Haule : « Le tordu, après avoir donné la maison neuve à ses domestiques, le voilà qu'il mange dans l'étable ! »

Vers la fin de ce premier printemps, Georges Pitoëff vint vivre deux jours avec nous. On lui offrit la petite chambre d'une de nos filles, tandis que je dormais sur le divan de la grande pièce aux colombages vitrés. Pourquoi vit-on avec tant de légèreté des heures qui dureront jusqu'à la fin de notre temps ? Je sentais bien que pendant ces heures, le bonheur se glissait parmi nous. Mais comment le retenir ? A certains moments, on devrait vivre avec lourdeur. S'affaler sur son bonheur comme ces gros joueurs de rugby s'aplatissent à la télévision, sur le ballon. Et ne plus le lâcher ! Envoyer faire foutre l'arbitre et tout le reste, et continuer d'entourer, avec ses bras et sa poitrine, ce ballon de bonheur, dont, hélas, le destin est d'aller courir et rebondir à droite et à gauche, devant et derrière, loin de nous. Pitoëff ! l'émouvant Pitoëff ! Pitoëff le poète !

Dullin, qui n'avait pas de tour libre, porta le

manuscrit de *L'Inconnue d'Arras* à Jouvet. « J'ai compris, ricana Jouvet, c'est du Pirandello clair. »

Pitoëff, lui, bouleversé par sa lecture, arrivait à Courval parmi les pommiers en fleur. Lucienne si heureuse de l'enthousiasme de Pitoëff, de l'intelligence de ses commentaires ! : « Ludmilla et moi, nous vivons avec votre pièce ; elle est devenue notre pièce. La dernière réplique... " le marasquin... " Nous sommes aussitôt descendus tous les deux dans la rue acheter une bouteille de marasquin. Nous aussi, nous ignorions tout du marasquin... »

Malheureusement, il voulait jouer le rôle d'Ulysse. Or, Pitoëff avait une âme de Roméo mais un terrible accent arménien que Paris n'acceptait pas toujours. Un rôle court, une scène, c'était gagné. Mais pendant trois heures... « Jouez le rôle du meneur de jeu... » Il s'entêtait. « Bernard Shaw m'a aussi refusé un grand rôle d'amoureux. Il me proposa ce texte de banderole à mettre sur les portes du théâtre : " Public, entre sans crainte, — moi, Georges Pitoëff, je ne joue pas ce soir. " Eh bien, j'ai quand même joué la pièce de Bernard Shaw ! » J'avais en tête les phrases de la critique parisienne : « Il joue avec une monotonie désespérante... » Je discutai.

« Donnez-moi votre accord...

— Je veux réfléchir — et vous aussi réfléchissez sur la distribution. »

Je le conduisis à la gare. En route, il me dit : « J'ai des ennemis ; je ne peux jamais leur en vouloir : quand je les regarde, je les vois avec leur tête de mort, les orbites vides, le nez rongé... »

Le train arriva : « Écrivez-moi, envoyez-moi votre accord... »

Désemparé, pendant le retour, seul dans la voiture, je pensai à sa vision des visages de morts-vivants. Les visages aussi m'obsédaient, non dans leur courte éternité de cadavre, mais dans leur « orgasme », comme disent les scientifiques et les revues pornos. Au restaurant, au théâtre, au cours d'une discussion d'affaires, tout à coup, le visage de l'homme d'en face m'apparaissait dans sa « crise ». Et j'en avais chaque fois le souffle coupé ; quelquefois, c'était un fou rire qui m'étouffait. Cette obsession m'a toujours poursuivi. Ce gros homme rougeaud, la figure convulsée, et l'horreur de la femme étendue sous lui... Il m'est arrivé, en pleine conversation, d'être contraint de me lever pour fuir l'apparition de la face grimaçante vue comme dans un miroir déformant...

Fuyant Caliban, j'essayais pour me calmer de retrouver les enlacements de Roméo et Juliette, mais au premier conseil d'administration, je les retrouvais tous, congestionnés, ridicules, affreux. Avec mes mains, je cachais mon regard, — qui continuait dans le noir de voir la mascarade...

*

Au mois de juillet, une lettre de Lugné-Poe me proposait Pierre Blanchar pour le rôle d'Ulysse. J'acceptai. On m'a dit que lorsque Pitoëff connut mon acceptation, désappointé, rempli de chagrin, il déchira les centaines de pages de sa mise en scène. Quatre ans plus tard, il mourait. Si j'avais su ! Toute ma vie, j'allais regretter cette mise en scène inconnue qu'il eût créée avec son génie et son amour, et qui, pour toujours, eût marqué cette pièce, si particulière dans ma vie d'auteur.

*

Maintenant, il fallait empierrer le chemin entre l'étable et la chaumière (dont la moitié de salle d'eau allait être, avec sa moitié de cuisine, aménagée en véritable salle de bains) sans oublier l'eau chaude dans les deux maisons, tout en plantant des « rosiers tiges » de chaque côté de ce joli petit chemin aux cailloux blancs, — et un autre chemin plus long, de plusieurs centaines de mètres, reliant les chaumières au logis des concierges et à la toute pimpante barrière blanche, à laquelle Lucienne accrochait déjà une cloche ancienne dénichée chez un des antiquaires de Pont-Audemer.

Et le cidre ? C'est vrai, le cidre ! Je plante cent pommiers dans la petite prairie au-dessus de l'étable.

Pendant l'hiver, à Paris, je continuais à ordonner les affaires des Laboratoires qui grandissaient avec la violence d'une inondation, et je me réjouissais du succès de *L'Inconnue d'Arras,* tandis que les tournées Karsenty promenaient en province *Une femme libre,* avec un jeune acteur inconnu : Pierre Dux.

Avant les premiers jours du printemps, j'arrivai à Courval avec la hâte de mesurer de combien de centimètres avaient poussé les peupliers plantés avant l'hiver autour de la barrière et du bâtiment neuf.

Pendant que j'écrivais ma nouvelle pièce *Un homme comme les autres,* une dizaine d'ouvriers, d'utilités diverses, du matin au soir, travaillaient autour de moi. Je voulais « éclaircir » les quatre hectares de bois taillis, afin de pouvoir m'y promener sans une serpette aux mains et sans m'écorcher aux ronces. Mais quelle vitalité ont les mauvaises herbes, et de combien de maladies sont affligées les bonnes ! J'engageai comme gardien un jeune paysan pauvre de Vieux-Port, qui venait d'épouser une fille du pays, boiteuse, mais possédant un petit champ. Le père du gardien, vieil ouvrier alcoolique, capable de tout, sauf d'honnêteté, parvenait à faire semblant de travailler quand je le regardais. Et il allait de soi qu'il nous fallait aussi un grand potager — quatre-vingts mètres de long, vingt mètres de large — entouré d'un treillis de fer, enterré aussi — pour en interdire l'entrée aux lapins sauvages du voisinage. J'aurais ainsi, je l'espérais, tous les légumes nécessaires aux soupes et potages de la maison.

Un vieux jardinier, le père Yvon, soignait nos rosiers avec un entêtement et une innocence qui me troublaient. Dans son univers, seuls existaient des rosiers et des roses. Le père Yvon ne voyait même pas qu'il y eût quelque chose d'autre à voir. Il avait avec les roses des conversations que rien ne pouvait interrompre. Et quand sortant, un peu ahuri, de son dialogue secret, sans cesse recommencé, il nous parlait — ce qui était rare — c'était juste pour nous répéter les confidences de ses rosiers.

Un autre garçon travaillait près de moi, un Portugais laissé pour compte d'une invasion qui s'était retirée. Pour contenir les débordements du mascaret, la construction d'une digue, longue de plusieurs kilomètres, au pied de la falaise, avait été décidée. Comment apporter, au ras de l'eau, sans chemin, les millions de tonnes de cailloux nécessaires à l'édification de la digue ? Eh bien, les prendre sur place, dans la falaise même, où une carrière fut ouverte ! Pour son exploitation, on fit venir des centaines de casseurs de pierre du Portugal. La digue terminée, les Portugais rentrèrent chez eux, sauf un ; un brave garçon, buveur d'eau dans ce pays du Calvados, ne sachant ni lire ni écrire. Il habitait dans la cabane démolie de l'ancien gardien du phare de Courval, qui n'avait pas été réparée depuis le XIXe siècle. Il pleuvait dans l'unique pièce où un vieux matelas essayait, dans un coin, de ne pas trop se faire mouiller. Carnero vivait là, avec une femme qui se saoulait souvent, et qui avait amené avec elle ses deux enfants, des enfants du Bon Dieu et des hommes d'alentour. Tous les quatre, ils mouraient lentement de faim...

Carnero fut le premier ouvrier engagé, — et ce fut le dernier à partir, juste après moi. C'était un extraordinaire casseur de cailloux. Quand il en prenait un dans sa main gauche, après l'avoir observé : « En combien de morceaux voulez-vous que je le casse ? » Et d'un coup sec du marteau de sa main droite, il gagnait son pari. Avec le salaire de Courval, il répara sa cabane, habilla les gosses de sa femme, lui en fit un autre. Et, à l'image de mon potager, dans un terrain qui, comme la cabane, n'appartenait à personne, il planta lui aussi choux, salades et carottes. Il prenait mes tics. Le soir, après le travail, il s'installait dans un fauteuil boiteux, sur le haut de la Seine, fumant une pipe, lui qui n'avait jamais fumé, et regardant les images d'illustrés, comme si, ainsi que moi, il lisait le journal.

Lucienne courait toutes les ventes et criées pour acheter les plus petits meubles qu'elle pouvait trouver, afin de les faire entrer dans la soupente des filles. Et elle en rapporta de très jolis, leur taille de poupées leur donnait un charme inattendu. Mais pour déjeuner dehors, les beaux jours d'été, la création d'une terrasse devint nécessaire, une sorte d'à-plat dans la pente de la prairie. Je demandai à Carnero de commencer à creuser le haut de la terrasse projetée. Sortant de mes écritures, quelques heures plus tard, à la fin de l'après-midi, j'aperçus la tête de Carnero posée dans l'herbe de la prairie. Affolé, je m'approchai du trou où il disparaissait. « Tu es fou ? — J'ai fait ce qu'il faut... » En effet, pour une terrasse de dix mètres de long, la pente étant de 15 %, il fallait creuser au bord extrême du haut, à un mètre cinquante de profondeur. J'engageai trois autres terrassiers, et autour du plat, sur lequel le menuisier de Pont-Audemer me bâtit une table de chêne qui resterait sur place, même sous les pluies d'hiver, je plantai des acacias. Un cabanon abandonné que le cantonnier avait probablement posé près de sa grange pour lui servir de cellier, je le fis réparer. J'achetai une écrémeuse. Je louai à un paysan deux vaches pour l'été, et maintenant, nous avions *notre* lait, *notre* crème, *notre* beurre, et même certains fromages.

Avec les légumes du jardin, je voulus élever des poules et des lapins.

Mon père, dernier héritage de son enfance, brassait un excellent cidre. Comme je n'en boirai jamais plus. Il prétendait que sa recette était simple : être propre et savoir choisir ses pommes. Propreté des pommes qu'il lavait, propreté du matériel qui les écrasait, propreté des fûts et de l'eau (s'il avait pu, il eût employé de l'eau distillée). « Pense qu'à Étoutteville j'ai vu des paysans brasser avec l'eau de la mare dans laquelle se déversait le purin. " Ça donne du goût à la boisson ", disaient-ils. » Puis mon père surveillait la transformation du sucre en alcool pour qu'à l'ouverture des bouteilles de « cidre bouché » il n'y eût pas d'explosion, mais un léger pétillement. Grâce à mes pommiers, je possédais les droits des bouilleurs de cru et je fis venir l' « alambic » pour distiller mon calvados. Toutes ces activités nécessitaient, on le comprend, la création d'une cave pour y loger cidre, calvados et vin qui venait encore du dehors en barrique.

Pour la terrasse, j'avais, dans la pente du terrain, enfoncé à plat une sorte d'immense couteau et découpé ainsi une énorme tranche de ce gâteau de terre. Pour la cave, je m'enfonçai sous la pente du terrain et creusai dans l'argile une belle salle qui fut cimentée avec, au-dessus d'elle, au fond, plus d'un mètre cinquante de terre. Au début de la guerre, elle devait nous servir d'abri, les portes protégées par des sacs de sable. Mais cela, je ne l'avais pas prévu : ce fut un cadeau de l'Histoire.

Avec ma grande (et quelquefois désastreuse) considération pour les experts, je demandai à mon père, toujours adjoint au maire, d'amener à Courval le jardinier en chef des squares de la ville du Havre. Il vint. Il me conseilla des plantes dont j'ignorais le nom et qui donnèrent à certaines de nos haies des allures de jardin public et d'entourage de pissotière. Quand il vit le sentier qui, partant de la chaumière, allait s'enfoncer trois cents mètres plus haut dans le bois taillis : « Accompagnez ce sentier de deux rangées de polyanthas, de chaque côté... — Qu'appelez-vous un polyantha ? — Une plante peu fragile et qui fleurit tout l'été. »

Je passai la commande à mon pépiniériste et je reçus six mille rosiers ! Sur trois cents mètres, vingt polyanthas au mètre (deux rangs de chaque côté du sentier). Je fus surpris, — et je l'eusse été davantage si j'avais su alors que les rosiers, pour vivre, exigeaient plus de soins qu'un petit enfant.

Les rosiers plantés, j'aperçus dans la prairie où s'ennuyaient les deux vaches louées de petits monticules de terre qui dépassaient l'herbe. « Ce sont les vaches qui frappent du sabot ? » Du lait, oui ! mais des destructions !

« Pas du tout, ce sont les taupes ! Et si vous ne les tuez pas, elles viendront jusque sous la maison. — Encore tuer... — Non, se défendre ! » Et je commençai, le cœur lourd, le massacre des taupes, et des pucerons, et d'un bloc de guêpes nichées dans le tronc creux d'un vieux poirier, que je dus abattre lui aussi comme s'il était une bête.

Allais-je me laisser entraîner à ces cascades de meurtres ? J'achetai un beau fusil de chasse, avec toutes sortes de cartouches, même des cartouches pour « grosses bêtes » et une magnifique carabine anglaise, à douze coups. A en juger par mes performances dans les fêtes foraines, devant les pipes et les balles trépignant sur le haut d'un jet d'eau, j'étais un très bon fusil ! Et j'essayai ma virtuosité, en visant avec ma carabine le couple tranquille de corbeaux. Mais à trois cents mètres de distance, et à trente mètres de hauteur, je ne gênais pas beaucoup mes deux compagnons du ciel. Ils ne semblaient même pas percevoir le vent de mes balles. Entre deux pages d'écriture, mes visées devenaient une occasion de prendre l'air, en tirant des coups de feu dans les nuages.

Le grand et gros Joseph, maître d'hôtel optimiste et menteur, à qui j'avais acheté une moto pour aller nous approvisionner au marché de Pont-Audemer, surveillait tout ce monde, travaillant à la prolifération de Courval, sous l'œil émerveillé de sa femme, la placide Berthe, qui adorait cuire des tartes aux pommes.

Pendant les semaines de pluie, pour protéger de la boue l'entrée du potager, j'achète des pierres qu'on m'a signalées chez la mère Tuilier, une affreuse vieille alcoolique, qui fut belle, paraît-il, à vingt ans. Une vingtaine de pierres. Vingt francs le tout. Et elle me dit : « Avec votre argent, je vais aller faire la bringue. Et cette pierre-là, je devrais vous la vendre plus cher : c'était le seuil de l'écurie où j'allais gigoter les jambes en l'air quand j'étais jeune fille. » Joseph rapporte toutes les pierres, et sur certaines, je lis des mots de cimetière : « Mais ce sont des morceaux de pierres tombales !

— Ça ne fait rien, répond Joseph qui a réponse à tout. Je les poserai dans la terre à l'envers. »

Avec Lucienne et Camille, chez un pépiniériste de Bourgtheroulde, je choisis un cèdre du Liban. J'en attends maintenant avec impatience la livraison, devant le grand trou déjà creusé pour le recevoir, à gauche de la belle entrée. Mais on m'a prévenu que ce cèdre ne serait vraiment un bel arbre que dans une centaine d'années.

Ce qui va plus vite, c'est la pose de lices blanches tout autour de la prairie et qui donnent « grande allure » à ce paysage campagnard. Comme il nous faut un chien, je veux un chien du pays. On me signale les « Épagneuls de Pont-Audemer ». Chez le marchand, une ravissante petite bête, très jeune, très tendre, touchée par la tristesse des fins de race, s'attache déjà à nous.

« Je l'appellerai " Pomme ".

— Vous ne pouvez pas !

— Pourquoi ?

— Parce que cette année, pour le pedigree, le nom doit commencer par un " J ".

— Eh bien, déclarez-la sous le nom de " Jus de pomme ", et en privé, sans vous prévenir, nous l'appellerons " Pomme " ! »

Trois semaines plus tard, comme nous déjeunions autour d'une table, dehors, je remarquai l'étrange comportement de Pomme avachie dans l'herbe, et geignante. Je m'approche et je vois un spectacle qui me glace : un crapaud immobile devant une vipère qui ne bouge pas. Je regardai assez longtemps ce spectacle d'une intensité dramatique qui me bouleverse : le crapaud est fasciné. Le serpent, calme comme l'éternité. Avec une canne, je bousculai la tragédie. Le serpent fila comme une coulée d'eau dans la prairie. Le crapaud, d'un bond, fut loin de la scène. Pomme avait un cou énorme. On l'emmena chez le vétérinaire à Pont-Audemer. Elle fut sauvée. Et le vétérinaire nous donna des sérums au cas où les gosses seraient à leur tour mordus.

Pour animer encore cette agitation, j'installai au-dessus de la laiterie un pigeonnier, et j'achetai six couples de pigeons blancs, dits « pigeons paons ». Mais les bêtes aussi aiment le massacre et pas toujours par besoin ; quelquefois, comme nous, pour l'honneur !

Un des pigeons blancs étant mort, la femelle veuve vola jusqu'à « la Bonne Auberge » où César nourrissait des pigeons gris, afin de les cuire avec des petits pois pour ses clients. Deux jours plus tard, la veuve consolée revint au pigeonnier avec un mâle du troupeau de César. Nous en fûmes avertis par des piaillements et une bourrasque de bruits d'ailes. Les dix pigeons blancs, mâles et femelles, achevaient à coups de bec la veuve infidèle, pendant que le pigeon gris essayait d'échapper au châtiment du clan.

Renée et Steve Passeur viennent nous visiter. Mais frileuse, elle est d'une humeur détestable, car il pleut, une vraie pluie normande. Avec ses allures de mannequin parisien, dépaysée, elle refuse, pour patauger dans la boue, de mettre des sabots. Elle grogne. Des amis téléphonent. Ils viennent la prendre. Steve veut rester encore deux ou trois jours. Et pourtant, dit-elle : « J'aime tellement la Normandie ! » Mais pour elle, la Normandie, c'est Deauville et ses hôtels de luxe. Le lendemain, le soleil brille et nous déjeunons dehors. Pendant le déjeuner, Roger, le concierge, accourt. « Voulez-vous me dire, monsieur, qui c'est qui nage ? » Et il me montre un objet traversant la Seine. Steve dit : « Un dauphin. » Camille : « Un canot. » Moi : « Une vache perdue. » La bête atterrit : c'est un sanglier ! Roger attrape chez lui son fusil et descend, en cascadant, la falaise. Je vais prendre mon beau fusil qui n'a jamais servi et je le charge de deux balles pour « gros gibier », et nous parcourons le chemin des douaniers. Steve rigole et appelle la bête : « Petit ! Petit. » Je me retourne, le sanglier est à cinq mètres de nous, ayant déjà fait demi-tour pour nous fuir. J'épaule. Mais je suis au bord de la falaise, le dos dans le vide. Si je tire, je le blesserai à la fesse. Alors, ne reviendra-t-il pas sur moi pour me charger ? Et je n'aurai plus qu'une balle, et je n'ai jamais chassé, et le sanglier est énorme. Alors, je ne tire pas ! Mais nous entendons des hurlements. Toutes les femmes poussent des cris de terreur... C'est le sanglier, affolé, qui s'est engouffré dans la cuisine. Il en ressort et grimpe vers le bois taillis où il disparaît. Berthe sanglote : « Un sanglier vivant dans ma cuisine ! » Roger, qui ignorait ce que j'ai appris depuis, qu'un sanglier chassé, lorsqu'il a traversé l'eau, ne suit pas le rivage mais monte, arrive essoufflé ; je lui raconte l'aventure. « Ah ! j'aurais voulu m'appeler M. Salacrou ! Et le sanglier serait là, dans le chemin, abattu. » Furieux, je laisse mon fusil et je reviens avec ma belle carabine de précision. « Ne croyez pas que je ne sache pas tirer, Roger. Tenez... » Une grue, sur une patte, se repose en bas sur la digue, à trois cents mètres. Je vise. La bête s'écroule. « Allez me la chercher, s'il vous plaît, Roger. » Dix minutes plus tard, Roger me remonte la grue blessée, dans ses bras. Jusqu'à la fin de ma vie, je verrai son regard, ce mélange d'effroi et d'incompréhension. J'ai honte.

« Allez l'achever, enterrez-la et ne m'en parlez plus. » Et depuis, je n'ai jamais tiré, même pour rire, sur mes deux corbeaux du ciel.

Lorlette est malheureuse : sa grand-mère lui a apporté un jouet à la mode : cinq poupées du Canada, cinq poupées très petites, rangées dans un seul berceau, et Lorlette ne sait pas compter jusqu'à cinq. Tantôt elle a une poupée de trop et ne sait où la mettre, tantôt elle croit qu'il lui en manque une et la cherche partout. Camille, elle, demande tous les soirs à sa mère qui vient la border dans son lit : « Donne-moi un sujet de rêve. — Eh bien, tu joues avec ta sœur à la marelle et à ce moment... — ... Papa sort de la porte en colère et jette dehors un homme d'affaires ! »

Les ornements de la terrasse se montrent. Les acacias ont des feuilles ; les pruniers sont en fleur, les pommiers aussi, et les feuilles pourpres des noisetiers grandissent. Quelques boutons aux rosiers. Il pleut sans arrêt. Je plante des framboisiers, maintenus par des fils de fer horizontaux, et des cerisiers. A côté des cerisiers, et avec l'espoir de protéger mes cerises, je plante, pour les merles, des sorbiers. Mais j'aurai des déceptions, l'an prochain. Mes sorbiers attirent tous les oiseaux de la région qui organisent des banquets chantants dans mes cerisiers. Je me refuse à tirer des coups de fusil sur ces petites bêtes si heureuses. Adieu mes cerises ! j'essaie de les manger vertes, et je renonce.

La pluie ayant cessé, j'ai fait découvrir à Lorlette son ombre. Au bout d'un quart d'heure, elle a compris, elle court après, et puisque c'est le jeu de ne pas parvenir à l'attraper, elle rit, sauf lorsqu'elle tombe sur le nez en avant. Puis, Menée, la nurse, l'appelle pour déjeuner. Lorlette est une petite fille consciencieuse qui aime à ranger ses jouets. Aussi ne veut-elle pas quitter son ombre sans la plier, bien en ordre. Elle saute sur un pied, sur un autre, tourne et n'arrive pas à se dépêtrer de son ombre. D'abord ahurie, puis inquiète, la voilà qui pleure parce que son ombre la suit, car elle ne joue plus. Maintenant, elle court pour fuir cette ombre qui est toujours derrière elle. Menée vient la prendre dans ses bras, et Lorlette regarde, rassurée, le chemin d'où l'ombre a enfin disparu.

A Paris, pendant l'hiver, c'est le triomphe d'*Un homme comme les autres.* Le théâtre de l'Œuvre joue à bureaux fermés, tandis qu'une jeune troupe, « Le Rideau gris de Marseille » montait *L'Inconnue d'Arras* avec deux gosses de vingt ans, Louis Ducreux et André Roussin, dans les décors d'un inconnu : Georges Wakhevitch.

Nous revenons à Courval avec le printemps. Ayant déniché une grande roue de pressoir, je la fais cimenter à plat sur un socle de pierre, près du chemin des douaniers. Et dans son centre, je plante un grand mât où chaque matin, je hisse le pavillon de notre *Frileuse,* le vieux voilier bien oublié. Les pilotes de Seine, qui maintenant me connaissent, nous saluent d'un coup de sirène, quand ils dirigent leurs navires entre la vase et le sable du fond du fleuve.

Les gens du village ne m'aiment pas : je suis mal élevé ; ils viennent me voir pour se distraire, — et

Lucienne leur répond que je suis occupé. Mais ils me distinguent, seul en promenade à l'intérieur de la maison de verre. Serais-je médecin avec un malade, ils comprendraient. Dans une boutique avec un client, ils diraient : « Nous reviendrons. » Mais ils me voient seul, fumant la pipe, dans la grande pièce : « Il ne veut pas nous recevoir, parce que nous sommes des paysans. » Et dans leur cœur, ils m'insultent.

L'instituteur de Trouville-la-Haule, village dont dépend Courval, est très gentil. D'autant plus que j'ai offert un appareil de projection-cinéma à son amicale d'anciens élèves. Il est complètement sourd, car au régiment, un jour qu'il dormait près d'un canon, les copains prirent grand soin de ne pas le réveiller avant de tirer. La détonation l'assourdit pour toujours. Mais il lit les paroles des autres sur leurs lèvres. C'est un excellent instituteur, dont les élèves du village — pas un d'entre eux n'oserait le chahuter — sont reçus au certificat d'études. Il vient quelquefois me visiter avec sa femme qui est institutrice. Tous les deux sont d'Agen, mais de peu de ressources pour me distraire.

Mes parents, eux, ne ratent pas un dimanche. Et ma mère sent renaître sa fureur de vivre et délire de joie quand les gros navires glissent derrière les arbres du chemin et de la maison. « Tu en as de la chance ! » Peut-être a-t-elle rêvé de ce paysage dans sa jeunesse et retrouve-t-elle, dans ce passage de bateaux, ses impatiences de jeune fille et sa hâte vers le bonheur.

Mon père me parle des affaires comme s'il s'agissait d'une petite aventure toute naturelle. Or le triomphe de nos affaires, que je surveille grâce à des rapports quotidiens, ressemble à une panique. Dans une panique, tout le monde s'échappe. Dans un triomphe, tout le monde accourt, mais le mécanisme doit être le même. Ce triomphe, dont mon père a rêvé toute sa vie, il l'accueille sans étonnement, avec la plus grande simplicité. Mes difficultés avec lui naissent dans sa résistance à engager des collaborateurs de valeur. Il voudrait être seul, comme le soleil dans le ciel, à regarder l'éparpillement de ses boîtes et de ses flacons dans toutes les familles de France.

La maison est de plus en plus agitée ; je me fais construire un petit pavillon de six mètres carrés, en chêne et en verre, tout en haut, à la lisière du bois taillis et de la prairie, et tous les matins et tous les après-midi, je monte me réfugier pour fumer et écrire, en face de l'immense paysage, tandis que Lucienne reste en bas à lire ou à tricoter en regardant jouer nos filles.

J'étais turlupiné par l'obligation d'acheter, chez le boucher, la viande. Naturellement, nous ne pourrions pas manger un agneau que nous aurions vu paître dans la prairie et aimé comme un ami de la famille. Je renonce donc à l'achat de chèvres vivantes et de petits moutons. Je renonce aussi à la construction d'une porcherie en torchis. Les cochons auraient pourtant été de bon élevage, car ils auraient pu courir dans la prairie et se faire des muscles avant d'engraisser. Mais avec tout notre bois, ne pourrions-nous pas au moins cuire notre pain ? Je vais interroger des spécialistes de Pont-Audemer.

Pomme, l'épagneul fin de race de la région, est mort de phtisie. La remplacer par un autre chien me chagrine. Une revue d'animaux m'apprend que les kangourous sont de très bonnes bêtes de garde, que l'on peut dresser, et qui sont, contre les voleurs, de redoutables boxeurs. Je suis très intéressé, et un kangourou amuserait tant Camille et Lorlette. J'achète le kangourou qu'on va me livrer. Dans ce vaste paysage, en face de Courval, de l'autre côté de la rive, s'installe une usine dont mon patriotisme, jaloux de l'indépendance économique de notre pays, se réjouit, car elle va être, dit-on, une des plus puissantes usines d'Europe. Les équipes se succèdent sans arrêt, et dans la nuit, toutes ces lumières qui éclairent, comme une fête, le travail des ouvriers, me réconfortent. Mon patriotisme, hélas, est mal informé : cette usine deviendra en effet la plus puissante usine d'Europe. Mais elle appartient à une société étrangère. Et qui plus est, à une société de pétrole ! Quand les vents sont d'ouest, ce qui est l'habitude dans ce coin de terre, ça va. Les vents d'ouest emportent les buées de pétrole vers Rouen. Mais dans les belles matinées de brumes tranquilles, aux couleurs si douces, s'insinuent des fumées qui rappellent les puanteurs de Paris et les parfums de notre civilisation. Cette « plus belle usine d'Europe » dont, si bêtement, j'étais si fier ! Que faire ? Planter une forêt de chèvrefeuilles et d'acacias ?

Nous sommes en janvier 39. Le mois de ma délivrance : je pars avec Lucienne, à travers la France, pour oublier Line, en écrivant *Histoire de rire.* Je donnerai les ordres de plantations et de constructions à mon retour.

Quand nous revenons, la guerre est déclarée. Je ne connaîtrai pas mon kangourou boxeur, et le four à pain ne sera jamais construit.

*

Et Courval, sur sa falaise, au milieu des bois, s'enferma dans son isolement. Puis les soldats allemands, avec leur victoire dans les jambes, descendirent gaiement le raidillon. Ils arrivèrent devant la maison fermée. Ils se penchèrent sur la margelle du puits, crièrent dans le trou et l'écho, après un long silence, répercuta leurs voix inquiètes. Ils regardaient autour d'eux : la falaise à pic, la prairie, les taillis mystérieux. Ils remontèrent la route. Durant quatre ans, aucun de ces soldats n'osa habiter la solitude de notre Paradis abandonné. Ils préféraient le remue-ménage de « la Bonne Auberge » et les bistrots du village. Mes parents rentrèrent au Havre. Nous nous installâmes à Lyon où j'organisai des Laboratoires provisoires. Nous revînmes à Paris lors de l'occupation de la zone Sud. Les bombardements du Havre nous inquiétaient. Ma mère avait peur des nuits d'alerte. Alors mes parents achetèrent une maison à Yvetot, un bourg tranquille. Mais comme mon père voulait aller tous les jours aux anciens Laboratoires du Havre, il acheta la maison refuge, juste à côté de la gare, que les aviateurs alliés allaient bientôt essayer de détruire. « C'est à croire qu'ils me suivent », disait ma mère.

La mère de Lucienne, restée au Havre, allait de temps à autre s'installer dans le vide de Courval. Cela ne lui ressemblait guère, les bombardements ne l'effrayaient pas.

« Mais le bruit m'empêche de dormir, alors je vais là-bas faire une provision de sommeil...

— Toute seule ?

— Quand on veut être tranquille... »

Elle revenait au Havre, puis tout à coup, sans prévenir, elle retournait s'enfermer à Courval, « pour dormir », surtout après les grands bombardements qu'elle regardait debout devant la porte de sa maison — « et qui me fatiguent tant », disait-elle. Les civils et les soldats allemands aussi se terraient dans des abris, les rues étaient désertes... C'est après la guerre, lorsqu'elle fut décorée par l'Armée anglaise, que nous apprîmes qu'elle avait transformé Courval en lieu de passage pour les aviateurs de la R.A.F. descendus lors des raids contre le port. Elle les enfermait à Courval, à quatre kilomètres des Allemands du village, jusqu'à l'arrivée d'un autre passeur. Puis de passeur en passeur, de cachette en cachette, ils arrivaient quelquefois jusqu'à la frontière espagnole.

*

La joie et le tumulte de la Libération, avec les restrictions d'essence, retardèrent notre retour à Courval. Le Portugais, Carnero, s'était rapproché des usines de pétrole de Rouen. L'ancien concierge installé maintenant à Vieux-Port, nous avions engagé, par petites annonces, un nouveau couple sans le connaître.

Enfin, à la veille de Pâques, Lucienne, Camille et moi ralliâmes Courval, prenant au passage Laurence, en pension chez l'instituteur sourd de Trouville-la-Haule.

Pourquoi Lorlette était-elle en pension ? Je ne m'en souviens plus. Pour passer son certificat d'études ? Dans la voiture, toutes les paroles de Lucienne avaient un rapport visible ou secret avec Lorlette. Sa fille cadette lui manquait et elle en souffrait. Ayant l'arrivée, dès Bourneville, elle se remaquilla : « Elle n'aime pas me voir laide. » A Trouville-la-Haule, Lorlette nous attendait, très calme, mesurée dans ses paroles et ses gestes. Elle nous apprend qu'elle désire, dimanche, assister à la messe. Lucienne, désorientée, me regarde et Lorlette, très enfant modèle, grimpe dans la voiture.

Le nouveau jardinier, sa femme pitoyable et leur fille rougissante, ayant entendu la voiture descendre la côte, attendent, devant le portail, notre arrivée avec la curiosité d'êtres qui espèrent enfin une distraction ; et nous, nous regardons le paysage : Courval n'est plus Courval ! Après cinq ans d'absence, nous découvrons un Courval qui s'est laissé aller, un Courval clochard, ni lavé ni rasé, avec ses puces, ses bestioles, ses pucerons, ses herbes longues qui étouffent les rosiers empêtrés de gourmands, le long des chemins disparus sous les pissenlits — les haies s'étalent dans tous les sens, le chaume des maisons affaissé, ondulé ; des courants d'air tourniquent entre les colombages dont les vitres ont été brisées par les tempêtes. Les rats se glissent partout. Les pigeons blancs sont partis. Dans le potager, de vieilles salades montées essaient de résister aux doryphores qui ont boulotté tout le reste.

Par-dessus le ravage des taupes dans la prairie où les vaches ne donnent plus le lait, la crème, le beurre, avec une image de bonheur calme, c'est une explosion de fougères fougueuses. Tout ce qu'un jardinier méticuleux juge nuisible jaillit avec exubérance. J'essaie de me consoler près des arbres qui, eux, ont grimpé vers le ciel.

Le nouveau gardien, que cet abandon n'étonne pas, me répond quand je lui demande s'il supporte bien la solitude : « J'aime être mon maître ! » Il pleuvait et il continuait de bêcher sous la pluie.

« Mettez-vous à l'abri...

— Pourquoi ?

— Parce qu'il pleut.

— Faut bien qu'il pleuve pour que la terre vive.

— Mais vous allez attraper du mal...

— Ce n'est pas sûr. »

J'ai appris les secrets de Lorlette par sa sœur. C'est un gamin de onze ans qui la trouble ; qu'elle rencontre tous les jours à l'école, et qu'elle espère voir dimanche à l'église.

Lucienne cherche à comprendre : « Elle se faisait une telle fête de nous revoir... La joie attendue n'est pas toujours à la mesure de la joie qui arrive... Elle doit être déçue dans sa joie. »

Et j'ai découvert une autre vérité : Lorlette s'ennuie de la petite bonne des instituteurs, une gosse de quatorze ans, avec qui elle allait, tous les soirs, cueillir l'herbe aux lapins :

« Elle voulait continuer d'aller à l'école, m'explique Lorlette, mais sa maman n'ayant pas d'argent, elle l'a placée comme servante. » Et elle ajoute : « C'est triste. »

Comme sa sœur Camille, elle est déjà révoltée par certaines injustices sociales.

Trois semaines auparavant, Gaston Defferre, ministre de l'Information, m'avait offert la Direction générale de la Radio française. J'avais hésité pendant quinze jours, et je venais de refuser. La date venue, je dirai pourquoi — et comment ce refus eut une influence sur le destin de la République —, car, trois mois plus tard, un référendum repoussa le projet de constitution socialiste et communiste, avec un écart de 2 % de voix. Patron de la Radio, j'aurais déplacé plus de 2 % de voix, et nous entrions alors, pour des mois — ou des années —, dans un régime politique que nous n'avions jamais connu. Je reviendrai plus tard sur cette histoire. Mais il est certain qu'en dessous de tous les arguments discutés en apparence, la raison profonde de mon refus fut que j'étais déjà occupé par *Les Nuits de la colère* que j'avais hâte d'écrire. D'où cette arrivée dans la solitude de ce domaine dévasté.

Et Lucienne repartait avec Camille qui allait passer son bachot.

Je me réjouissais à l'avance, non pas des affres de l'écriture que j'allais subir une fois encore, mais de vivre dans le silence de Courval avec Lorlette. Le midi, elle déjeunerait chez l'instituteur, et nous passerions nos soirées ensemble.

Le matin du départ de Camille et de Lucienne, les yeux de Lorlette s'emplissent de larmes ; mais toujours maîtresse d'elle dans ses paroles et dans ses gestes. Je l'emmène aussitôt chez César, déjeuner à « la Bonne Auberge », et nous cueillons des fleurs pour la maison, dans le chemin, en revenant. Lorlette, sans le dire — mais je vois ses manigances —, veut se charger de mon bonheur domestique. Elle essaie de conseiller la femme du concierge. Elle s'habille pour le dîner.

Après, tous les deux, nous jouons aux dominos, nous efforçant, l'un et l'autre, de faire gagner l'autre. Et je vais la coucher dans sa minuscule chambre-grenier au-dessus de ma tête. Elle ne veut pas lire et reste seule dans le noir, les yeux ouverts. J'ai le cœur serré.

Les jours suivants, sur le mur, près de la grande cheminée où le feu de bois crépite, j'épingle les premiers plans de ma pièce qui lentement sort des brumes. Je veux que dès l'ouverture, le thème éclate, comme dans une symphonie. Un dialogue de morts et de vivants dans un crépitement de mitrailleuses. Je travaille toujours avec une extrême difficulté. Si le génie se manifeste par l'abondance et la facilité, je n'ai certainement pas de génie. La certitude de pouvoir rester dans ce paysage jusqu'en septembre me délivre de l'impatience.

Pour me distraire du travail et couper l'après-midi, je vais à pied à Trouville-la-Haule chercher Lorlette et nous rentrons ensemble. Dans le chemin, où voici déjà dix ans, les ouvriers étendirent, sur un lit de cailloux écrasés, une couche de bitume, des herbes, pourtant bien frêles, s'épanouissent ; elle me dit tout à trac :

« Papa, j'ai honte de moi !

— Pourquoi ?

— C'est indigne de moi », et elle sanglote.

« Qu'as-tu fait ?

— Mais je ne peux rien faire ! J'aime un garçon que je ne veux pas aimer. »

Alors elle se jette dans mes bras. Et nous voici, tous les deux, sur cette route en pente, dévastée par les orages et les gelées d'hiver, à mi-chemin du portail.

« Où as-tu rencontré ce garçon ?

— C'est le voyou de l'école. Il ne travaille pas. Il passe son temps à grimacer dans le dos de M. Maisnier. Il est grossier. Je le méprise et quand je ne le vois pas, je suis malheureuse. Il sait que je l'aime. Alors, il se moque de moi. »

J'essaie de la consoler comme un bébé, alors qu'elle souffre déjà comme une femme... Je la repose à terre et nous rentrons doucement, sa petite main dans la mienne. Les genêts sont en fleur, mais des orages d'une rare violence se succèdent. Je continue de vivre entouré de mes notes affichées sur les murs de ma maison d'en bas. Je travaille sans arrêt.

Lorlette est toujours adorable, et je crains de la démoraliser en essayant, non pas de lui « expliquer la vie », mais plus simplement de ne pas trop mentir quand je réponds à ses questions.

3 mai.

Nuit terrible. Insomnie totale. Je bois trop et je fume encore plus. A cinq heures, les oiseaux chantent et les mouettes piaillent dans le vent sur la Seine. Je me lève, et je vais dans la maison du haut allumer un grand feu de bois. A sept heures, je redescends me coucher. Lorlette s'occupe des menus du soir. Mais elle a renoncé à ordonner, en son absence, mes déjeuners. En ce moment, un jour sur deux, je mange les tripes de la boucherie, et le jour suivant, des harengs saurs que je fais griller sur les braises du feu de bois. Quel plat de luxe, si les harengs saurs se vendaient très cher !

Depuis le début de la semaine, l'eau manque dans les chambres, car la pompe est détraquée et nos provisions pourrissent dans l'humidité.

La première version de ma pièce se termine. J'irai la « recopier » à Luchon afin de l'envoyer fin juillet à Madeleine Renaud et Jean-Louis Barrault qui attendent *Les Nuits de la colère* pour inaugurer leur théâtre Marigny. Trois pièces à l'affiche : un Shakespeare et un Marivaux pour m'encadrer ! Quel voisinage !

Ici, c'est la fin de notre exaltation dans la solitude

d'un Courval sauvage. Nous avons vécu heureux parmi les oiseaux des arbres et les torrents d'eau des orages qui entraient dans la maison. Lorlette, reçue première du canton de Quillebeuf, au certificat d'études avec 9 $^1/_2$ sur 10 en rédaction : « Décrivez une fête foraine. » « Je me suis gardée de faire sentimental », me dit-elle quand je vais la chercher à la fin de l'épreuve. Maintenant, sa copie circule comme modèle dans les écoles voisines. Nous attendons Lucienne et Camille qui, elle, vient d'être reçue au bac. Toutes les trois, elles iront se promener en Bretagne, tandis que je vais m'enfermer au pied des Pyrénées, sans tabac et sans alcool (je viens de m'apercevoir que je vidais chaque jour le petit cruchon de calvados, et qu'il tient un quart de litre). Au-dessus de six cents mètres, je déteste fumer et je bois de l'eau. J'espère aussi, pendant l'entracte du recopiage de ma pièce, escalader les glaciers et le pic de la Maladetta.

Le jardinier qui aimait la pluie passa l'hiver, puis le printemps, mais au milieu de l'automne, il s'en alla. Sa femme n'en pouvait plus de galoper tous les deux jours, « aux provisions », à trois ou quatre kilomètres — plus le retour —, sous la pluie et toujours dans la boue.

A Pâques, un autre couple vint s'installer devant le grand portail qui aurait bien besoin d'être repeint. « Mon mari aime la tranquillité », me dit la femme tout heureuse d'avoir enfin obtenu une place. « J'aime avant tout être mon maître », précisa le concierge-jardinier.

L'été, pendant quelques semaines, je travaillai à *L'Archipel Lenoir,* en attendant le mariage de Camille, qui devait être célébré à Trouville-la-Haule. Camille s'était convertie, à Luchon, pendant l'Occupation. Elle voulait se marier à l'église et désirait que je la conduise à sa messe. A Paris, dans le temple de la Madeleine, entourée de ses boulevards ? Je refusai cette dérision. Mais j'acceptai la vieille église de campagne, entourée de son cimetière et des vieilles chaumières. Et j'aimais bien le curé de Trouville-la-Haule qui venait me visiter, une fois l'an, pour sa quête. A la mairie, le maire, en vieux paysan, prononça quelques mots très gentils sur Victor Hugo et l'art d'être grand-père. A l'église, un cousin du marié, abbé et professeur de mathématiques dans un petit collège catholique, demanda au curé la faveur, au nom de la famille, de prononcer, en chaire, le sermon. Ce fut Bossuet tonnant contre l'immoralité du théâtre ! Il plaignait mon gendre tout neuf, son malheureux cousin, d'entrer dans cette société démoniaque qui pourrissait les bonnes familles françaises. J'allais me lever pour le sortir de son perchoir. Mais Camille, avec sa robe blanche, qu'allait-elle devenir, au milieu de ce scandale ? Je restai assis. Après le déjeuner, l'abbé devait rejoindre la gare pour rentrer dans son collège. Je décidai de l'accompagner, moi-même, en voiture. Ma gentillesse inattendue surprit toute la noce. « Nous parlerons en route de l'Évangile et du théâtre », lui dis-je avec une voix de miel. Pendant le voyage, je n'ouvris pas la bouche. Huit kilomètres avant la gare, sur une route isolée à travers champs, ma voiture s'arrêta. « Voyez, monsieur l'abbé, comme vous aviez raison ce matin à la messe, et comme les gens de théâtre sont négligents dans tous les domaines : j'ai oublié de faire mon examen de conscience et le plein d'essence, et nous voici en panne sèche ! Mais la gare n'est qu'à huit kilomètres. En marchant très vite, très très vite, vous pourrez peut-être attraper votre train... »

Le soleil tapait dur. Il descendit de voiture avec sa valise. « C'est tout droit... » Cent mètres plus loin, il ôta son béret pour essuyer son crâne déjà en sueur. Alors, debout, je criai : « Bonne promenade, monsieur l'abbé ! » Et je fis demi-tour avec ma voiture bondissante.

Notre nouveau couple de gardiens passe l'automne, l'hiver. « On ne voit jamais personne », nous expliquait la femme. Tous les deux, ils nous regardaient, nous écoutaient, ne répondaient rien ; allant et venant, en sabots, dans le chemin aux rosiers morts et qui avait avalé tous les petits cailloux si joliment ratissés, dans les temps joyeux. Au commencement de l'automne suivant, l'instituteur nous avertit que des infirmiers avaient emmené à l'asile notre gardien, devenu fou.

*

Arrivés au Havre pour les fêtes de la Toussaint, nous allons, Lucienne et moi, passer une soirée à Courval. Cette fois, c'est le désert, dans un épais brouillard froid. Un navire, à l'ancre, sur la Seine, lance ses signaux de brume. Nous ne distinguons ni les arbres sans feuilles, ni les maisons vides, ni les prairies ravagées. Dans la vieille cheminée du bas, j'allume un feu grandiose. Et tous les deux, nous restons là, assis devant les flammes, sans parler. Je rapporte des bûches. Lucienne pose des pommes de terre dans la cendre chaude. Du vin.

« Tu te souviens...

— Oui, et vous... »

Un bonheur qui vient des grands fonds nous gagne. En inventant Courval, j'avais inventé le printemps de notre vie. Nous voudrions attraper tout, les maisons, les arbres, les taupes et nous enfuir avec notre passé dans nos bras.

« Armand, c'est notre dernière soirée à Courval ?

— Oui, nos pommiers offriront leurs fleurs blanches et roses à d'autres oiseaux. Laissons Courval disparaître dans la nuit. »

Au cœur du vaste silence de cette nuit de Toussaint, continuaient les lents appels du navire immobile.

*

Mais comment vendre Courval ? Qui irait ramasser les cailloux perdus de notre folie ? Pourtant, Lucienne, toujours par « Petites Annonces » dénicha le directeur général d'une grande usine du Havre, qui avait six filles et garçons passionnés comme leurs père et mère par le jardinage, la pioche et la terrasse. Je confiai les clefs à toute la famille piocheuse qui visita le domaine, que je vendis avec ses rats, ses araignées, et tous ses meubles.

Je relis dans mes notes : « Courval est vendu. Pas cher. J'ai acheté des actions et j'essaie de me distraire pendant quelques jours à lire les cours de la Bourse, sans oublier la dérision d'un krach à la mode de Wall Street — 1929. »

*

L'an passé, comme nous allions plusieurs fois par semaine de la Villa Maritime à Honfleur pour assister au tournage de ***Boulevard Durand,*** j'offris à Lucienne de faire un détour par le « marais Vernier » afin de regarder de loin... du bord de la route d'en haut...

Lucienne refusa : « La disparition de Courval a été pour moi un déchirement. Je veux garder intacts mes souvenirs, des souvenirs qui ne se rattachent à rien, à rien d'autre qu'à eux-mêmes. »

Je ne saurai donc jamais ce qu'est devenu, parmi les pommiers du Calvados, notre cèdre du Liban. Nous devions attendre cent ans pour l'admirer dans sa totale majesté. Mais voici bientôt quarante ans que j'espérais avec tant d'impatience le pépiniériste devant le trou déjà creusé pour le planter.

Et nos deux corbeaux, nos deux corbeaux amoureux, tracent-ils toujours l'un près de l'autre, dans le ciel de la prairie, leurs cercles noirs de la fidélité ?

CHAPITRE IV

Avenue Foch

L'été, nous vivions à Courval, l'hiver, avenue Foch où j'arrivais pour les premières répétitions de la pièce de l'année ; puis je connaissais les angoisses si vaines des générales. Trois mois plus tard, on fêtait la centième. Entre-temps, des tournées répétaient les pièces anciennes pour la province —, et je rencontrais les hommes d'affaires.

J'allais souvent au Havre, toujours en voiture, en moins de trois heures ; mais alors la route traversait des villages et des villes. Je conduisais des autos très rapides (ce qui me permettait d'aller « doucement » en deçà de leur vitesse maximale), avec une grande maîtrise qui me venait sans doute de mes autres réussites. La confiance en soi se propage d'activités en activités et se révèle alors dans tous les domaines.

Je me souviens du débouché d'une route départementale sur une nationale dans les environs de Courval et de Pont-Audemer, que je prenais toujours avec soin, car les autos se déportaient parfois sur la gauche pour entrer sans ralentir dans la nationale. Un après-midi, au volant de ma Delage (carrossée « sur mesure » par Chapron, et décapotable) je me trouvai nez à nez avec un camion lourd, en plein sur sa gauche, dans le fameux tournant. Je devais en moins d'une seconde me réfugier sur mon extrême droite, dans le fossé que j'avais repéré à chacun de mes passages en imaginant la scène que je vivais en ce moment. Ma voiture répondit, et je m'arrêtai doucement dans le fossé. Le chauffeur du camion vient vers moi, encore tremblant : « Je vous demande pardon. — Attendez, si ma voiture patine dans l'herbe du fossé, vous m'aiderez à m'en sortir. » La voiture regrimpa seule sur la route. J'avais vécu cette histoire comme la discussion d'un contrat d'affaires, après la même étude préalable, la même fermeté —, et la même indifférence.

Au Havre, la fabrication m'éberluait. Après, dans les débuts, avoir empilé les flacons de Marie-Rose un à un, et plié les petits sachets de poudre de Vermifuge Lune, à la façon des pharmaciens d'autrefois, dans leurs préparations magistrales, mon père fut bien obligé, ne pouvant plus assurer la fabrication manuelle de 10 000 sachets par jour, d'accepter l'achat de machines extraordinaires, venues d'Allemagne. Dans un récipient, au-dessus de l'appareil, on versait la poudre mélangée, et le ballet commençait. Des allers et retours de manivelles, des bras de nickel recommençaient leurs mouvements, en avant, en arrière, avec une régularité qui me donnait un sentiment d'infini et d'éternité, des pinces perfectionnées comme l'instinct de certains insectes, des déclics accompagnant les chutes calculées de petites enveloppes déjà imprimées avec leur lune sur un ciel bleu, et s'empilant sur un petit plateau roulant, à la cadence de 120 paquets à la minute. Afin de consoler mon père, je fis placer dans la « salle des poudres » une vraie balance des officines d'autrefois. Et toutes les demi-heures, le pharmacien de service avait l'ordre de vérifier le poids de la poudre, sur un sachet pris au hasard. Aucune erreur possible ; la machine ne pesait pas : c'était un volume de poudre qu'elle lâchait, toutes les demi-secondes, dans le sachet ouvert par des doigts de nickel —, on eût dit de petits spéculums.

La machine du Vin de Frileuse allait m'étonner davantage : sur des tapis roulants, les flacons se promenaient, en rang, l'un derrière l'autre, comme des enfants sages à l'école, maintenus par d'étranges lanières. Emplis, ils allaient à la queue leu leu se faire boucher ; alors des tenailles les attrapaient et leur appliquaient sur le ventre les étiquettes adéquates. Enfin, des doigts de métal les glissaient dans des boîtes dont les ouvertures se refermaient, collées en passant sur des plaques chauffantes.

Aujourd'hui, ces machines doivent être encore plus perfectionnées, et le cinéma nous en a montré des exemplaires encore plus compliqués. Mais, en 1935, les filles de l'atelier n'intervenant pas dans les opérations, regardaient sans intérêt ce manège hors du monde vivant, tout en se racontant leurs amours, chargées seulement d'appuyer sur une manette si la machine s'offrait, elle aussi, tout à coup une fantaisie.

... Tandis qu'avenue Foch, sans sortir de ma chambre, avec des idées imprévues, je devais lancer des foules d'acheteurs dans toutes les pharmacies de France, véritables terminus de ces machines obstinées, qui, sans arrêt, continuaient à ronronner. Les clients, je devais les fabriquer comme les petits flacons, et je les voyais arriver, eux aussi, sur des tapis roulants, dressant leurs mains vers des caisses enregistreuses, et sous le regard de pharmaciens, inutiles comme les filles des Labos du Havre, emporter leurs flacons, sans que je sache à la fin qui emportait l'autre, le flacon ou le client, dans cet univers de poupées mécaniques qui m'enrichissait sans me distraire. Comme l'on commençait à dire dans les universités, à la « source », il y avait une « idée », une idée qui créait en même temps le client et la marchandise dans un monde dénué de signification. J'en étais si conscient que j'ai écrit sur le sujet une pièce, qui fut montée par Yves Robert, et que les gens de théâtre qui vivent au jour le jour ont oubliée et qui est probablement la pièce la plus inquiétante de toutes les pièces que j'ai écrites : *Le Système Poof.* Je l'avais recommencée plusieurs fois, en trois actes, en cinq actes, sans entracte... Avec le désir de m'expliquer, je débouchais sur des monologues au public qui faisaient hocher la tête à tous les directeurs de ce temps-là. (Depuis, avec Marceau, Ionesco...)

Une fois encore, j'ai eu tort d'être trop timide devant mon encrier. A la fin, pour sauver les meubles, j'écrivis, avec toutes les versions tant travaillées, une pièce en un acte, intitulée *Comédie-Ballet,* échappée à la destruction par hasard (déposée et oubliée avant la guerre dans un placard du théâtre Montparnasse, et renvoyée à son auteur par une secrétaire chargée de vider les tiroirs).

Paul Arnold la publia aussitôt dans sa revue *Théâtre* où Yves Robert la lut et la monta magnifiquement au théâtre Édouard-VII.

Le héros de cette pièce découvrait que la véritable industrie de notre temps était la fabrication du consommateur ; consommation d'abord alimentaire, puis intellectuelle, et l'on quittait la publicité pour aborder la propagande ; ainsi, l'Église demandait à Poof d'organiser une « campagne » en faveur des communions et des conversions... Comme je me servais d'un bébé faisant la lippe pour vendre le vermifuge, Poof photographia le pathétique visage — le visage seulement — d'une femme nue des Folies-Bergère, et sur tous les murs de Paris, une affiche montrait ce pathétique visage avec ces seuls mots : « La Vierge vous attend[1]. » Les courbes des communions grimpaient et la femme nue, à force de se regarder sur les belles affiches si entraînantes, allait se

1. Yves Robert m'a rappelé, ces jours derniers, que c'est son amie Juliette Gréco qu'il fit poser pour cette photo.

confesser et entrait au couvent. Pour combattre les dangers de la propagande, une ligue antipublicitaire se formait — et pour recruter des partisans, demandait à Poof de lui organiser une campagne publicitaire pour la faire connaître et lutter plus efficacement contre les dangers de la publicité. A la fin de la pièce, Poof, un Poof que je connaissais mieux que personne, gémissait : « Il est plus facile d'être le pape des hommes que le Dieu de son âme », et il s'enfonçait dans une solitude triste.

Au cours de la pièce, je jetais à la pelle des slogans. Voici un exemple : Poof ayant à vendre des boîtes de conserve à des acheteurs qui rêvaient de jardins au soleil, leur criait : « Dans ces boîtes, des *primeurs* sont là qui vous attendent, — et elles sont cuites... (à l'eau, murmurait le fabricant) et ces primeurs qui vous attendent sont cuites avec le printemps. »

*

Lorsque, vers 1924, il quitta le pavillon avec jardin de la rue du Mont-Joly pour s'installer dans la pauvreté des trois pièces du boulevard François-Ier, mon père avait vendu le Thé des Familles de sa jeunesse. Car le jardin et le hangar de la rue du Mont-Joly disparus, où mélanger les plantes des quelques milliers de paquets que des clients obstinés réclamaient encore dans certaines pharmacies de la Seine-Inférieure ? Mais s'il se résignait à l'abandon du Thé des Familles, il ne renonçait pas à ses rêves : avec l'argent de cette vente, il lancerait la Marie-Rose — qui allait le ruiner.

Aujourd'hui, avec nos trois affaires triomphantes, je voulais offrir à mon père sa revanche. Je revoyais encore ses petites constructions de carton, dans la vitrine minable du 82, rue Casimir-Delavigne, et ses espoirs déçus. Et avec une quatrième affaire, augmentant le montant de notre publicité, n'augmenterais-je pas ma puissance dans la discussion des contrats avec les journaux et la radio ?

Je demandai donc à mon père s'il n'était pas possible de racheter sa tisane au pharmacien qui la lui avait achetée. « Il a tout laissé tomber ! Je ne suis pas sûr qu'il en vende encore mille boîtes par an... Mon Thé des Familles, il ne vaut plus rien... »

Une heure plus tard, avec un air papelard, mon père apprenait à son pharmacien qu'il avait, vaguement, entendu parler d'une affaire qui pourrait l'intéresser !... Le pharmacien en question dirigeait ce qu'on appelait alors une « pharmacie commerciale », c'est-à-dire une pharmacie où l'on vendait certains articles (lait condensé, coton hydrophile, eaux minérales...) à perte pour convaincre la clientèle du bon marché de cette officine, et ainsi l'attirer pour lui vendre le reste, spécialités et ordonnances, au prix fort.

Dix ans avaient passé ; le mélange des plantes pour une vente si faible embêtait de plus en plus le pharmacien. Aussi, quand mon père, après avoir raconté mille histoires sur un acheteur qui pourrait — et encore ce n'était pas certain — être intéressé par cette tisane qui ne valait plus rien...

Enfin, mon père, avec son sourire finaud, revint aux Laboratoires, tout heureux, ayant en poche la propriété retrouvée de son si cher Thé des Familles. Nous le payions le prix que mon père, autrefois, l'avait vendu.

« Tu me l'as fait payer trop cher, car la vente ayant baissé des deux tiers, j'aurais dû le payer les deux tiers de l'ancien prix. Mais tu étais si pressé ! Tu es toujours trop pressé ! »

Oui, j'étais pressé d'offrir cette revanche à la tisane de mon enfance. Oui, maintenant, mon père allait en vendre des millions de boîtes par an, à la France entière.

Mais comment ? Toutes les tisanes alors en vente se ressemblaient.

Mon père mangeait la cuisine de ma mère sans protester. « Ton père ? Il n'a aucun goût ! Il mange n'importe quoi. Brûlé ? Trop salé ? Jamais une remarque ! Ça, il n'est vraiment pas difficile ! Aussi n'est-ce pas la peine... »

Eh bien, mon père fignolait le goût de sa tisane ! Un peu plus de verveine ? un peu moins de tilleul ? Il mélangeait la menthe, la mélisse, l'anis... Sans arrêt, au risque de se détraquer les intestins, il absorbait des tasses et des tasses de son breuvage pour en améliorer le parfum et la saveur.

Mais comment en une phrase montrer toutes ces qualités pour ramasser, comme dans une rafle, les acheteurs et les amener en rangs serrés aux portes de toutes les pharmacies de France ?

Pendant plusieurs jours, je tâtonnai, j'hésitai. Les idées qui venaient ne m'enchantaient pas. Celles des autres encore moins.

Un mois plus tard, déjeunant au Havre, à table, je demande à mon père : « Dans ton mélange, il y a combien de plantes ? — Attends, je vais compter... »

Mais comme dans la numération des Académies, on oublie un nom, ou bien on le compte deux fois — et il arrivait tantôt à douze, tantôt à treize et même à quatorze. « Douze, ce n'est pas bon, ça évoque la douzaine et la banalité des épiceries. Treize ? — les femmes sont superstitieuses. Quatorze ? Je sais que c'est deux fois sept — mais le chiffre sept n'est grandiose que dans sa solitude...

— Tu peux ajouter des plantes à ton mélange ?

— A condition de n'en pas détériorer le goût — mais pourquoi ?

— Je crois assez au chiffre " dix-huit " — écoute : la " tisane aux dix-huit plantes ", voilà qui va la différencier des autres.

— Mais “ dix-huit plantes ”, ça ne veut rien dire...

— Une phrase non contraignante, mystérieuse, dans laquelle les acheteurs pourront rêver, y loger des désirs inconscients... Oui, la “ tisane aux dix-huit plantes ”, voilà qui me permet d’organiser une campagne publicitaire.

— J’ajouterai, disait mon père qui pensait aux foies malades de ses futurs clients, un peu de Boldo, un peu d’artichaut.

— Ce que tu voudras... Déposons les mots la “ Tisane aux dix-huit plantes ” et tout de suite ! » Comme si je craignais que ma trouvaille, traversant les murs, n’atteigne déjà les concurrents. Et nous allons déposer en même temps la tisane aux dix plantes, aux onze, jusqu’à la tisane aux vingt-cinq plantes, pour m’assurer contre une contrefaçon malhonnête de mon slogan auquel je crois de plus en plus.

Dans la semaine, sur mon ordre, les services techniques de l’agence Havas travaillaient sur dix-huit huitièmes de page, un par plante, stylisée à la mode de 1900 puisque notre boîte, dessinée en 1904, eût pu l’être par Mucha. A la radio, dix-huit petites chansons chantaient à tour de rôle : « Je suis une des dix-huit merveilles de la célèbre tisane aux dix-huit plantes. »

Maxime Baze, dont j’ai déjà parlé et qui devait être assassiné dans un camp nazi, me dit : « Jeanson t’appelle maintenant : l’ “ athée des familles ”, ce qui l’amuse beaucoup, mais moi je t’apporte — et je te la donne — la fortune ! Écoute : “ Pas de santé sans Thé des Familles. ” » Quinze jours plus tard, toutes les radios de France clamaient tous les soirs : « Pas de santé sans Thé des Familles. » Alors, on glissait à intervalles réguliers, dans les programmes de radio, des « plages » de publicité : une succession de communiqués de trente secondes chacun, dont il était difficile d’émerger à moins de surprendre l’auditeur par un cri tel le « Pas de santé sans Thé des Familles. »

Puis j'eus l'envie, au lieu de faire lire mon communiqué de trente secondes, enfoui parmi les autres, ***entendu*** mais pas ***écouté,*** de le faire chanter ! Et même de le transformer en chanson. On me parla de deux jeunes duettistes qui passaient en lever de rideau au Palace, « Charles and Johnny ». Ce « Charles » inventa, paroles et musiques, de ravissantes chansons de trente secondes. Plusieurs par semaine. Toutes charmantes. Les Labos payaient vingt francs chaque chanson à ce jeune créateur joyeux et bondissant, dont le nom allait devenir célèbre car ce « Charles » s'appelait Charles Trenet.

Avec un grand soin, j'avais gardé, dans nos archives, les disques de ces petites œuvres publicitaires. Je me souviens encore de la fin de l'une d'entre elles, murmurée sur un air tendre, d'un ton nouveau, un peu mélancolique :

> ***Allons ! Allons ! sous la charmille***
> ***boire notre tasse de Thé des Familles.***

Une bombe en 1941 détruisit les Laboratoires du Havre et nos archives. On reconstruisit le bâtiment, mais avec les archives pulvérisées, devenues poussières de cimetière, les petites chansons de Trenet disparurent à jamais.

*

Il fallut acheter des machines à couper les plantes, à les mélanger, à emplir les boîtes. Nos achats faisaient monter le prix de la menthe chez les récoltants des bords de Loire, du tilleul à Carpentras et de la verveine en Algérie. En un an, la vente dépassa le million d'unités.

Mon père vivait cette aventure sans étonnement. Où était le miracle ? N'avait-il pas toujours dit, dans sa petite boutique de la rue Casimir-Delavigne, qu'un jour, dans toutes les cuisines de France, il y aurait, à côté du flacon de la Jouvence de l'Abbé Soury, une boîte de son Thé des Familles ?

*

Ma nouvelle pièce ***Un homme comme les autres*** se jouait à bureaux fermés, après une critique dithyrambique. Une grosse difficulté de distribution avait été surmontée grâce à Robert Desnos. En effet, Jean-Louis Barrault venait de quitter l'Atelier pour monter des spectacles personnels. Ainsi, il nous montrera ***Sanctuaire,*** et plus tard ***La Faim.*** Aussi, quand le théâtre de l'Œuvre demanda à Jean-Louis de créer le rôle du pathétique voyou d'***Un homme comme les autres,*** il refusa. « Non pas qu'il n'aime pas la pièce, l'auteur et le rôle, mais parce qu'il ne voulait pas que ses copains puissent croire qu'il avait quitté Dullin et l'Atelier pour jouer un “ rôle d'acteur ”. »

Je comprenais ses raisons et j'en déplorais les conséquences. Au cours de mes rendez-vous d'affaires si particuliers avec Robert Desnos — et j'en parlerai tout à l'heure — je dis à Robert ma déconvenue et mon inquiétude. « Tu n'imagines pas l'importance d'un acteur dans la création d'un rôle. Pendant les répétitions d'***Une femme libre*** pour le rôle de Cher ami, dix acteurs furent essayés, et après la deuxième répétition, ou bien ils renonçaient, ou bien nous nous excusions de les avoir dérangés. “ Votre rôle n'est pas bon, hurlait Paulette Pax, il faut le couper ! ” Moi je tenais à ce rôle qui jouait le thème de la pièce. Un matin, quelqu'un pense à Le Vigan de la troupe de Jouvet. Téléphones. Il arrive, prend la brochure et aussitôt le rôle apparaît. Tous les témoins, dans la salle, se réjouissent.

« C'est notre acteur !

— Mais Jouvet vous rendra-t-il votre liberté ?

— Sûrement pas !

— Alors nous en sommes au même point, pleurnichait Paulette Pax.

— Pas du tout, hurle l'auteur. Le Vigan a donné la preuve que le rôle est jouable...

— Il est même excellent, précise le Vigan, et j'ai très envie de le jouer.

— Alors...

— Alors, c'est très simple. Chez Jouvet, je suis du I et du III. Ici, c'est le II... Avec un taxi, pas de problème...

— Mais Jouvet vous l'interdira !

— Aussi, je ne vais pas lui en parler.

— Mais après la générale, quand il apprendra...

— Il me demandera dans sa loge : " Qu'est-ce que c'est que cette histoire ? " et je lui répondrai avec sa voix : " Eh bien, mon p'tit gars, c'est une histoire vraie ! " »

Néanmoins la synchronisation fut parfois difficile. Pour l'améliorer, Le Vigan, qui jouait chez Jouvet un rôle de Grec, partait du théâtre de l'Œuvre avec, dans une valise, son costume historique, et se changeait pendant la course. Le chauffeur ahuri de voir sortir de sa voiture un hoplite brandissant déjà ses armes de fer-blanc.

Avec ma nouvelle pièce, je ne risquais pas d'être amené à couper le rôle, mais Jean-Louis était tellement le personnage ! Une fois créé, on trouve toujours des acteurs pour reprendre le rôle déjà établi...

Robert, que Jean-Louis adorait, s'y prit si bien qu'il lui arracha la promesse de jouer cent fois ! « Cent fois seulement ! » J'étais sauvé. Jean-Louis eut un triomphe, joua cent fois la pièce et s'en alla. Mais, plus tard, l'acteur qui avait pris sa suite étant tombé malade, Jean-Louis revint jouer pour dépanner le théâtre durant toute l'indisposition de son camarade.

Avant les répétitions de ce futur « triomphe », le directeur mâle du théâtre me demanda la permission, pour jouer le prologue, d'engager une débutante « très jeune et encore plus jolie ». « Elle vit avec un célèbre affichiste et décorateur. Si nous l'engageons, nous aurons " à l'œil " la maquette du décor...

— C'est lui qui vous a proposé ce troc ?

— Non. C'est un de mes meilleurs amis, un gynécologue, qui a couché lors d'une visite avec cette ravissante personne, et qui m'a proposé l'affaire. Elle meurt d'envie de jouer la comédie... J'ai été bien épaté, ajouta le directeur, quand mon ami m'a raconté l'aventure, car elle ne porte vraiment pas l'adultère sur la figure. »

Très simple et réservée, aux répétitions. Avait-elle du talent ? Elle ignorait tout du métier. Pendant les pauses et les repos je n'osais pas lui parler. Sa beauté m'intimidait. Et j'ai toujours refusé le rôle de l'auteur qui courtise ses interprètes. Vers le milieu des répétitions, piétinant comme à l'habitude dans le fond de la salle, je vois Jean-Louis de dos, au premier rang de l'orchestre, en ombre chinoise, assis près de Line, la prendre gentiment dans ses bras. Je suis bouleversé. A la fin de la répétition, je lui demande si elle a le temps de boire un verre. Nous allons au Cintra. Il est six heures. A six heures et demie, elle me dit qu'elle doit aller retrouver son ami à son atelier, pour dîner et le conduire après chez lui : « Et après ? — Après, j'irai dormir chez moi. » Nous prenons donc un nouveau rendez-vous à ce même Cintra vers neuf heures. A neuf heures un quart, nous entrions dans l'hôtel California, rue de Berri, que Maxime Baze appelait l'hôtel Californica. Contents l'un de l'autre, nous nous séparâmes gentiment vers minuit... Et c'est ainsi que commença cette aventure qui deux ans plus tard m'entraîna dans les royaumes de la folie, d'où je parvins à m'échapper brusquement grâce à la patience, à l'intelligence et à l'amour de Lucienne.

Mais alors, rien ne me sortait de ma tristesse, ni le triomphe de la pièce, ni les amabilités parisiennes, ni l'explosion de ma publicité qui époustouflait les milieux d'affaires. Même ma tristesse ne me sortait pas d'une profonde indifférence. A Courval, je rêvais de Paris. A Paris, je rêvais de Courval. Et pourtant, à Courval, après le travail, comme divertissement : recevoir l'instituteur sourd, avec son appareil inutile derrière l'oreille, comme je vais peut-être en porter un bientôt, car je m'assourdis et je n'ai même pas le désir de consulter un médecin. Depuis le début de la semaine une seule distraction : être allé à pied jusqu'à la rue Daunou, m'acheter un chapeau. 140 francs. C'est cher pour un chapeau, et léger comme distraction. Quand et comment toute cette histoire va-t-elle craquer ?

16 octobre.

Henri Pollès me téléphone « pour son terme ». Il me dit qu'on me reproche « ma fortune ». Gide aussi est riche, et de naissance. Moi, « ma fortune » je la gagne, hélas.

L'argent me dépayse. Mon pays, c'était le bistrot, les amis et les parlotes pleines d'espoirs. Ce n'est pas l'argent qui me retient dans son domaine, mais un goût pour le jeu. Ma mère craignait toujours que je devienne joueur. « J'en mourrais, mon garçon. » Mais comme je gagne à tous les coups, elle est fière de moi. Je gagne, oui, en perdant ma vie.

9 novembre.

Je reviens de Marseille. Deux débutants jouent *L'Inconnue d'Arras* : Louis Ducreux et André Roussin. Le décor est aussi d'un débutant : Georges Wakhevitch. Gros succès. Mais parce que le public est surpris par l'insolite, et n'ose ni dire ni peut-être penser ce que je sais ce soir : « trop confus pour être beau ». Je regrette toujours la mise en scène de Pitoëff, qui, dans le mystère, eût peut-être été plus claire.

Je suis revenu malade comme un chien qui aurait mangé dans des boîtes à ordures. Et ce matin, reprenant ma culture physique, je me donne un tour de reins. Je boite et je souffre. Les affaires sont en ce moment extrêmement difficiles. Et les Labos, comme toutes les usines de France, sont « occupés ». Les ouvrières, très gentiment, avec encore plus de gentillesse que de timidité, nous ont demandé la « permission » d'occuper les locaux. « Sinon, on se ferait remarquer, et nous ne saurions pas quoi répondre... On profitera de la grève et de l'occupation pour nettoyer partout. »

Dans cette nouvelle forme de grève, se dévoile un amour secret de l'ouvrier pour son travail, si mêlé à sa vie.

Si, l'an dernier, avant les élections, Pierre Laval avait offert des vacances aux ouvriers, le Front populaire l'aurait-il emporté ? Mais Pierre Laval savait-il que les ouvriers n'avaient jamais eu de « vacances » de leur vie ? Ces quinze jours auxquels nos ouvrières vont avoir droit maintenant, elles y pensent déjà, en chantant de bonheur.

10 novembre.

Avenue Foch, au-dessus de ma table de travail, sur laquelle j'essaie d'écrire certains soirs et devant laquelle je reçois le matin, de quart d'heure en quart d'heure, les gens d'affaires, j'accroche la très belle image d'Épinal :

Le Mourant
prêt à paraître devant Dieu

Sa femme, au pied du lit, hurlant de douleur, les enfants à genoux pleurant, un prêtre montrant le ciel, des flammes infernales jaillissant du plancher où traînent les pièces d'or du mourant qui, un crucifix dans les mains, montre un visage très pâle...

Les hommes d'affaires seront surpris. Et quand ils m'embêteront trop, je regarderai mon mourant, son curé et son diable. Oseront-ils me demander : « Vous êtes croyant ? »

Non hélas, et je regrette la morale chrétienne : perdre son âme est plus pathétique que gâcher sa vie.

Argence, un des grands patrons de l'agence Havas, me donne une idée que je crois bonne : il existe, me dit-il, en France, 800 petits journaux « locaux » qui tirent les uns à 300, d'autres à 500 et quelques-uns à 1 000 exemplaires. Mais ils circulent tout de même un peu chaque semaine dans des chefs-lieux et bourgades. Ils sont la propriété de petits imprimeurs qui ont souvent du mal à remplir leurs quatre pages.

« Si vous envoyez à ces journaux des clichés sans aucun impératif de publication, les laissant libres de s'en servir quand ils le désirent, avec un crédit de 20 francs à chaque publication, je suis certain que pour toucher les 20 francs, et surtout pour s'épargner des travaux de composition, ils les publieront. » Argence, ancien ouvrier typographe, voit juste. J'accepte. Un quart de page par spécialité pour chacun des 800 petits journaux, plus de 3 000 clichés en plomb ! 1 500 kilos de publicité qui vont s'éparpiller à travers tous les départements. Mais la publicité dans les autres journaux — les grands — m'inquiète davantage. Sans la publicité pharmaceutique, aucun de ces journaux ne pourrait paraître : l'ensemble des laboratoires pharmaceutiques représente plus de 30 % de leurs recettes. Je leur donne huit millions par an, et maintenant quatre millions à la radio — et comment vérifier le rapport entre le prix payé et le rendement ? Douze millions pour un bénéfice d'un million, donc une erreur d'appréciation de 10 % et je mène l'affaire à la débâcle. Les journaux — certains — pas tous — donnent des chiffres contrôlés de tirage. Mais le tirage n'est pas tout : ce journal est-il lu par nos acheteurs possibles ? Et la radio — des musiques s'élancent dans les airs —, mais qui les capte ?

Alors, pour vérifier la valeur de la publicité presse et radio, j'ai l'idée de mettre dans nos boîtes un questionnaire — rose pour la Marie-Rose, bleu pour les boîtes de Vermifuge, brun pour le Vin de Frileuse et vert pour le Thé :

> « Comment avez-vous connu ce produit ?
> Par un journal ? Si oui, lequel ?
> Par la radio ? Si oui, par quel poste ? »

Et j'offre un petit cadeau à tous ceux qui répondront... Et je distribue ainsi, dans mes flacons, un million de questionnaires. C'est un triomphe ! Au bout de six semaines, j'ai déjà reçu plus de 100 000 réponses. J'engage des dactylos pour le dépouillement et établir des statistiques.

Hélas ! A la question « Par la radio ? Si oui par quel poste ? » les réponses ne vont pas du Poste Parisien à Radio Cité, mais du poste Philips au poste Pathé et Radiola...

Je dois recommencer toute l'enquête en précisant ma question. Ah ! l'importance du mot juste. Mais déjà un renseignement d'ensemble : 50 % de réponses « Presse », 50 % de réponses « Radio ».

Or, je donne 8 à la presse et 4 à la radio qui se révèle ainsi deux fois moins chère.

Et je commence maintenant la discussion annuelle de mon renouvellement de contrat avec Havas et Argence. J'aime beaucoup Argence qui m'aime bien. A force de sérieux, grâce à son intelligence du métier et des hommes, il est parvenu à la Direction générale de la toute-puissante agence Havas. Il a sous ses ordres toutes les succursales qui couvrent la France ; je suis devenu le plus important client d'Havas, mais je dépends toujours de l'agence du Havre ; et tous les directeurs d'agences envient leur collègue du Havre, le gros et lourdaud directeur de mes débuts qui s'accroche à son poste, car il touche un pourcentage sur mon budget. Mais il est exclu de nos discussions d'affaires. Argence était venu me rencontrer au Havre dès la deuxième année, étonné par la progression de mon budget. Comme toujours la rencontre commença par une dispute (il en sera de même avec celui qui allait devenir mon ami Marcel Bleustein). J'ignorais tout du comportement des hommes de ce métier et j'avais une vue très personnelle de la publicité, n'attachant d'importance qu'à mes intuitions. Ils avaient tous tendance à me considérer comme un client habituel, qu'il faut guider, encourager et convaincre, alors que je les tenais, après les expériences malheureuses de mon père, pour des aveugles, qui n'avaient, eux, jamais rien à perdre. Ils ne participaient jamais aux pertes. Et s'ils vous ruinaient, ils touchaient quand même leur pourcentage sur votre déconfiture. Argence m'aimait aussi pour mon activité dramatique. J'étais sans doute le premier écrivain qu'il rencontrait, et sa nature charmante et modeste le poussait à l'admiration. Modeste, mais pas dans son métier !

La rapidité de ma réussite avait enfermé l'agence dans une sorte de traquenard. Les petits budgets se discutaient en une fois, une fois l'an. Mon budget s'enfla si vite que l'on garda la même technique, et c'est d'un coup, maintenant, que chaque année, je disais oui ou non à un budget qui était devenu le plus important d'Havas, et de France.

D'autre part, deux sortes de journaux composaient ce budget : les journaux appartenant à Havas, et les journaux libres. Havas devait discuter des prix avec chacun des journaux libres, mais était en quelque sorte maître des prix des journaux lui appartenant ou dont il avait la régie. Ainsi, aujourd'hui le budget que me présentait Argence frôlait les neuf millions — et le plus simplement du monde, je déclarai à Argence : « Je vous offre huit millions, pas un sou de plus. — Mais comment voulez-vous que j'obtienne un tel rabais ? — Arrangez-vous avec les journaux dont Havas est le maître. — Jamais je n'y arriverai », me disait Argence avec un visage crispé.

Je lui parlai de mon enquête-questionnaire et du rapport presse-Radio. Il fut impressionné, car ce que plus tard on allait appeler des « sondages » n'existait pas, — et l'expérience que j'avais tentée et réussie l'inquiétait.

Si nous avions discuté, de semaine en semaine, les contrats de deux ou trois journaux, Havas pouvait refuser mes offres de prix, — mais d'un coup, abandonner le plus gros budget de l'agence ! J'étais le plus fort, et j'expliquai à Argence que mon désir d'aventures me poussait à distribuer les huit millions qu'il allait refuser aux postes de radio, à l'essai d'une grande campagne d'affichage et de vitrines exposées dans toutes les pharmacies de France. Enfin, je lui adressai la lettre suivante :

« Mon cher ami,

« A force d'énergie et d'audace, en quelques années, j'ai constitué un budget de publicité plus important que celui qu'on appelait autrefois : le budget Citroën. Ma situation financière est plus que saine, et ma comptabilité est à votre disposition. Aujourd'hui, vous me mettez dans la nécessité d'abandonner ce budget. Je vais être amené à faire la preuve de la puissance de la publicité radiophonique. Je suis prêt, et vous savez que, jusqu'ici, j'ai réussi ce que j'entreprenais, parce que ce que j'entreprends, je le prépare bien.

« Néanmoins, étant donné l'importance de la décision que je vais prendre, et, comme on jette un dernier regard sur la terre qu'on abandonne pour de nouveaux rivages, je vous demande amicalement de mettre au courant le Conseil d'administration de l'agence Havas. Vous me connaissez assez ; vous connaissez assez mon affaire, et vous connaissez assez mes possibilités pour expliquer la situation.

« Je vous prie de croire, mon cher ami, à mes sentiments de bonne amitié. »

Argence allait-il accepter mon prix ? Je l'espérais, car je ne pouvais plus reculer et l'aventure dont je le menaçais, si j'étais obligé de la tenter, allait encombrer ma vie, c'était si simple les journaux — et maintenant organiser une distribution de vitrines, des services d'affichage... Sans oublier qu'il me fallait trouver tous les mois un million de francs ! Je ne connaissais rien aux banques, et mon père raisonnait comme un petit boutiquier d'avant 14. « Méfie-toi des banques ! Elles veulent toujours vous aider, et une fois la porte entrouverte, elles entrent dans l'affaire et te la barbotent en moins de deux. » J'essaie d'équilibrer les ventes avec les dépenses. Je passe, quand les ventes baissent, des moments difficiles. J'ai établi un « cadre » de ventes et de dépenses quotidien, qu'on m'envoie chaque jour, à midi, sur une feuille jaune. Le matin, après le courrier, Lucienne me regarde :

« Aujourd'hui, les chiffres sont bons ! » ou bien : « A votre teint, je vois que les chiffres sont mauvais. »

Après les soucis de la journée, j'ai des angoisses la nuit...

Enfin, Havas a cédé. Il accepte le prix que j'imposais. Mais je n'en peux plus. Je pars pour Megève me mettre au régime sans vin, sans tabac, dans la neige et le soleil froid de l'hôtel du Mont-d'Arbois. Je skie avec difficulté. Je m'emberlificote dans le stem boggen. (Je ne deviendrai un bon skieur qu'en 1948-1949, quand les élèves eurent le droit de faire de l'élévation sur le christiania.)

Combien de temps vais-je encore vivre cette aventure qui m'entraîne ? Je suis comme un homme en train de tomber dans le vide, levant les bras vers le ciel. Ah ! Dormir — et me réveiller ailleurs.

5 février 1937.

Le départ de Suzanne (de Nantes) m'a révélé un nouveau tourment. Rencontrés par hasard, dans l'hôtel, nous nous sommes quittés sans espoir. Nous étions heureux ; elle devait partir : son mari, sa petite fille l'attendaient. Et ce bonheur interrompu sans l'aide des mensonges habituels, avec une grande lucidité, m'a fait mal. Un départ définitif, comme un meurtre. Nous nous sommes quittés, malheureux, en plein bonheur, avec la certitude que nous ne nous aimerons plus quand nous nous rencontrerons à nouveau, plus tard, si nous devons un jour nous rencontrer. Cet amour nous montrant ainsi sa faiblesse, pathétique comme un enfant malade qui va mourir, et qu'on baptise déjà un « ange du ciel ».

Samedi.

Accablement morne. Elle doit pleurer dans le train, près de sa sœur qui l'accompagne. C'était sa « première aventure » ! Demain, je vais à Chamonix rencontrer Line qui a voulu venir me retrouver. Je lui avais conseillé Chamonix pour être seul à Megève.

11 février 1937.

J'essaie de dormir dans mon « single » comme dit le concierge du Mont-d'Arbois. Il fait froid. Je viens de dîner avec deux œufs durs en buvant du vin dans un verre en carton. Je pense à ma dernière et longue causerie de cet après-midi avec la jeune Hélène, duchesse de X. Mon pardessus accroché au portemanteau de la cabine se balance avec le roulement du train, comme un pendu. Qui sait ? Je finirai peut-être ainsi, balancé à la branche d'un arbre que j'aurai aimé vivant ? Je voudrais que ma nouvelle pièce sur Savonarole soit un poème sur la Mort, avec les efforts contradictoires et inutiles des hommes vers le bonheur.

24 février.

Je rentre du Havre. Parti mercredi pour travailler aux Labos, je ne devrais revenir à Paris que samedi. Mercredi soir, 40 degrés de fièvre. Et hier, éreinté d'ennui, je me suis sauvé en dépit des médecins. Pendant ce malaise, agité, je pensais à ce cahier, resté à Paris. Et à l'injustice des phrases écrites au jour le jour, qui prennent de l'importance si le hasard veut qu'elles soient les dernières. Je pensais à ma note du 5 février : Suzanne devenant « celle que j'emportais ». Dans ma fièvre, j'avais trouvé une image pour expliquer ces détours. Image perdue. Saint Pierre a renié trois fois Jésus. Et s'il était mort d'une embolie après le premier reniement ?

11 mars.

Je ne pense qu'à Savonarole. Aujourd'hui, toute la journée à la Bibliothèque nationale ; regardant de travers, en sortant, à côté, rue de Richelieu, l'agence Havas. Avenue Foch, à mon arrivée, la maison est pleine. J'avais envie d'être seul. Dîner : Madeleine Lambert, la si belle Arlette Marchal, Marcel Abraham arrive en retard à cause du ministère où il est chef de cabinet, Marcel Bleustein est là avec Jacques Schoeller. J'aime beaucoup Marcel Bleustein. Naturellement notre première rencontre, dans son somptueux bureau du boulevard Haussmann, a commencé par une empoignade. Il voulait « m'expliquer la publicité ». Moi aussi. C'eût été une rencontre sans lendemain sans son charme, dont on ne se méfie pas, car il n'est pas apparent. Loin de là. Et pourtant, on n'en sort pas. Ce charme est fait de naïveté, de son inexpérience, et surtout du désir impétueux d'être aimé. Il a une irrésistible envie de plaire. Comme un enfant qui aurait été frustré et qui ouvre ses bras à tous les passants de sa vie. Et sous une apparence calme, une énergie fulgurante. Il est évident qu'entre nous deux une grande amitié commence. Ce soir, il s'est confié à Lucienne qui m'a rapporté les confidences : « Ma mère est une femme exceptionnelle. Elle me préfère car je suis le benjamin de ses fils. Et c'est une femme d'une bonté inaltérable. Elle passe sa vie à faire du bien. Il est impossible que les enfants d'une femme aussi bonne n'aient pas une chance exceptionnelle. » Il croit en son étoile et dans sa réussite. Il a rompu avec sa maîtresse parce qu'elle déplaisait à sa mère, mais il a toujours de l'affection pour cette jeune femme, qu'il rencontre encore chaque semaine : « Elle a vu mon ascension. Nous nous sommes connus, elle à vingt ans, moi à dix-neuf. Au lieu d'aller au cinéma, je l'emmenais, comme " sortie ", travailler à mon bureau. Et quel bureau ! Deux pièces sur cour ! Il est impossible qu'il n'y ait pas sur la terre une femme pour moi. Je sais que je la rencontrerai un jour. »

17 avril, Courval.

Dullin annonce dans les journaux la dernière de *Jules César* et la générale de la reprise d'*Atlas-Hôtel* pour lundi en huit. Je pars pour Paris. Lucienne me rejoindra le lendemain. Par ce temps froid, plein d'un terrible vent de S. O., rien ne pousse. J'ai terminé la première partie du deuxième acte de « Savonarole », ce soir.

11 mai.

Un mois de perdu. La reprise d'*Atlas-Hôtel* n'a pas été fameuse. Mal jouée, avec trac, et Dullin s'emberlificotant dans son texte. Presse médiocre à l'exception d'un bon *Paris-Soir*. Grande fatigue. Arrêt de « Savonarole », presque en pure perte. « Presque » car j'ai compris, avec une « chair de spectateur », certaines imperfections d'*Atlas-Hôtel*. Le soir même de la générale de la reprise, on fête la deux centième d'*Un homme comme les autres*. Bousculade épuisante. Line toujours d'une grande beauté, et si douce. Je préférerais cent représentations en un siècle, à deux cents représentations en une saison. Pourquoi ? Un siècle de représentations futures vaut-il une heure de bonheur aujourd'hui ? Mais je ne suis même pas heureux, ces jours-là, dans ces heures de cohues froufroutantes où je me sens si étranger.

Marcel Bleustein me fait nommer président du Conseil d'administration du poste de Rueil, futur Radio 37 ; qui avec le Poste Parisien et Radio Cité, va devenir le troisième poste publicitaire français de radio. Dîner chez Maxim's avec Geymond, homme de paille de Jean Prouvost, patron de *Paris-Soir* et Hecker, homme de paille de Bailby, patron de *L'Intransigeant.* « Votre nom... votre activité... vos idées si neuves... », etc. Je les défrise en précisant : « Si j'accepte, je veux acheter le quart des actions, être le vrai patron, et voir tous les comptes... »

Depuis deux jours, à Courval, je réfléchis. Jacques Schoeller est venu « par hasard » (par hasard à Courval !) pour savoir où j'en suis de ma décision. Je ne dis rien. Mais je sais déjà que je refuse. Les affaires qui furent au début un gagne-pain et qui m'ont envahi, qu'elles ne deviennent pas un passe-temps.

Je rentre voir Dullin. Ce qui m'inquiète dans la presse d'*Atlas-Hôtel,* c'est le chœur des critiques : « Quel chemin parcouru ! » Je ne trouve pas *Atlas-Hôtel* si mauvais ni *Un homme comme les autres* si génial, comme ils disent. N'aiment-ils que le côté sexuel ou, avec leurs yeux de myopes, n'aperçoivent-ils que la « gaudriole » ?

Mercredi.

Argence, qui se débat toujours pour devenir le grand patron d'Havas, me dit : « Si vous aviez accepté la présidence de Radio 37 avec Jean Prouvost, vous deveniez un très grand homme d'affaires. » Il ajoute : « Vous avez bien fait de refuser, à cause de votre talent. » Il n'y a pas de flagornerie. Il « croit en moi » et est heureux que je choisisse une carrière qui n'est pas la sienne afin d'élargir son propre horizon.

Par moments, je regrette ma décision. Je suis un joueur qui n'ose pas jouer. Non par peur de perdre, mais par peur de me perdre. Havas veut m'organiser un voyage aux États-Unis. Cette nuit, je rêve et je téléphone de New York à Lucienne : « Sois-moi fidèle », c'est-à-dire : « Sois vivante tant que je vivrai. Attends ma mort pour mourir. »

Dialogues.

A une femme belle :

— Tu es si belle !

— Tu me trouves idiote ?

A une femme pas très jolie :

— Vous êtes si intelligente !

— Dites tout de suite que je suis un laideron !

A un homme intelligent :

— Vous êtes si intelligent !

— Vous préféreriez un beau gosse qui serait *aussi* intelligent ?

(Et pourquoi ne lui répond-elle pas : « Bien sûr » ?)

Raconter une histoire n'est pas toujours une action théâtrale. Le public doit prendre parti. Toujours craindre ou souhaiter un événement dans la seconde qui vient.

André Masson, retour d'Espagne. Il fut chargé, dans une province de Çatalogne, de mettre à l'abri tous les véritables objets d'arts des églises avant que tout le reste ne soit brûlé. Il raconte à Leiris cette aventure de la guerre civile, qui n'est pas, paraît-il, une anecdote inventée : sur le front d'Aragon, des tranchées très proches. Les rebelles ont reçu des oranges. Les gouvernementaux ont envie d'oranges. Par-dessus le parapet, on discute. Les rebelles acceptent un échange. Mais avec quoi ? On cherche. Finalement, un accord se fait : les rebelles donnent des oranges et les gouvernementaux des grenades explosives.

Courval.

Jacques Schoeller est venu déjeuner avec Paule. Ils arrivent d'Herblay où ils ont fait du ski nautique. Ils sont heureux. Ce ne sont pas leurs raisons d'être heureux, mais leur bonheur que j'envie.

Thème pour une pièce.

Un Don Juan qui n'a séduit, qui n'a connu qu'une Elvire.

— Alors ce n'est pas Don Juan.

— Ne pas confondre Don Juan et Casanova. Une seule femme peut détruire Don Juan.

2 juin.

Les nazis pour se venger du bombardement d'un de leurs ***navires de guerre*** par un aviateur gouvernemental détruisent la ville d'Almeria, tirant deux cents obus sur les femmes et les enfants. Que des révolutionnaires en état de crise commettent des folies, elles sont compréhensibles, sinon excusables, mais qu'un gouvernement régulier, établi, ordonne ce massacre ! Les nazis me font frémir d'horreur. Et les gouvernements étrangers se taisent. Quelle lâcheté ! ***Wait and see,*** dit l'Angleterre ; elle attend, mais sa vue baisse. A moins que ce ne soit pas une lâcheté, mais un aveu de faiblesse. Alors, commençons à trembler.

Vendredi 4 juin.

J'ai trouvé le titre de ma pièce Savonarole : « Le Perroquet », cet oiseau ramené des Iles par Christophe Colomb, qui parle, mais qui, comme Dieu, ne répète que les paroles des hommes.

5 juin.

Lucienne m'envoie cette lettre :

« Mon cher Armand,

« Je n'ai rien à vous offrir. Un cadeau que j'aurais acheté avec votre argent —, ou même avec celui de ma cagnotte personnelle, à quoi bon ? Rien dans les mains, tout dans le cœur, dirait Cocteau. Mais voilà quinze ans que nous sommes mariés, et je veux vous donner seulement cette lettre. Et si j'étais sûre que, de votre côté, vous puissiez m'écrire la même, je n'aurais pas vécu pour rien.

« Cette lettre n'est pas un " brevet de bon mari ". Vous ne m'avez pas rendue, mon si chéri, quinze années heureuse, jour après jour. Par moments, vous m'avez même fait beaucoup souffrir — et je sais que ce n'est pas fini —, mais jamais vous ne m'avez fait souffrir bassement. Le bonheur que vous m'avez fait atteindre « par pointe », personne au monde ne pouvait me le faire sentir comme vous. J'ai des souvenirs de regards que je n'échangerais pas pour une vie humaine. Même le désespoir avec vous est encore magnifique.

« Je suis sûre que je vous aime. Et je croyais que l'amour était supérieur à tout. Eh bien, je suis sûre que dans le sentiment que j'ai pour vous, il y a beaucoup d'amour, mais quelque chose de plus que l'amour. Je vais vous dire un mot qui va vous sembler très terne et pas joli du tout, un mot que je n'aurais pas voulu employer il y a quinze ans et dont, maintenant, je sais tout le prix. C'est : estime. Voilà, je vous estime.

« Dans ma romantique jeunesse, je pensais que le " fin du fin " c'était de s'entendre dire : " Tu es une canaille et je t'aime tout de même. " Je ne crois plus à ce romantisme facile. Aimer un être qu'on a vu vivre heure par heure devant soi, sans jamais avoir besoin d'indulgence, c'est magnifique. Vous me diriez : " Lucienne, l'herbe est rose ", je penserais que je n'ai jamais regardé l'herbe très attentivement et qu'en effet, elle doit avoir au moins un reflet rose. Je regarderais et je verrais le reflet rose. Ce n'est pas de ma part crédulité aveugle et idiote, mais si vous me disiez cela, c'est que ce serait vrai.

« Vous avez un caractère irritable qui nous a fait perdre des journées entières de bonheur — et Dieu sait si elles nous sont comptées, ces journées —, mais si je pouvais faire un échange, j'aimerais mieux vous laisser votre vilain caractère, et que vous restiez vous-même, le " vrai ". Tous les défauts que les autres pourraient vous trouver, je sais que vous ne les avez " réellement " pas. Ce qui vous sauve — je ne dirai pas que cela " sauve " votre entourage ! — c'est l'inquiétude et la détresse qu'il y a en vous. Vous êtes trop réellement désespéré pour avoir les défauts que des êtres vulgaires, comme M. D., pourraient vous reprocher.

« J'ai souvent pensé que ce désespoir latent qui existe chez vous et chez moi, c'était ce qui nous avait rapprochés. Quand nous nous sommes connus, vous aviez le désespoir un peu blagueur, un peu Laforgue aussi. Le mien était en même temps plus jeune fille et plus dans la réalité. Mais je vous ai si bien pressenti — comme un intoxiqué reconnaît un autre intoxiqué.

« Cette précarité que je sens dans la vie m'a attachée à vous, comme l'amour seul n'aurait pas pu le faire.

« Quand je parle de vous, je dis “ mon mari ”, mais exactement comme je dis aux domestiques en parlant de vous “ Monsieur ”. Pour moi, il est évident que vous n'êtes pas “ Monsieur ” ni “ mon mari ”. Amant, c'est trop restreint. Frère, ce n'est pas non plus cela. Il n'y a pas de mot pour dire ce que vous êtes pour moi. Quand je pense qu'un jour le monde continuera d'exister sans vous et que je serai, moi, peut-être, encore là, que lorsque la vie quittera l'un ou l'autre, ce sera fini pour “ notre vie ” à tous les deux, le mot désespoir — même lorsqu'on veut lui faire rendre tout son sens — n'est pas assez grand pour exprimer ce que je ressens.

« Vous penserez : “ Elle n'est pas très gaie pour un anniversaire de mariage. ” Pensez, mon si chéri, que nous avons probablement passé la moitié du temps que nous devions passer ensemble. Aussi, profitons bien de chaque moment qui viendra. »

Fin septembre.

Je suis au Havre. « Le Perroquet » n'est pas achevé, mais mon père désire devenir conseiller général du premier canton ; et je dirige la campagne électorale depuis deux jours. Les « militants » ne pensent qu'à une chose : « demander des services ».

Mon père se présente comme radical-socialiste en accord avec les candidats socialistes et communistes. Je rencontre le candidat communiste, René Cance, instituteur très sympathique et je serais surpris qu'il ne soit pas loyal.

Léon Meyer, que mon père a tant aimé et défendu, le combat obscurément, mais s'étant, par anticommunisme primaire, dressé contre le Front populaire, Meyer a contre lui un communiste virulent ; et il commence à trembler pour sa réélection.

Lundi 4 octobre.

Je viens d'arriver à Courval, loin du Havre. Je n'en pouvais plus. Rien de plus bête qu'une campagne électorale. Depuis huit jours, déjà, je fais l'idiot et j'ai la tête pourrie. Ici, je respire. Et je crains pour mon père la catastrophe, à moins que la circulaire qui part ce soir ne retourne la situation.

Dimanche matin, Courval.

Je reviens du Havre où j'ai été voté sans attendre le résultat des élections. Je préfère ne pas être près de mon père pendant sa déception qui me paraît certaine.

Lucienne est à Paris depuis hier soir avec Camille qui entre au lycée demain.

Je n'ai pas la force de relire le manuscrit de Savonarole en panne.

Ce soir les pelouses, que les ampoules électriques éclairent, apparaissent avec ce vert si particulier que donne, la nuit, aux feuilles et à l'herbe, la lumière artificielle. Un vert inconnu le jour. En ce moment, l'herbe, tassée, recourbée, luisante ; on dirait la terre recouverte d'une fourrure de bête.

Mardi.

Rêvé toute la nuit d'histoires burlesques que je ne trouvais pas drôles et qui m'attristaient. Ce matin, je me remets au III du « Perroquet ». Il paraît qu'hier, la reprise de *L'Inconnue d'Arras* a été très belle. Je dormais pendant qu'on me jouait à Paris.

4 décembre 37.

Grand dîner théâtral hier soir, à la maison (Piscator, Lugné-Poe, Louis Ducreux), la femme de Piscator a traduit et monté *L'Inconnue d'Arras* à Vienne.

Suzanne Després, l'épouse de Lugné, raconte sa vie à Lucienne : « J'ai toujours été une femme froide. Vers les quarante-cinq ans, je suis tombée amoureuse de Preslier, le jeune premier que vous connaissez et avec qui je jouais. Avec lui, j'ai découvert le plaisir... Ça a duré quatre ans.

« Un jour, les médecins découvrent que j'ai un fibrome. Ils me l'enlèvent. En sortant de la clinique, je regardais Preslier comme un étranger. C'était fini. Mon histoire d'amour ? Un fibrome qui s'appuyait sur mes organes ! »

Lugné, qui volait de femme en femme, a beaucoup souffert de cette aventure. Je me souviens, lorsqu'il en parlait autrefois — pendant l'aventure qui fut connue de tous —, grognait, plus perspicace que les médecins : « C'est le retour d'âge qui travaille Suzanne. »

Et c'est Suzanne qui bouleversa la Grande Chancellerie de la Légion d'honneur.

Lugné, alors amant d'une célèbre sociétaire de la Comédie-Française et maîtresse en même temps d'un président du Conseil, avait obtenu d'elle la Légion d'honneur pour Suzanne ; la maîtresse, très grande dame, trop heureuse d'offrir cette compensation à la femme de Lugné. Suzanne qui ne pouvait ignorer l'origine de son ruban rouge, le refusa. Ce fut un parfait scandale théâtral, politique et mondain.

Et c'est depuis ce scandale que la Grande Chancellerie exige l'acceptation préalable et écrite du futur décoré.

Je dois ajouter que cette grande actrice, interprète géniale de *Poil de Carotte* et du théâtre d'Ibsen, anarchiste sur les bords, intransigeante, n'aimait pas beaucoup les décorations, ni le « milieu théâtral ». Elle n'avait aimé — même pendant son fibrome avec Preslier —, et elle n'aimait, elle n'avait admiré que Lugné. Trois ans plus tard, à la fin de la débâcle, réfugiée avec lui dans leur domaine d'Avignon, à Lugné, mourant d'une angine de poitrine, elle lisait les journaux, inventant de fausses nouvelles rassurantes, afin de lui cacher les désastres militaires.

Neuf ans après la mort de Lugné, quand je fus élu membre de l'Académie Goncourt, elle m'envoya sa carte de visite que j'ai collée sur une photo de Lugné, avec ces seuls mots : « Comme il serait content ! »

*

J'avais rencontré Robert Desnos au Quartier latin, en 1917, dans les environs du café d'Harcourt. Tous les deux, très excités par le mouvement Dada, que nous connaissions mal, mais dont le « non-conformisme » (c'est ainsi que l'on dit aujourd'hui ?) nous enchantait, et la nuit nous allions sonner aux portes, jetant les poubelles attendant le ramassage à l'intérieur des entrées, en criant : « Dada ! Dada ! »

Une nuit, alertés par des concierges furieuses, des agents nous attendaient. Heureusement, nous courions plus vite qu'eux, et je me souviens encore de ma descente de la rue Jean-de-Beauvais, sur mes mains qui glissaient le long de la rampe de l'escalier. Je la connaissais bien, cette petite rue sans passants, car elle bordait un des côtés de la pension Mons où j'avais habité durant mon année de P.C.N.

Puis le cinéma et les affaires m'isolèrent et le surréalisme emporta Robert.

Vers 1930, je le rencontrai, par hasard, dans je ne sais plus quelle rue. D'abord, on disait : « Robert est gentil », comme on dit d'autres : « Dieu ! qu'il est désagréable ! » Mais la gentillesse de Robert cachait une nature très rare : Robert n'était pas gentil, il était bon. Il était bon, comme les saints sont les saints. A sa naissance, le diable l'avait oublié. Robert lui avait filé entre les pattes, pour se promener sur la terre avec son regard ébloui, et ses mains tendues, offertes. Toujours il accueillait, il comprenait, il aimait. Heureux de nous rencontrer, nous ne savions pas trop quoi nous dire. Je pensai à son amour, dont on avait parlé, pour la mystérieuse et pathétique Yvonne Georges, qui s'était suicidée. Nous jetions des noms entre nous pour essayer de nous rejoindre. Les amis de la rue Blomet, Masson, Miró, Baron... Au détour d'une phrase, il me dit : « En ce moment il y a un type que je voudrais bien connaître, c'est le gars qui écrit des petits échos sur la Mort parfumée des Poux. Je les découpe et je les colle dans un cahier. Tu ne peux pas savoir la séduisante extravagance de ces textes... »

J'avouai. Robert en eut le souffle coupé. André Masson organisa des rencontres ; avec quelle joie je retrouvais ce personnage qui s'était mêlé aux journées de mon arrivée à Paris, quand nous découvrions Oscar Wilde, Marcel Schwob, Apollinaire, Cendrars...

J'apprenais qu'il était amoureux de la femme du peintre Foujita, la belle et intelligente Youki. Foujita ne pouvait pas ne pas voir l'amour éclatant de Robert qui venait tous les jours. Il le tolérait, mais assistait aux entretiens des amoureux, sous le prétexte de tatouer le corps du poète fidèle. Pour voir Youki tous les jours, Robert se laissa tatouer tous les jours ; sa peau se couvrait de dessins bleus, étranges, obscènes ou poétiques. Robert eut un jour le corps entièrement tatoué, du col au bas du ventre, et tout le dos. Alors, il emmena Youki chez lui et la garda. Youki ne possédait que des dettes, Robert très pauvre détestait les dettes. Alors, il se mit à chercher du travail et, pendant un temps, fut scribe chez un marchand de biens, pour payer au moins le loyer d'une chambre. Sur le papier à en-tête du marchand de biens, il recopia le manuscrit des *Sans Cou* qu'il m'apporta. André Masson grava deux eaux-fortes, je confiai le tout à l'imprimeur des Laboratoires qui composa un beau livre, tiré à cent exemplaires. Je les remis à Robert qui alla les vendre, un à un, le plus cher possible, aux gens du monde courtisant les surréalistes.

Alors, mon comportement avec les gens d'affaires manquait d'honnêteté. Étaient-ils responsables de mon agacement dans cette aventure qui m'amenait à regretter jusqu'à sa réussite ? Une sécheresse, parfois une violence coléreuse empoisonnait mes rendez-vous d'affaires. D'abord, je les fixais de quart d'heure en quart d'heure. Celui qui arrivait avec dix minutes de retard ne disposait plus que de cinq minutes pour m'exposer son histoire et ses désirs. Malheur à celui qui arrivait avec vingt minutes de retard. Il devait demander un autre rendez-vous, et dans ce cas, la secrétaire — selon mes ordres —, le fixait au mois suivant. Ainsi avais-je repoussé avec brutalité le rendez-vous d'« Informations et Publicité », Société avec laquelle je discutais un important contrat de publicité radio. A la vérité, je n'étais pas fâché de faire ainsi traîner les discussions, car j'hésitais encore dans mes projets.

Cette arrogance étonnait les hommes d'affaires qui, eux, s'appliquaient à la courtoisie, avec déjeuners fleuris, hypocrisies et sourires. Que pensaient-ils de moi ? Un rustre ? Un malade ? D'autres s'interrogeaient : « Pourquoi joue-t-il les mufles secs ? »

Toujours est-il qu'une fin d'après-midi Robert Desnos, en conférence avec ses patrons, les pria de l'excuser, car il était obligé de partir...

« ... Sans terminer l'étude des dossiers ?

— Mon ami ne supporte pas l'attente ni les retards...

— Eh bien, habituez-le à plus de fantaisie...

— C'est un chic type, avec une marotte : l'exactitude...

— Eh bien, on s'en fout ! Il vous attendra et vous pardonnera.

— Pardonner un retard ? Vous ne connaissez pas Salacrou ! Pourtant, oui, vous le connaissez...

— Quoi ? quel Salacrou ?

— Le vôtre, le nôtre, le mien...

— Vous avez rendez-vous avec lui ce soir ? Allez-y ! Allez-y tout de suite ! Depuis quinze jours, il refuse de nous recevoir. Mais dépêchez-vous, ne soyez pas en retard. Nous reparlerons de toute cette histoire demain. »

En rigolant, Robert me raconta la scène. J'ignorais qu'il fût entré dans cette Société, grâce au poète Lise Deharme qui venait d'épouser Paul Deharme dont elle fit un président directeur d' « Informations et Publicité ».

Je donnai tout de suite un rendez-vous pour ses patrons à Robert qui, dès le lendemain, enjambait avec des bottes de sept lieues les cases de la hiérarchie de la Société. Puis, je lui confiai, avec quelle joie, la rédaction de petits poèmes radiophoniques pour notre publicité, son salaire grimpa avec l'extension de notre budget, il paya toutes les dettes de Youki et nous mîmes au point un scénario qui nous servit plusieurs fois. A propos de budget, ou d'horaires pour les communiqués publicitaires, avec mauvaise foi, je rompais les discussions. Alors « Informations et Publicité » m'envoyait Robert pour renouer les contacts. Mais je ne répondais pas avenue Foch. Alors Robert (avec Youki) venait au Havre pour « me faire entendre raison ». Robert et Youki se promenaient devant la mer et dans le port pendant plusieurs jours, « attendant mon arrivée » alors que nous dînions tous les soirs ensemble. Puis Robert téléphonait à Paris : « Il est à Courval ! — Essayez de vous faire inviter dans sa campagne. » Et nous passions, Lucienne, Youki, Robert et moi deux ou trois jours avec notre amitié. Quand Youki en avait assez de la Normandie, Robert téléphonait à Paris que j'étais prêt à accepter, sous certaines réserves légères, les propositions que j'avais refusées.

Une lettre de Robert rappelle ces heures heureuses :

Paris, samedi.

« Mon cher Armand,

« Les *Sans Cou* sont parus et signés. Je ne t'envoie pas ton exemplaire. Il est entre les mains de Dreyfus qui t'attend pour donner ordre de rayer les planches et te demander certaines instructions . En attendant j'envoie un exemplaire à Lucienne pour que vous voyiez combien c'est réussi. Je suis extrêmement content et te suis reconnaissant de cette joie. Les Fraenkel qui ont dîné hier soir ici nous ont donné de vos nouvelles. Nous nous étions rencontrés à la galerie Kahnweiler pour l'exposition Masson qui est une grande chose, une date pour lui. C'est un carrefour de son inspiration. Il y a là des toiles dont on ne peut se figurer la beauté. Je ne parle pas des eaux-fortes de mon livre qui sont parmi les plus belles.

« A ce propos j'aimerais que tu me dises à qui tu désires que j'envoie des exemplaires des livres...

« Masson a déjeuné à la maison hier. Un peu exalté mais bien. C'est un grand bonhomme.

« J'ai enregistré hier avec Carpentier les textes " Marie-Rose ". Je voudrais que tu les entendes. J'ai pris sur moi — vu la modique différence de prix (une centaine de francs et même moins je crois) — d'en enregistrer six.

« 1°. Le docteur ;
« 2°. Le peigne fin (ah vous dirai-je maman) ;
« 3°. Le roi d'Yvetot (je crois que j'ai des poux sous ma couronne) ;
« 4°. Le train (ah vous dirai-je maman) ;
« 5°. La Chevelure de Bérénice (clair de lune Werther) ;
« 6°. L'Esquimaude (canon Marie-Rose sur Frère Jacques).

« Je crois que tu auras une bonne surprise : enfin j'ai refait l'enregistrement " Vermifuge Lune " pour midi et demi jeudi et dimanche — très simple avec sonnerie de clairon " La soupe " à la fin.

« *Je crois que c'est bien.*

« As-tu remarqué l'offensive Quintonine ? Je crois qu'ils se méfient et sérieusement. J'ai essayé de savoir s'ils s'attaquent à la radio. Je crains que oui.

« " *A tes ordres* " comme on dit dans *Races* pour *Frileuse.* Cette bataille m'intéresse. Pour *Marie-Rose* je crois que les six textes qui sont variés sont tous bien mais si tu ne veux en faire que quatre je voudrais ton avis. Leur variété même est bonne.

« Menot étudie les prix et va t'écrire à ce sujet. Si tu passes par Paris préviens-moi, qu'on te voie à tous ces sujets.

« J'embrasse ta fille.

« Je te charge d'embrasser ta femme.

« Ton ami

« Robert Desnos.

« Youki t'embrasse et embrasse Lucienne. »

Youki, fort belle avec un visage d'une couleur rose et blanche inoubliable, débordait d'histoires drôles qu'elle racontait très bien, le rire dans ses grands yeux. Je ne suis pas certain qu'on pût lui confier son bonheur, à moins d'être Robert Desnos. Autrefois, il avait rêvé d'amour près de la chanteuse Yvonne Georges que les surréalistes admiraient et qui s'était évadée de la vie. Maintenant, il aimait Youki, sans exaltation apparente, sans irritation devant ses lubies ; il l'aimait comme un paysan passionné aime son champ, dans la pluie, dans la sécheresse, sous le soleil, ou couvert de nuages. Il l'aimait comme il aimait la vie. Youki, pour lui immense comme sa joie de vivre, l'enfermait dans un bonheur dont il ne trouvait pas les limites. Robert regardait Youki calmement, profondément, et toutes les angoisses des hommes se dissipaient.

Et pour les autres, quelle camarade charmante et drôle — sauf quand elle se saoulait, et elle se saoulait souvent.

Pendant un déjeuner, à Courval, sans doute pour savoir jusqu'à quel point je pouvais la supporter, pendant le repas, elle lança par la fenêtre, dans le jardin, les assiettes, puis un à un tous les verres, et l'argenterie. Puis, provocante, elle jeta à la suite le dessous de plat, en riant très fort.

Lucienne et Robert tremblaient en attendant l'instant où j'allais exploser... Mais je n'explosais pas. Si belle dans sa provocation, elle se dressait avec son défi, et me regardait comme un lutteur regarde un autre lutteur, au moment où ils vont s'empoigner, désir de vaincre, estime et amitié mêlées flottant entre les deux adversaires. J'éclatai de rire. J'avais gagné. Elle m'embrassa. Pendant son défi, pour me distraire, je me rappelais une histoire qu'elle m'avait racontée : Foujita, accablé d'impôts arriérés, envoya Youki à Joseph Caillaux, alors ministre des Finances, afin d'obtenir des délais, des remises, enfin tout le possible...

« Et sais-tu le tour que m'a joué ce vieux salaud ? Après mon petit exposé technique, il se lève, me montrant, à travers sa braguette ouverte, une queue raide comme un bambou. Qu'aurais-tu fait à ma place ? Je n'allais tout de même pas jouer les vierges effarouchées. Alors... Eh bien, en battant des mains, avec une admiration enfantine, je lui dis : " Ah ! Bravo ! monsieur le Président ! " Déconcerté, il se mit à rire et se reculotta », terminait Youki.

Aimait-elle Robert ? J'ai toujours pensé que l'amour (non pas les amourettes dansantes et fluettes) mais un amour violent, sans intermittences du cœur, un amour envahissant, devenait contagieux. Et Youki aimait Robert avec l'amour qu'il lui offrait. Mais son goût de la liberté la conduisait dans des aventures extravagantes, où elle essayait de résister à l'enveloppement tenace de Robert. La rencontrant seule, un jour : « Tu sais, Armand, je suis certaine maintenant d'aimer Robert. Hier je me suis un peu saoulée, et Robert m'a reproché ma saoulographie. Furieuse, j'attrapai la bouteille de Martini, encore à moitié pleine, et dans ma fureur, je lui fracassai la bouteille sur le crâne. Robert s'effondra. Je le crus mort. Alors, tu ne peux pas savoir comme tout à coup je me suis sentie seule. Devant Robert mort, je n'avais plus envie de vivre. Enfin, il ouvrit les yeux... Oui j'aime Robert. »

A Courval, comme nous parlions des difficultés des amoureux qui ne peuvent ni se séparer ni vivre ensemble, je montrai une lettre d'Antonin Artaud que j'avais reçue dix ans plus tôt à la suite d'un rendez-vous manqué :

CAFÉ DE LA RÉGENCE
161-163 rue Saint-Honoré
(place du Théâtre-Français).

Paris, le 18 décembre 1926.

« Cher ami,

« J'aurais dû m'excuser tout de suite. Mais vous savez peut-être que depuis lundi dernier, je n'ai pas cessé un seul jour de tourner.

« Cher ami, je ne veux pas mentir. Je pourrais vous donner une fausse raison concernant mon défaut de fidélité à ma promesse, et d'avoir eu l'incongruité de vous faire attendre inutilement. Mais vous savez que ma vie n'est pas tous les jours très commode avec Genica. Il y a souvent des orages, des orages très graves, tragiques. Lundi, j'ai eu une violente dispute, atroce. Après cela, je n'avais plus le cœur de sortir et puis je ne pouvais la laisser comme cela. Voilà la raison. Ces disputes me fauchent dans ma vie. Je ne sais pas si vous connaissez cela, mais je ne vous le souhaite pas. Il n'y a pas un mois que j'ai eu avec elle un scandale en plein boulevard Rochechouart. Elle se jetait sur moi, me frappant et me mordant devant une foule énorme, essayant ensuite de m'étrangler ; et cela a duré une heure de cris et de coups. Pardonnez-moi.

« A vous.

« Artaud.

« Je pars à Marseille dans le courant de la semaine. »

Les lois de nos désirs
Sont des dés sans loisirs

avait écrit Robert. Mais avait-il encore des désirs ? Son amour pour Youki l'emplissait tout entier. Et son optimisme caractériel surgissait avec joie dans cet amour, qui débordait dans son affection pour ses amis. Une fois par semaine, le samedi, il les réunissait le soir, autour d'un gigot qu'il achetait aux Halles, faisait mariner tel un cuissot de chevreuil et cuisait lui-même, Youki s'occupant des bouteilles de vin rouge. En ces mois où je vivais halluciné dans mon aventure avec Line — et je publierai peut-être les notes que je relis aujourd'hui avec tant d'accablement —, Robert souffrait de mon égarement. Bien sûr, il ne m'en parlait pas, mais insistait pour que je vienne dîner un samedi, chez lui, avec les copains. Pour me distraire de mon idée fixe, un soir où j'étais venu comme un voyageur qui revient dans son pays après une longue absence, et qui regarde les gens d'autrefois avec une surprise douloureuse (« Comment ! la vie a continué en mon absence ? »), il me proposa d'écrire un livre sur André Masson. J'acceptai l'idée d'être l'éditeur, mais seulement l'éditeur de ce livre. Pendant le dîner, on choisit les collaborateurs : Michel Leiris établirait les éléments d'une biographie, Paul Éluard et Benjamin Péret donneraient un poème, Georges Bataille un texte sur « Masson mangeur d'étoiles ». Robert parlerait des combats d'animaux dans l'œuvre du peintre, Pierre Jean Jouve de Masson dessinateur, Madeleine Landsberg évoquerait l'Espagne, Jean-Louis Barrault le théâtre, enfin André Breton dirait le prestige d'André Masson.

« Et toi ? » insistait Robert...

Mais déjà las de mon effort pour tenter d'oublier l'enfer de Line : « Je mettrai mes initiales sur la page de garde... » Grâce à Pierre-René Wolff, ami tendre et fidèle, imprimeur de tous les travaux de laboratoires, le livre fut imprimé, avec de nombreuses reproductions de dessins originaux, mais achevé seulement le

15 avril 1940 et il resta dans les caves de la rue de la Pie à Rouen jusqu'à la Libération. C'est un beau livre devenu très rare, que je dois à Robert qui m'offrit cette aventure comme on tend la main à un homme qui se noie.

La guerre déclarée, il rejoignit son régiment en disant : « La guerre est la plus épouvantable des saloperies, mais je suis pour la victoire sur le nazisme. »

De temps en temps, je reçus une petite carte, avec les tampons militaires, puis ce fut la débâcle. Je vivais à Lyon. Rentré à Paris, je rencontrai Robert, qui ne parlait pas de ses activités de résistant. Il se laissa déporter pour que Youki ne soit pas emmenée à sa place. Ses amis s'efforcèrent de venir à son secours. Youki parvint à le retrouver, parqué à Compiègne. Elle circula tant qu'elle put et comme elle put dans les services allemands et on crut qu'elle allait réussir à le sortir de l'affreuse gare de triage. Le jour où l'on attendait le succès, Alain Laubreaux intervint, paraît-il, pour que ce communiste gaulliste soit expédié en Allemagne. Et il fut emmené vers les camps de la mort. Dans les rues de Compiègne, Robert et Youki se virent une dernière fois, elle sur un trottoir, lui dans la file des prisonniers. Dans le camp, avec son corps tatoué de tous les dessins bleus de Foujita, dans la terrible misère, son optimisme ne l'abandonna pas, et il fit parvenir à Youki une dernière lettre : « Je reviendrai, rempli d'amour et de forces. » Mais il devait mourir d'épuisement en Bohême, cinq jours après la libération du camp, laissant à ses camarades de Buchenwald ce dernier poème :

J'ai rêvé tellement fort de toi
J'ai tellement marché, tellement parlé
Tellement aimé ton ombre
Qu'il ne me reste plus rien de toi

Il me reste d'être l'ombre parmi les ombres
D'être cent fois plus ombre que l'ombre
D'être l'ombre qui viendra et reviendra
Dans ta vie ensoleillée.

*

Au début de la saison 36-37, Dullin devait monter une œuvre de Vitrac : *Le Camelot* avec Georgius dans le rôle principal. J'aimais beaucoup cet acteur, inventeur du « théâtre chantant » qui souvent, à l'Européen, m'avait secoué de rire. Il se laissait emporter par une extraordinaire invention verbale, improvisateur entraînant, déroutant, s'entourant de paroles imprévues, et nageant avec cocasserie dans ce déluge de paroles. Je croyais à la réussite du spectacle. Mais Charles n'avait pas un sou en caisse pour ouvrir l'Atelier. Je donnai le minimum indispensable, 15 000 francs, je crois — mais je n'en sais plus rien —, peut-être retrouvera-t-on la somme exacte dans les comptes de son trésorier qui était aussi son neveu, Jacques Teillon [1].

Je n'avais mis qu'une condition : que Vitrac ignore cette « avance ». Alors, je ne l'aimais guère et il ne m'aimait pas. Mais *Le Camelot* entraîna l'Atelier au fond d'une nouvelle catastrophe. Georgius, souvent génial dans l'improvisation, fut terne comme un enfant qui récite sa leçon à l'école. Engoncé dans le texte de Vitrac dont il ne pouvait pas sortir, il fut raide et triste comme un arlequin auquel on aurait interdit de sauter ou de rire. Dullin dut reprendre très vite *Le Faiseur,* une adaptation de Balzac par Simone Sans.

Pour ne pas revenir sur ces « interventions »,

1. J'ai retrouvé les comptes : c'était 45 000 francs.

Robert vint m'apprendre que Jean-Louis Barrault manquait d'argent pour monter son nouveau spectacle au théâtre Antoine.

« Que peut-on faire ?

— Avant tout, je veux que Jean-Louis n'en sache rien. Il m'a rendu service grâce à toi, avec sa création d'*Un homme comme les autres ;* il me déplairait qu'il puisse croire que je le “ rembourse ”. Tu lui diras que c'est toi qui lui prêtes l'argent.

— Il sait bien que je n'ai pas un sou.

— Ne peux-tu pas lui dire que tu as emprunté sur ton salaire ? »

Et en vérité, lorsque pendant les répétitions il y eut des dépassements de devis, j'ai toujours soupçonné Robert d'avoir aussi emprunté sur son salaire.

(Après la Libération, quand Jean-Louis et Madeleine décidèrent de créer leur compagnie, ils cherchèrent de l'argent autour d'eux. « Mais tu ne peux pas savoir, me dit Madeleine, comme les gens riches sont pauvres quand on leur demande de l'argent. » Moi, je n'en avais plus, mes affaires ayant été ruinées par la guerre, je dirai comment, et comment je dus recommencer, non pas à zéro, mais en dessous de zéro. Jean-Louis et Madeleine renoncèrent à chercher une aide financière, et ce fut le public, avec un triomphe, qui fut leur commanditaire cette année-là —, la première de leur compagnie au théâtre Marigny.)

*

Un coup de tonnerre éclata. Emportés par le désir de vaincre le concurrent, la Quintonine et le Vin de Frileuse se poursuivaient dans une campagne de publicité démente. Des pages entières dans les journaux vantaient à tour de rôle leurs qualités apéritives. Elles seules d'ailleurs en avaient le droit, et non pas les prétendus apéritifs. Mais la montée de la vente de nos petits flacons à verser dans un litre de vin inquiéta les marchands de quinquina, et un matin, le journal officiel publia un décret grevant chacun de nos petits flacons, vendu 3 francs, d'une taxe de 3,50 francs, payable immédiatement, même sur les stocks en pharmacie. Aux labos, les télégrammes arrivaient sans discontinuer ; certains pharmaciens brisèrent les flacons dans le ruisseau, pour ne pas payer la taxe. Le patron de la Quintonine me téléphona. Je le reçus immédiatement, avenue Foch, et c'est ainsi que je rencontrai pour la première fois cet homme que j'avais tant fait trembler. Mon père m'en parlait autrefois, vers 1920 : « Ah ! il s'occupe bien de son affaire, et il visite lui-même tous les pharmaciens de France, il réussira ! il est même en train de réussir. »

Regardant mes tableaux sur le mur, nous parlâmes d'abord peinture. Lui aussi collectionnait. Mais plus vieux que moi et riche depuis plus longtemps, il avait collectionné des Cézanne. Puis il me demanda si j'étais prêt à participer, moitié moitié avec lui, à un « don » destiné à certains fonctionnaires.

« Je n'ai jamais chanté, et je n'ai envie d'acheter personne, et encore moins ceux qui ont le désir de se vendre. D'ailleurs votre idée n'est pas fameuse, et ce n'est pas un chemin à suivre, car les apéritifs disposent de “ fonds de propagande ” beaucoup plus importants que ceux que nous pourrions jamais constituer.

— J'ai bien une autre idée : le président Pierre Laval, à travers *Le Petit Parisien,* par suite d'un contrat de publicité au rendement, est intéressé à la vente de mon produit... »

Encore une fois, je ne voyais pas dans cette voie une avenue triomphale, mais une rencontre avec Pierre Laval — dont je méprisais la politique intérieure et extérieure — sur un tel terrain, ne me déplaisait pas.

Conduit par mon concurrent, qui pour un peu m'aurait croché le bras, tant il s'agrippait à moi depuis deux jours, j'entrai avec lui dans un petit bureau poussiéreux, mal éclairé et derrière une petite table de clerc de notaire de campagne, le buste de Laval, avec l'éclat de sa cravate blanche. Je regardai ce visage désordonné par de petites saillies, boutons et verrues. Puis il répondit à Helin : pour ne rien dire. Ni oui ni non. « Il verrait... » Sans doute ne veut-il pas se mêler de cette affaire et se mettre à dos les marchands de pinard. En sortant, j'étais enragé. Pour la première fois, un homme que je méprisais s'était emparé de moi. Sa voix grave, ses gestes lents m'avaient subjugué. Je n'étais plus qu'une cloche vide, et dans ce vide, les vibrations de sa voix chargeant d'ondes le bruit de ses paroles inutiles me secouaient. Un dompteur ! Pauvre petit lapin immobilisé par la présence violente d'une bête d'un autre monde, mais féroce.

Sur le trottoir, à la sortie du cagibi, je frissonnais, encore remué par le magnétisme de cet homme dont j'avais subi le charme et la force comme une femme violée. Lentement et dans la fureur, je reprenais possession de moi-même.

Plus tard, j'ai connu encore cette dépossession, mais par des hommes que j'admirais, que j'aimais, ainsi par le général de Gaulle.

L'après-midi, Helin vint me revoir.

« Alors ?

— Évidemment il n'a rien promis, mais le Président ne promet jamais rien... Et que pouvons-nous faire d'autre ?

— Vous avez oublié, Helin, que les spécialités pharmaceutiques représentent 31 % de toutes les recettes publicitaires — que si toutes les spécialités pharmaceutiques, ensemble, disaient “ Non ”, pas un journal ne pourrait plus paraître !

— Vous croyez à la solidarité de nos confrères ? Quelle erreur. Ils doivent même se réjouir en ce moment de nos ennuis... et si vous pensez que la Chambre syndicale osera prendre parti...

— Je n'ai jamais eu le goût des assemblées discutantes. Je donne des ordres, ou je reste seul. Il y a dix ans, aux Ciné-Romans, chez Sapène, j'ai connu un certain Maillard. Sapène, qui aimait prouver sa force en réalisant des idées saugrenues, avait fait du coupeur de son tailleur son secrétaire. Alors, je gagnais 600 francs par mois, et autant que l'on pouvait s'en rendre compte dans cette boîte de mouchards, l'ancien coupeur-tailleur, Maillard, me montrait de la sympathie. Je le sentais impatient d'émerger du secrétariat. Il en est sorti. Le voici devenu une puissance du Syndicat de la presse, qui, elle, est intéressée à la vie de nos budgets. Je lui ai téléphoné. Je l'ai rapidement mis au courant. J'ai rendez-vous demain à dix heures au ministère des Finances avec lui. Voulez-vous m'accompagner ? »

A dix heures moins le quart, Helin et moi nous attendions le rendez-vous. Tous les deux, assis sur nos deux chaises, nous « représentions » avec affliction quinze millions de publicité.

A dix heures moins deux arriva au pas de chasseur, comme un jeune premier, Maillard, canne et gants beurre frais à la main : « Je suis heureux de vous revoir, Salacrou, voilà qui nous rajeunit. Vous êtes moins maigre... » Je lui présentai Helin. « Messieurs, il est dix heures ! »

Il nous entraîne derrière lui, s'arrête devant une porte où brille une plaque en cuivre : « Monsieur le Directeur », sur laquelle il frappe avec le pommeau de sa canne deux petits coups secs, et sans attendre de réponse, ouvre la porte et salue le directeur suffoqué. Nous essayons avec stupeur de suivre le mouvement.

En deux phrases, il explique au fonctionnaire l'iniquité de cette taxe :

« Je ne fais que suivre les instructions de la Commission des vins de la Chambre...

— Non, celle de son président, car la Commission n'a pas été informée.

— C'est exact.

— Eh bien, le président n'est plus du tout d'accord !

— Avant-hier, il me disait...

— C'était avant-hier. Je lui ai fait comprendre son erreur, hier. Voulez-vous lui téléphoner ? Je l'ai prévenu qu'il aurait un coup de téléphone de vous à dix heures et quart. »

Le directeur, avec des tremblements de fureur, qu'il essayait de contenir, et rouge de colère, téléphona au président de la Commission des vins de la Chambre ; je n'entendis pas les réponses, mais — et c'est la première fois que je regardais un tel phénomène — je vis la figure du directeur passer du rouge au blanc et du blanc au vert.

« En effet, M. le président a changé d'avis.

— Il vous faudra donc changer de décret ! »

Et, nous emmenant, Maillard sortit du bureau sans saluer. Dans le couloir ; il nous dit : « Je n'admets pas qu'un tel décret soit pris sans que le Syndicat de la presse soit consulté. Et j'ai fait comprendre à ce président que s'il ne comprenait pas son erreur, on la lui expliquerait en première page du *Matin*, pendant quelques jours, avec des exemples tirés de ses aventures politiques et personnelles. Au revoir messieurs. Salacrou, j'ai été heureux de vous revoir. Dans nos obscurs bureaux de secrétaires d'autrefois, je n'avais jamais douté de votre réussite. Et comme la mienne, elle n'est qu'à mi-chemin. »

Néanmoins, le décret ne fut pas rapporté. Il fallait sauver les apparences. Le directeur prit seulement un arrêté publié le lendemain à l'*Officiel*, précisant que la mise en application du fameux décret, toujours valable, serait fixée ultérieurement. Et la date d'application ne fut jamais fixée. On l'attend encore. L'alerte avait été sérieuse. Nous décidâmes de modérer notre concurrence publicitaire. Helin, qui ressemblait à un paysan, fermé, inquiet, têtu, fut sans doute surpris de ma franchise, et même, au milieu de la tourmente, de ma gaieté, car avec ses craintes, il me faisait rire, et dans les profondeurs, j'étais heureux de l'avoir là chez moi, à égalité, lui qui avait tant fait rêver mon père : « Il va de bourgade en bourgade, à travers toute la France, chez les pharmaciens... » Avenue Foch, les sortant d'une lourde serviette, il me montrait ses contrats avec les journaux pour que je les compare aux miens ; et nous décidâmes de nous défendre contre leur rouerie dont nous étions victimes :

« Si vous ne prenez pas ce contrat, je l'offre à votre concurrent. »

Helin respecta scrupuleusement nos engagements secrets. Et je me souviens d'un dîner à la maison avec Jacques Schoeller qui me proposait un contrat de vingt couvertures couleur pour un hebdomadaire féminin que Prouvost allait lancer : « Bien sûr, elles sont chères, mais si tu ne les prends pas, Helin va me les prendre, il est déjà d'accord et tu le regretteras. » J'attrapai le téléphone qui ne quittait jamais la table. Les huîtres de chez Prunier pouvaient attendre. Je demandai Châteauroux. J'obtins très vite Helin. « Schoeller m'offre les vingt premières couvertures couleur de Prouvost. Si je les refuse, les prenez-vous ?

— Sûrement pas.

— Tu vois, Jacques, ton petit chantage a loupé. »

Lucienne me dit qu'elle ne s'était jamais tant amusée à voir la tête déconfite de notre ami qui s'était cru plus malin que nous. Et qui n'avait plus d'appétit.

*

Prague, 15 décembre 1937.

J'ai quitté Paris mercredi 8. Une fuite. La fuite d'un égaré — peut-être seulement d'un épuisé —, certainement celle d'un homme perdu dans une vie qu'il ne peut plus supporter, — et qui est trop fatigué pour tout foutre par terre et regarder enfin une place vide où il pourrait recommencer à vivre neuf. Ma pièce *Un homme comme les autres* jouée à Prague a été le prétexte : pourquoi ne pas aller me cacher à Prague ? Je suis en train de m'enfoncer dans l'aventure Line comme un malheureux perdu parmi les marécages aspirants. L'amitié des acteurs Voskowecht et Verick adoucit mon tourment. Je connaissais Prague, mais j'ignorais sa beauté sous la neige et dans le soleil d'hiver. Voskowecht et Verick m'interrogent : « Pourquoi ne pas louer, sur les bords de la Vltava, une maison et y attendre l'explosion du printemps ? » Loin des affaires dont ils ignorent tout, loin de Line devenue la gale de mes heures... « Vous y écririez votre nouvelle pièce, entouré de tous vos amis tchèques... »

Un imprésario, acheteur de mes pièces, Perlik, m'entraîne dans une boîte de nuit. Perlik, un affreux petit bonhomme vulgaire, le visage plein de pustules saignantes, avec des lèvres sales. A une table, je reconnais un officier aviateur tchèque aperçu l'avant-veille dans un restaurant. Une très belle tête, un visage pur. Un homme de trente-cinq ans. Voskowecht avec qui je déjeunais, le regardant aussi, m'avait demandé : « Pourquoi les aviateurs ont-ils si souvent les yeux bleus et si clairs comme les marins autrefois ? »

Cette nuit, c'est un homme calme, avec une confiance timide, je n'ose pas dire une « gaieté triste ». Pourquoi ? On dit bien un sourire triste. A sa table, deux autres hommes et une femme très jolie qui se lève et danse avec lui. Alors Perlik, le monstrueux petit bonhomme, me dit :

« Vous voyez cette belle femme qui danse avec ce cocu, eh bien, c'est ma maîtresse. Elle a écrit une pièce de théâtre, très mauvaise, et elle voudrait que je la place chez un directeur ; et je couche avec elle " depuis cinq fois ". » A ce moment, la danseuse passa près de nous, et l'aviateur tournant le dos, elle adressa à Perlik un affreux sourire complice.

Je demande à Perlik : « Vous souffrez ?

— De quoi ?

— De voir votre maîtresse dans les bras de son mari qui va la ramener maintenant dans leur chambre ? »

Perlik me regarde sans comprendre. La jeune femme s'arrange pour lui adresser encore une œillade ordurière. Et Perlik ajoute :

« Une femme ? Qu'est-ce que c'est ? Un trou entre deux jambes ! »

J'ai envie de vomir. Je quitte la table. Ma gale m'enflamme les nerfs. Je souffre et je marche au hasard dans les rues de Prague blanches de neige sous le ciel noir. L'aube est trop lointaine, je rentre à l'hôtel et je sanglotte tout habillé sur mon lit.

Dans cette œillade où gigotent les amours de Perlik, se précipitent, s'engouffrent toutes les amours que j'ai connues, toutes les amours rencontrées, toutes les amours que j'ai frôlées, Alice Cocéa et le sang rouge sur la mer bleue, et Steve dans sa fuite derrière Renée, et Lisa violée par Jouvet, affolé de jalousie —, et Suzanne avec ses amours du temps et ses fibromes, et même ma petite Lorlette pleurant dans le chemin de Courval, et toutes mes rencontres sur les lits de toutes ces chambres d'hôtel, dont les images tombent les unes sur les autres dans ma tête. Ah ! dormir. Dormir —, mais dormir pour toujours, et fuir à jamais cette agitation absurde. Des multitudes de souvenirs viennent avec leurs œillades et leurs sourires complices me piquer le corps, la peau, les fesses, comme les diables des vieilles peintures. Fermer les yeux ? La calvalcade danse avec encore plus de force dans les ombres terribles. Tous ces personnages de ma vie, tous ces tourmentés qui tournent en rond dans le chagrin avec la ronde folle, mes frères et mes sœurs en fornication, que puis-je pour vous ? Que pouvez-vous pour moi ? Comme tous les désespérés, je refuse l'espoir de l'espoir —, si j'essaie d'appeler au secours le visage de Lucienne, la ronde hurle encore plus fort, et me sépare d'elle.

A genoux, la tête sur le lit, je dois m'endormir, car vaguement, je me sens glisser par terre.

CHAPITRE V

Interlude

Depuis plus d'un an, quand je suis à Paris, je retrouve chaque jour Line. Trois années auparavant, je l'avais rencontrée un soir chez les André Boll. Peut-être avait-elle alors moins de vingt ans. Un vieil affichiste célèbre l'avait amenée au dîner, puis elle chanta, s'accompagnant elle-même au piano. « Ancien premier prix du Conservatoire », disait l'affichiste, très fier de sa beauté et de sa jeunesse qui nous troublaient tous. Puis ils s'étaient chamaillés, je ne sais plus pourquoi, elle arrogante, et lui vieux monsieur vaincu. Nerveuse, peut-être parce que son « tour de chant », à l'essai dans le monde, n'avait convaincu personne.

Maintenant, elle répétait le prologue de ma nouvelle pièce, *Un homme comme les autres,* au théâtre de l'Œuvre.

Jean-Louis Barrault s'amusait, pendant les pauses, à lui faire la cour. Un jeu. Un jeu qui m'amena, à la fin de la répétition de ce jour-là, à la prendre par la main. Sans mot dire, nous montons dans sa voiture, où nous nous embrassons le plus naturellement du monde. Puis elle dit : « Voilà, vous êtes dans mes bras. C'est la première fois. N'oubliez plus cette première fois. »

Le triomphe de la pièce aidant, nos rendez-vous furent très agréables jusqu'en décembre. S'attachaitelle à moi dont les pensées se promenaient souvent ailleurs ?

Et j'eus droit à l'histoire de sa vie : après le Conservatoire, et jusqu'à dix-huit ans, jeune fille très pure. Puis rencontre d'une femme, Honor, qui l'initie à certaines tendresses. Et la misère, Honor présenta alors un homme de quarante-cinq ans, assez riche pour soigner Line affamée et malade, et l'emmener en Italie. Elle me raconta aussi sa « première nuit » sans amour. Au retour elle rencontra Paul, l'affichiste avec qui elle vit maintenant. « Et c'est tout », dit-elle.

Je sais déjà qu'elle ment : « Et le docteur gynécologue qui a parlé de toi au directeur du théâtre de l'Œuvre pour te faire engager en laissant espérer au directeur qu'ainsi il aurait les décors de Paul à l'œil ?
— Le docteur a répété cette histoire au directeur qui te l'a répétée ? Tous les deux, quels salauds ! Je ne te le disais pas, car avec ces étriers de fer qui vous écartent les jambes sur la table, ce fut presque un viol. Et sans importance. » Elle ajouta, ce que j'avais des raisons de croire, que froide jusqu'ici (sauf avec Honor), elle découvrait maintenant la volupté.

Mes sentiments ? Je pars seul pour Megève. Elle veut me retrouver ; je lui conseille Chamonix afin d'être tranquille avec mes habitudes d'hiver. Rentré à Paris, je pars pour Courval. Elle jouait toujours la pièce, et peut-être de la sentir enveloppée dans mon texte me permettait-il de m'éloigner d'elle sans avoir la crainte de la perdre. De Courval, je venais souvent à Paris et nous passions la journée ensemble. Retenu par mon travail, une semaine, comme je tardais trop à venir à Paris, elle me donna rendez-vous à Rouen, où de Courval je vins à sa rencontre. Elle avait, le matin, laissé sa voiture dans la rue de Rome, pris le train, et le soir reprenant sa voiture, elle alla jouer au théâtre.

« Où as-tu été toute cette journée ? demanda Paul.
— Chez ma mère, avenue Victor-Hugo. »

Deux mois plus tard, en voyage en Suisse avec Lucienne, un soir, à Lucerne, subitement je fus pris d'un désir inattendu et violent de sentir Line près de moi. Seul j'aurais attrapé l'auto pour, sans m'arrêter, revenir à Paris et la revoir tout de suite. Bien sûr, je ne l'aimais pas, mais déjà je n'étais plus un homme libre. De retour au Havre pour les affaires, je l'installai à l'hôtel Frascati, devant la mer et le port. Nous écoutions le hurlement des sirènes : « C'est un *si* bémol », me disait-elle, « ou un *fa* majeur », fière de son oreille musicale. Je retournai à Courval écrire la future *Terre est ronde,* et je rentrai à Paris, décidé à rompre cette aventure envahissante qui me déconcertait.

Alors, elle m'apprit qu'elle présentait, pour la première fois, son tour de chant dans une boîte très élégante des Champs-Élysées.

M'habituant avec allégresse à ma liberté renaissante et décidé à espacer nos rencontres, j'attendis plusieurs jours avant d'aller au « Pavillon », suivre, nonchalant, le déroulement du spectacle ; parmi les bruits des assiettes et des soucoupes, des dîneurs bavards et des garçons remuants. Et dans un éclair elle apparut : une longue robe blanche, son grand accordéon noir entre les bras, ses doigts sautillant sur les touches, sa si belle tête avec un regard perdu et ses cheveux sombres ondulés, qu'elle agitait, chantant d'une voix qui venait d'un autre monde, des chansons inconnues.

Je l'écoutais, je la regardais. Et le « je » est de trop. Je ne pensais plus à moi, je n'existais plus.

Avec son regard qui maintenant ne me quittait pas, avec ses lèvres si rouges —, elle me souriait, heureuse de faire taire devant moi, par sa beauté et sa voix, les soupeurs frivoles de cette boîte de nuit. Puis elle disparut derrière des draperies. Je ne bougeais pas, j'étais assommé.

Elle revint s'asseoir à côté de moi ; je tremblais. Je

lui saisis les mains, et je sentis que je recommençais à respirer.

« Je t'attends depuis sept soirs ! »

Elle laissa sa voiture, je l'emmenai dans la mienne. Et ce fut la glissade. Je loue un appartement. Avant déjeuner, nous nous rencontrons au Bois, puis dans notre lit, tous les après-midi, pendant des heures. Je ne travaille plus, je l'attends. Voilà, je ne l'aime pas, mais je l'attends. Douce, timide, charmante, elle est inculte, sauf en musique. Un peu bête, tête sans cervelle. Son pathétique regard ? plus vide que profond. Mais près d'elle, je respire ; loin d'elle, je suffoque. Une jalousie imprévue me torture, jalousie du passé, du présent, jalousie de toutes les heures qu'elle passe loin de moi — c'est une jalousie totale qui vient sans doute d'une impuissance à m'emparer totalement d'elle. Jaloux de tout ce qui n'est pas moi dans sa vie, jaloux de son chien, gros saucisson poilu qui court à ras de terre sur des pattes de rat, jaloux des amis chez qui elle déjeunera demain avec Paul, de Paul aussi, tout de même —, que je ne veux pas qu'elle quitte. Que ferait-elle seule, dans ce milieu de music-hall dont elle veut devenir une vedette ?

Naturellement, « elle n'aime pas Paul, vieux monsieur qui la laisse tranquille, sauf quelquefois le dimanche matin ». Si bien que je vis des dimanches matin très pénibles. Il faut en finir. Je m'enfuis à Prague sous le vague prétexte qu'on me joue là-bas une pièce. Lucienne m'écrit des lettres d'une douceur qui me délivre quand je les lis et les relis. Cette aventure qui dure l'inquiète. Je me monte peut-être la tête, pense-t-elle, mais pourquoi les autres femmes, sauf Lucienne, me sont-elles devenues, d'un coup, étrangères ?

25 décembre.

Lucienne rentre ce soir de Villard-de-Lans où elle est allée installer les gosses et mes parents.

Hier dans la nuit, j'attendais au Pavillon de l'Élysée la fin du « tour de chant réveillon » de Line. Je voulais jouer à pile ou face si je l'attendrais ou si je partirais. J'étais certain d'approcher de la fin. Tout me semblait à nouveau facile et calme. Pourquoi n'être pas parti sans l'attendre ? Elle m'accompagna, fiévreuse, inquiète et si fatiguée que j'eus pitié d'elle, allongée sur le lit, dans sa robe du soir, vieillie et brisée.

J'ai dormi quatre heures. Il est midi. J'attends son coup de téléphone.

« Toujours fiévreuse, elle doit répéter aux Folies-Bergère à cinq heures et demie son tour de chant qui passera en première partie dans la prochaine revue. » Et elle part mercredi pour Alger engagée pendant les fêtes de la Saint-Sylvestre, à l'hôtel Aletti. Elle me supplie de l'accompagner. Nous employons toujours le langage de la grande passion. « Ce n'est qu'un amour de coiffeur », dit Lucienne (qui pense à ces amours dont elle entend les confessions chez les coiffeurs de dames).

Je décide de ne pas aller à Alger, et pour me contraindre, je confie à Lucienne : « Line part chanter huit jours à Alger ; je ne la suivrai pas. »

Comment vais-je supporter cette séparation ? Et il faudrait si peu pour me délivrer ! D'abord, vouloir la délivrance ; or je la veux, qui sait si ce n'est pas cette certitude qui me permet de continuer ? J'assiste à la dernière répétition d'*Un homme comme les autres,* qui s'en va en tournée à travers la France avec Annie Ducaux, remarquable. Comme j'ai changé depuis les mois où j'écrivais cette pièce dont Line devait jouer le prologue, ... Line qui est partie seule pour Alger.

Pourquoi Paul ne l'a-t-il pas accompagnée ? Il m'eût

épargné cette image de cauchemar : Line dans les bras d'un homme nouveau. Et cette échappée hors de moi, dans un autre monde. Je me souviens de la réponse d'une femme mariée, comme je l'interrogeais dans un lit, à l'heure où l'on fume des cigarettes :

« Vous raconterez cette aventure à votre mari ?

— Pourquoi ? Ça ne le regarde pas. Ce n'est pas une histoire de sa vie — mais une histoire de la mienne. »

Mais suis-je vraiment jaloux ? Ne suis-je pas plutôt envahi par le désespoir de Pygmalion devant sa statue boiteuse ?

Je perçois en elle une perfection qu'elle est incapable d'atteindre. Ce sont ses imperfections qui m'attachent à elle, avec mon désir de la voir parfaite. Mais, à chaque instant, un mot, un grincement, un ratage... alors je recommence à tailler le marbre de ma statue dont l'inachèvement me désespère. Ma jalousie n'est-elle pas que le désir de sa perfection ? Jaloux de ne pas la sentir telle qu'elle devrait être. Par cette impuissance à m'emparer totalement d'elle, c'est ainsi qu'elle m'échappe, et qu'une certaine absence d'elle m'obsède.

31 décembre.

Au déjeuner, Lucienne me dit :

« Votre valise est prête. Vous souffrez trop, allez à Alger. »

Je refuse. Elle souffrirait encore plus que moi. Le soir nous parlons. Pourquoi ai-je recherché tant d'aventures en dépit de mon amour pour Lucienne ? Longue conversation. Lucienne m'a trop — et mal aimé. Elle m'a transformé en Dieu. Lorsqu'elle lit *L'Imitation de Jésus,* elle n'est troublée par ce livre qu'en remplaçant le nom de Jésus par le mien. Je suis devenu l'image vivante du bouddha en plâtre qui trônait sur la cheminée de ma chambre d'étudiant. Et son amour est d'un égoïsme terrible : je n'ai pas le droit de ne pas être son Dieu. Quand « je me conduis mal », elle pense : le Dieu est en colère et elle fait des offrandes pour qu'il se calme. Lucienne, en sa prime jeunesse, a connu dans une clinique psychiatrique où l'on désintoxiquait son père, un docteur que sa femme, qui se voulait mondaine, contraignait à dîner en smoking, fussent-ils seuls à table. Ce docteur avait pris pour maîtresse une vieille infirmière, et son plaisir, avec elle, était de sortir en fiacre, de se jeter sur elle, de lui donner des coups de poing en criant : « Merde ! Merde ! Merde ! »

Moi aussi j'étouffe.

Je télégraphie deux fois par jour à Line qui me répond. Ce soir elle débute dans une salle qui va admirer sa beauté. A minuit, pour la Saint-Sylvestre, nous allons chez les Achard où nous rencontrerons Denise et Édouard Bourdet.

Incapable de retrouver le calme des heures où Line m'ennuie, j'essaie de penser qu'elle aura bien besoin de plusieurs jours avant de se laisser aller vers un homme nouveau. Au retour de la soirée, à quatre heures du matin, je téléphone à Alger.

Dimanche 2 janvier.

Je suis malheureux parce que j'aime la présence de cette femme que je n'estime pas. C'est une enfant frivole, vivant sans même savoir qu'elle est vivante.

Je souffre comme Caliban ? Mais la souffrance de Caliban est aussi une souffrance. Mon salut ? Travailler. Mais je ne peux pas. Exactement, je dis : « Je ne veux pas. » Mais je ne veux pas parce que je ne peux pas.

Mardi 4.

Hier déjeuner avec André Bernheim qui, en tant qu'imprésario, s'occupera de mes contrats de cinéma. Il me raconte des histoires. D'abord celle-ci : « Marion Delbo, la femme d'Henri Jeanson, lui dit : " Que voulez-vous, la vie n'est plus comme avant : tout change. Henri vieillit —, moi, j'évolue... " »

Et cette autre que j'ignorais : Après la mort de Patricia, première femme de Steve Passeur, il reçoit de Mme Aurel cette lettre : « Je comprends si bien votre chagrin : mon mari a failli me perdre il y a deux mois ! » (D'ailleurs, son mari ne l'a jamais perdue, c'est lui qui est mort.)

Cet après-midi, le tailleur livre mon habit, le premier. Je le fais ranger sans l'essayer. Lucienne pose chez Nora Auric qui, à ma demande, peint son visage et je pars discuter contrats avec Argence à l'agence Havas.

Il neige.

Jeudi.

Ni avec elle, ni sans elle.

Vendredi matin.

En pleine nuit, un cauchemar — un cauchemar sans images. On m'étrangle. Je me dégage. Éveillé, je téléphone à Alger. Il est deux heures vingt-cinq : « Mademoiselle n'est pas rentrée. »

Mon angoisse ne me permet pas de douter qu'elle est, à cet instant même, dans les bras d'un homme. Je tourne dans ma chambre jusqu'au matin qui est si loin. Je l'appelle à nouveau. Le téléphone la réveille :

« J'ai beaucoup de succès ; mais je m'ennuie, la ville est triste...

— Où étais-tu cette nuit ?

— Avec mon amie dont je t'ai parlé.

— Seules toutes les deux ?

— Non, son frère nous accompagnait... »

Soir.

Ma souffrance a usé le désir de sa présence. Elle rentre lundi. Je la reverrai pour la regarder mentir, et je partirai pour la montagne.

Samedi matin.

Je reçois une lettre d'elle, très tendre. Elle est sur le bateau du retour, et arrive samedi à minuit. Et c'est Paul qui l'attendra à la gare.

Lucienne va écouter une conférence de Michel Leiris sur le Sacré. En dînant, elle a une crise de larmes à la pensée que je reste seul dans la maison, à souffrir dans l'attente de Line ; alors qu'à la conférence, elle va rencontrer ses futurs collègues du Trocadéro où, « pour s'occuper », elle a demandé à Georges-Henri Rivière de la prendre dans son équipe des « traditions populaires ». A peine est-elle partie que je reçois un coup de téléphone de Renée Passeur, qui me demande d'aller tout de suite chez elle.

Dans une chambre enfumée, autour d'une table où l'on joue aux cartes, je reconnais un ancien amant de Renée, avec sa femme que son frère accompagne. Et Liliane Greuze, vieille maîtresse d'un riche marchand de fromages célèbres, et Steve. Très surexcités, tous, ils jouent au poker « sans argent » : ce sont leurs vêtements qu'ils jouent ! Je refuse de jouer. Je regarde. Bientôt, parmi des hurlements quand les cartes tombent, Renée, Liliane et l'autre sont nues. Après les soutiens-gorge, elles ont dû donner leur culotte. Renée avait d'abord donné sa culotte. Steve est honteux parce que les seins de Renée croulent. Et l'ex-amant furieux, lui qui a encore son caleçon, de l'exhibition de son épouse. Je regarde ces femmes nues que je n'ai connues qu'habillées, et qui se sont dévêtues à chaque tour de cartes, énervées, braillant de joie quand l'une perdait sa chemise et l'autre ses chaussettes.

Écœuré, je pars, suivi des cris de Liliane qui eût voulu me garder pour le reste de la nuit.

En partant (pour justifier mon départ), je dis aux joueurs de cartes :

« Je dois aller à la gare attendre un train » (où j'aurais voulu aller).

— Chercher sa Line ! hurle Renée. Vous êtes idiot ! et tellement idiot, qu'elle va gagner...

— Gagner quoi ?

— Se faire épouser, parbleu ! »

Rentré à la maison, dans le calme, j'attends le retour de Lucienne pour lui raconter cette séance folklorique. J'ai deux espoirs : que Lucienne ne rentre pas trop triste ce soir, et demain revoir Line.

Lundi matin.

Dimanche après-midi (depuis le matin, pour passer le temps je rangeais la bibliothèque) enfin : téléphone de Line ! Elle est dans un petit café, « Bar des Artistes », près de la sortie des Folies-Bergère. Elle ne sait pas encore si elle répète entre les deux représentations.

J'arrive. Le bar est vide : « Vous venez chercher la

demoiselle qui téléphonait ? Elle va revenir. » Et j'attends dans la rue. En face de la sortie des artistes, il y a trois ou quatre bordels, maisons de passe et « massages ». Je fais les cent pas. Elle arrive.

Sur la tête son petit chapeau pointu que je n'aime pas et son manteau de phoque au poil trop raide. Elle est maigre, très maigre, les yeux cernés. Et un petit sourire gêné.

« Vingt-six heures malade sur le bateau, me dit-elle, puis quatorze heures de train. » Tout de suite elle jure qu'elle fut fidèle à Alger, et en ce moment, près d'elle, l'idée qu'elle ait pu coucher là-bas, me devient indifférente. Elle est troublée, par ma légèreté et mes rires alors que mes lettres, téléphones et télégrammes n'étaient que des cris. Et elle veut, vite, aller « chez nous ». Déroutée, elle en dit trop. Tout sonne faux. Conscient d'être transformé en proie, je m'amuse.

Du petit bar, je téléphone à Lucienne, tellement inquiète.

« Vous êtes content ? demande en tremblant Lucienne.

— Si je suis content ? Ah ! oui, très content ! »

Line est stupéfaite par la demande de Lucienne et par ma réponse, car elle ne comprend pas le sens de notre mot « content ». Content de me sentir délivré, de respirer. Content de regarder à nouveau tout ce qui m'entoure. En voiture je me retiens de chantonner. Je la laisse à *Paris-Soir,* et je rentre. Lucienne voit ma figure heureuse. Mes yeux ont, paraît-il, repris leur éclat. J'ai dix ans de moins... et je lui dis que maintenant je suis sûr de moi. Alors Lucienne s'évanouit. Je la retiens dans mes bras, la pose sur le lit. Camille arrive très impressionnée. Puis Lucienne revient doucement à elle. « J'avais tellement craint ces retrouvailles, et j'avais tant espéré que vous reviendriez comme vous êtes revenu... »

Cette nuit, enfin, j'ai bien dormi.

Lundi quatre heures et demie.

Line me demande de la conduire chez son fabricant d'accordéons ; cela m'ennuie, mais j'applique ma nouvelle technique : la garder près de moi dans l'indifférence pour ne pas risquer, par une rupture prématurée, de terribles regrets. Étonnée par mon attitude, elle croit que ce sont mes soupçons qui m'éloignent d'elle : « Mais j'ai été si sage là-bas ! »

Mercredi.

Comme un fumeur se remet à fumer, un buveur à boire, ce besoin de la sentir près de moi me tracasse à nouveau.

Marcelle Dullin m'invite à dîner : « Vous me direz vos malheurs... »

Elle m'a d'abord raconté les siens et je n'ai pas pu placer un mot. Mais les malheurs des autres nous reposent des nôtres. On ne compare pas. Essaie-t-on même de les comprendre ? Deux terres étrangères. On ne sort pas de sa misère pour entrer dans la misère de l'autre, on regarde seulement. « Son malheur n'est pas si terrible, et pourquoi tout ce remue-ménage pour ces histoires sans importance ? Des histoires dont il serait si simple de se dépêtrer ! » Un optimisme diffus, alors, entre en nous. « Son grand malheur ? Ça lui passera ! » Et notre négligence pour le malheur de l'autre nous entraîne vers une obscure espérance. Elle me dit : « Depuis que j'ai renoncé à l'amour... » (Je pense : quel style, et elle veut dire quoi ?) Elle est toute fière de s'être « surmontée », et d'être « arrivée à une solitude qui lui permet enfin d'être elle-même... », etc.

Toutes ces balivernes pour ne pas avouer qu'elle

supporte très mal la liaison de Charles Dullin avec Simone Sans.

Elle ajoute : « Si encore elle était belle, je pourrais espérer qu'on la lui enlèverait. Mais qui veux-tu qui la lui prenne ? »

Et le chagrin de Dullin si Simone Sans partait, qu'en fait-elle ?

« Quel chagrin ? Charles ? m'eût-elle sans doute répondu, je te parle du mien. Et cette fille veut faire divorcer Charles pour l'épouser, mais je ne me laisserai pas faire et je connais si bien Charles que je peux encore le manœuvrer. »

Cette manipulation sentimentale me dégoûte.

Jeudi soir.

A cinq heures, comme chaque jour maintenant, je retrouve Line. Lucienne désorientée par ces rendez-vous est chez Mme Paul Morand où elle rencontre May de Cossé-Brissac et Mme Claudel. Je rentre à la maison après elle — et, déjà, elle dîne car elle a rendez-vous avec Simone Porché pour une présentation de films. Lucienne de plus en plus lointaine ; ses silences, ses distances m'accablent. Lucienne croit-elle que je puisse la quitter pour vivre avec Line ? Je suis en danger et comme fasciné par le danger. N'est-ce pas aussi l'écriture de ma pièce, dont Dullin attend le dernier acte, qui m'obsède ?

Il est neuf heures. Je suis à la maison seul, triste. Line est heureuse parce que les journaux parlent d'elle, parce que Paul l'admire, et qu'elle joue avec moi les grandes amoureuses. Je m'ennuie parce qu'elle m'ennuie. Je ne crois pas une de ses paroles, ses gestes m'exaspèrent, et je ne peux pas la sentir vivre loin de moi. Pour finir, je lui fais envoyer 500 francs de fleurs.

Vendredi.

Par jeu, à la fin de l'après-midi, j'ouvre son carnet d'adresses où je lis un nom suivi de : 7, rue de Constantine, puis, rajoutée à la suite, une adresse à Sestrières. Je lui dis : « Réponds-moi tout de suite : ce nom, c'est l'homme d'Alger ? » Surprise, elle dit « oui » et les embrouillaminis commencent. « Que prouve une adresse ? Et sur la tête de ma mère... »

A ce moment, un coup de téléphone d'Havas. Je réponds à je ne sais plus quoi : « Impossible, car je pars mardi.

— Tu pars ? »

Elle s'enferme dans la salle de bains. Je ne la suis pas. Elle part, je la laisse partir. Mais elle m'attendait en bas, devant la porte.

« Où vas-tu ?

— A Alger.

— Tu ne vas pas croire des domestiques ?

— Non, je n'irai pas à Alger, c'est inutile, je sais que tu as couché avec cet homme, dans la nuit de vendredi à samedi, à deux heures et demie exactement.

— Tu as reçu une lettre anonyme ? Mais elle ment !

— Non, c'est toi qui m'as envoyé cette nouvelle, en pleine nuit, à l'instant même où tu avais peur de moi.

— Tu es déraisonnable. Tu dis n'importe quoi ! Conduis-moi près de l'hôtel Crillon, j'ai une course à faire... »

Arrivés : « Attends-moi, j'en ai pour cinq minutes. » Elle disparaît dans la rue Boissy-d'Anglas.

Seul dans la voiture, en train d'attendre le retour du fantôme d'un amour impossible, comme un naufragé sur une île dévastée qui peut tout juste dire : « Je suis encore vivant, mais demain ? »

L'attente se prolonge. Où est-elle ? Chez qui est-elle ?

Je pense à la vieille histoire galante du duc de Brissac au temps de Louis XIII : Le duc se promène avec un ami. L'ami s'arrête devant l'hôtel de la maîtresse du duc qui, étonné, se tait.

« Veux-tu me tenir mon cheval ? » Et l'ami entre dans l'hôtel de la maîtresse du duc. Et pendant que le duc tient le cheval de son ami, son ami se réjouit dans les bras de la maîtresse du duc. Suis-je en train d'attendre comme le duc ? Je tremble de colère. Si je n'étais pas décidé à partir mardi, je n'attendrais pas une minute de plus. Il est évident qu'elle est chez son ami d'Alger en train de lui dire que j'ai tout deviné. La jalousie éclaire, ne laisse rien dans l'ombre, relie d'un coup dans un monde cohérent toutes les incertitudes vagues.

Et Line revient : « Je ne t'ai pas trop fait attendre ? Il y avait tant de monde...

— Où étais-tu ?

— Chez Hermès. Je t'ai choisi cette écharpe pour la nouvelle année et je te l'offre avec quinze jours de retard. »

Line ne croit pas à mon départ. Et je l'avance : je partirai lundi soir, pour l'hôtel du Mont-d'Arbois, en lui cachant mon adresse. « C'est un voyage d'affaires... »

Lucienne me demande si je pars seul.

« Oui. »

Lucienne me croit. J'ajoute : « Je n'ai donné mon adresse à personne, sauf à toi, garde-la secrète. Ne la donne même pas à Joseph, ni à la secrétaire. Je veux rester quinze jours dans la neige, sans boire et sans fumer. Je ferai télégraphier de Genève que je suis de passage dans cette ville, puis ce sera le silence. »

Je n'ai pas « tenu mon journal » pendant ce séjour dans la neige. Je me souviens seulement d'un grand repos mélancolique et d'avoir très mal skié. J'ai écrit chaque jour à Lucienne de longues lettres qui m'ont fait du bien.

Un soir, un soir d'ennui comme tous les autres soirs, pendant que j'attendais le car de l'hôtel, je reconnais une jeune actrice, genre intellectuelle, que j'avais rencontrée à Marseille. Elle n'est pas laide, elle n'est pas bête, et vit dans un milieu farfelu. Nous bavardons. Sa voix me plaît ; les histoires qu'elle me raconte aussi.

A l'hôtel, la grande salle à manger — ma table avec sa nappe si blanche, son argenterie, ses verres brillants, son maître d'hôtel bien astiqué lui aussi — me terrifie tout à coup comme une prison ; prison dont je ne vois pas les murs, grande comme un désert, un désert dont on ne peut pas sortir : c'est toujours le désert : comment s'évader de cette prison sans murs, comment s'échapper d'un désert infini, où m'attend ma dérisoire petite table immobile, pour un jugement dernier qui n'en finit pas d'être rendu ? Me retrouver seul, devant elle, avec ses couteaux, ses fourchettes, et le seau à glace ? à attendre quoi ? Je n'ai jamais été aussi seul qu'assis devant cette petite table hypocrite, dont je dois subir le cérémonial lent, et toujours le même, comme mon chagrin.

« Que faites-vous ce soir ?

— Rien.

— Dînons ensemble.

— Quelle chance !

— Près de l'église, dans ce restaurant aux chandelles. »

Avec quelle bonne respiration je laisse remonter sans moi, vers le Mont d'Arbois, le car de l'hôtel.

Après le dîner :

« J'habite une chambre assez sordide, avec une amie — qui n'est pas là ce soir… »

Et nous entrons tous les deux dans la chambre sans lumière.

« Attendez, je vais allumer une bougie... »

Nous nous déshabillons très vite.

Plus tard, elle fumant des cigarettes, moi je ne fume plus, le bavardage reprend.

Ainsi je suis près d'une nouvelle femme nue, j'entre délivré dans un nouveau monde, cocasse, inattendu et qui m'amuse. Tous mes fantômes se sont évanouis. La fille nue, si heureuse. Et nous commençons les projets d'avenir. D'abord, modestement :

« Demain, nous irons déjeuner en haut de Rochebrune... »

Dans le sautillement de la flamme de la bougie au fond de la chambre, j'entrevois un étrange objet. C'est une énorme corbeille de fleurs.

« Oh ! vous allez me rendre un service. Un armateur de Marseille, d'une jalousie maladive, est fou de moi, et sans ses affaires il serait à Megève.

« Il m'embête un peu, mais un tel amour... Avec moi, il joue les intellectuels et sur la carte qui accompagnait la corbeille, il a écrit des mots latins que je n'ai pas pu lire. Vous pouvez me traduire ? »

Et la fille nue va chercher la carte, or je reconnais un vers célèbre du IVe livre de l'*Énéide,* que je lui traduis.

« Il me téléphone le matin, le soir... la nuit, il ne peut pas, car il n'y a pas de service de nuit dans ce bouge. Sinon en ce moment il m'appellerait.

— Et vous lui diriez qu'il vient de vous réveiller ? »

La fille nue éclate de rire et revient vers moi espérant de nouveaux plaisirs. Je me lève. Elle est surprise. Comment pourrait-elle comprendre ? Je regarde la corbeille et je vois mes pitoyables fleurs d'Alger.

« Vous partez ?

— Oui, j'attends un coup de téléphone, cette nuit je ne savais pas que je resterais à dîner en bas.

— Vous êtes fou. Il est deux heures du matin. Vous ne trouverez ni traîneau ni taxi pour vous remonter à l'hôtel.

— Je prendrai le raccourci du calvaire.

— Même avec le raccourci, vous en avez pour plus d'une heure —, par ce froid...

— A demain midi, au téléphérique de Rochebrune... et tenez, en souvenir de notre nuit, je veux vous offrir cette écharpe d'Hermès...

— Vous me la donnerez demain. Il fait si froid...

— Non. Prenez-la tout de suite. Je veux laisser quelque chose de moi, dans cette chambre, près de vous et de vos fleurs. A demain midi. »

Dehors, le froid très vif de la nuit me délivre de tout désir d'analyses psychologiques. Dans le raccourci très raide du calvaire, noir et verglacé, je glisse et tombe sans arrêt. Je renonce. Je vais prendre la grande route. Mais ce n'est plus une route, c'est une suite de plaques de verglas sur lesquelles je dérape. Je tremble de froid. Si je me casse une jambe et reste étendu dans cette neige si dure, résisterai-je jusqu'à l'aube ? Je m'inquiète. Je m'arrête. Je repars. J'essaie de marcher le long du fossé pour résister, grâce aux gravillons, au verglas. Ma fatigue me décourage. Je trébuche tous les dix pas. En plein jour, il faut bien une heure et demie pour arriver au bout de la route. Vais-je me laisser aller à dormir dans le fossé ? Non. Je veux aller encore plus loin des fleurs et de l'écharpe d'Hermès. Je veux me rapprocher de l'hôtel où je relirai les lettres de Lucienne. Je monte depuis deux heures. Je ne dois plus être très loin. Je reconnais le plat qui annonce l'hôtel. J'essaie de m'orienter dans la nuit noire, le corps aussi glacé que la route. Enfin l'hôtel. Je sonne le gardien de nuit. Après tant d'efforts butés, abruti de fatigue, grelottant, je m'étends tout habillé sur le lit.

Enfin, chez moi, seul, à l'abri du monde, dans le sommeil.

A midi, je viens au rendez-vous de Rochebrune. Elle est là, joyeuse. Je lui annonce mon départ. Elle a déjà compris. « Nous ne déjeunerons même pas ensemble ? Voici la lettre que j'envoyais à mon mari.

« Vous savez que nous vivons séparés —, mais je l'aime bien. Je lui disais mon bonheur. Il eût été, lui aussi, heureux de notre rencontre. Et je vais lui envoyer quand même ma lettre avec ce bonheur déjà disparu. »

Et sur le dos de l'enveloppe elle écrivit :

« Au rendez-vous de Rochebrune. Midi. C'est déjà fini. »

Pendant ma fuite à Megève, Lucienne a invité Charles Dullin et Simone Sans — et elle leur a montré les projets de décors et de costumes d'André Masson, pour ma pièce sur Savonarole et son temps.

Charles et Simone les jugent, comme nous, admirables.

16 février.

Retour à Paris. Je reçois une lettre de Line réexpédiée de Genève : « Armand, je te supplie, si tu m'as vraiment aimée, de me croire. Je n'aurais pas pu te tromper. Je t'aime trop. Actuellement, je suis à bout de force. Je t'écris de mon lit où je reste couchée. Je ne veux plus voir personne. Notre amour aura été le seul bonheur de ma vie. Line. »

21 février.

Discours d'Hitler. Démission d'Eden.

Et je voulais commencer ce matin ma nouvelle pièce : *Bagatelle.*

Lucienne, qui ne dit rien, semble s'étonner que je rencontre encore Line si souvent. Mais c'est son absence qui me la rend présente. Loin d'elle je la cherche partout. Penserais-je encore à elle si elle ne me quittait pas ? Elle vit dans mon rêve. Près d'elle, son fantôme disparaît et je la regarde ahuri.

6 mars.

Lucienne a rencontré Marcelle Dullin. Celle-ci a dû lui donner des conseils et des recettes de sorcière pour bien me tenir, si bien que Lucienne depuis cette visite est insupportable ; les affaires avec leur ennui m'écrasent ; et la crise éclate — j'abandonne tout. Je vends tout. Nous nous séparons. Je veux repartir libre, vide, à neuf.

Dans onze ans j'aurai cinquante ans. Il est temps. Maintenant ma liberté.

Et je reçois, le 7, cette lettre de Lucienne écrite dans la nuit du 5 ou 6 mars. Trop tard.

« Mon cher, mon bien chez Armand, il faut absolument empêcher aucun malentendu de se glisser entre nous. Il y a quelques jours, déjà, je voulais vous écrire, et je regrette cette lettre rentrée qui nous aurait supprimé, je crois, bien des mots regrettables. Mais vous m'avez communiqué cette pudeur qui nous a déjà fait tant de mal à tous deux... et pour vous écrire ce mot, il faut me faire violence et ne pas penser à votre expression quand vous trouverez cette lettre et que vous direz avec lassitude : " Mais que veut-elle encore ? "

« Je ne crois pas me tromper en affirmant que vous m'aimez et moi, je vous aime. Vous me direz que la crise que vous traversez dépasse cet amour. Mais à qui parler, à qui avoir recours, si ce n'est à moi ? Croyez-moi, mon tant aimé Armand, ne me considérez pas comme votre ennemie. Nul être au monde ne vous comprend, ne vous estime, ne vous aime comme moi. Avant tout je suis votre amie. Vos chagrins me torturent davantage que les miens.

« Ce que vous aurez décidé je le ferai, sans calcul, sans penser à moi, avec joie, de tout mon cœur. Décidez seul, sans mon avis, mais pas contre moi. J'ai beaucoup souffert, mon si chéri, et la souffrance m'a beaucoup abattue, mais j'ai encore assez de force pour essayer de vous rendre heureux.

« N'essayez pas de me punir pour avoir essayé de vous plaire. Si, pour que vous soyez heureux, je devais renoncer à vous voir, je le ferais. Vous voyez que je n'ai peur de rien — alors... — ... Vous n'avez que moi, et je n'ai que vous. Nous serions seuls si nous n'avions eu la chance de nous rencontrer. Je n'ai peur de rien au monde si ce n'est de perdre l'amour que j'ai pour vous.

« Je vais essayer de dormir. J'ai besoin de mon sommeil pour résister à votre démon. Mais mon Armand que je connais mieux que vous, est derrière ce démon. Il souffre d'être maquillé en démon. Et il me fait des signes désespérés que je vois... »

Depuis ma décision, la famille n'est pas sans cris ni sans larmes. Mes parents sont arrivés consternés. Moi aussi, je suis déchiré. Et l'après-midi est délicieux, ensoleillé. Si au moins il pleuvait.

11 mars.

Ultimatum de l'Allemagne à l'Autriche. J'ai entendu la démission de Schuschnigg les larmes aux yeux.

Depuis dix ans, tout ce que j'aime recule. Tout ce que je déteste triomphe. La France ne pourra-t-elle, un jour, ne se sauver que par la guerre ? Et je hais la guerre.

17 mars.

Tous ces malheureux qui autour de moi lisent les journaux en essayant d'apprendre la géographie. Les dîners sont troublés par quinze noms de pays un peu flottants. Et la Lituanie s'en mêle. Les démocraties ont une politique étrangère qui n'a de sens que dans une époque honnête. Avec les dictatures, elles sont battues d'avance. Avant six mois, la France sera seule et cédera à un ultimatum nazi.

Ils ont arrêté Freud !

A la maison, la vie est difficile. Lucienne et moi n'avons, ni l'un ni l'autre, le courage de nous séparer. Je m'endors tous les soirs avec l'espoir de ne pas me réveiller le lendemain matin. Mon père n'a pas voulu que je vende ma part des affaires. Il en a pris la direction. Il nage complètement, ce qui est normal, et il va les couler. Ce qui n'est pas normal, c'est que j'abandonne la direction de la famille et que je l'abandonne dans le désordre.

21 mars.

Lucienne est partie pour Courval, hier matin, avec Lorlette, Joseph et Berthe. Camille vivra à Paris chez Zette pour terminer son trimestre de lycée.

Je suis seul ici — un vieux valet de chambre, ami de Joseph, vient tous les jours de midi à deux heures.

Nous avons décidé ce départ vendredi dernier, nous

nous disions les choses les plus désagréables et les plus folles.

Après une crise plus violente encore, nous décidons la séparation. Aussitôt, le calme est revenu, même la tendresse et parce que nous nous quittions, le désir d'être encore ensemble. Le silence commence à me pénétrer.

J'ai vu ***Frénésie***, pièce dont le plus grand intérêt est son succès. Ce genre de théâtre est-il valable ? A la sortie j'étais inquiet. Mais c'est plus l'auteur que le genre qu'il faut incriminer. D'abord, un dialogue plat. Puis, un seul personnage — les autres ne sont que des donneurs de répliques, des supports de scène. Mais le succès de la pièce montre l'intérêt du public pour une histoire qu'il croit vraie, prenant parti, pour ou contre.

Lundi 4 avril.

Après un léger déjeuner, je rentre travailler et téléphone : Maria Ley Deutsch, l'épouse de Piscator, m'apprend que Délius s'est « suicidé » —, Délius, l'acteur qui a créé à Vienne ***L'Inconnue d'Arras***, et qui vient d'être battu à mort par les nazis. Qui se sert de l'épée périra par l'épée —, mais qui se sert de sa lâcheté pour vivre en paix ne périra-t-il pas de sa lâcheté ? Ce matin, Hitler exalte la Furor Teutonicus —, et le monde écoute, soumis. « Hitler a un destin, il faut se résigner au “ génie ”. » En 1812, l'Europe luttait contre Napoléon. Aujourd'hui, on fait de la littérature sur la destinée miraculeuse d'Hitler.

Vendredi 7.

Hier, déjeuner au Fouquet's avec Camille, heureuse et inquiète : « Mais oui papa. Ce que tu voudras papa. » Ce déjeuner a gâché ma journée de travail, car je ne peux rien faire si je mange à midi, je ne regrette pas cette journée de travail perdue. Puis je l'ai reconduite chez Zette, à la Galerie. Kahnweiler, dans le désordre actuel, vit au jour le jour : en dépit des hurlements d'Hitler inébranlablement assuré de l'avenir de la peinture qu'il a aimée, qu'il aime, lui qui a aimé les premiers tableaux cubistes et à leur naissance les « papiers collés » du Bateau-Lavoir. Ce soir, je retrouve Steve à Neuilly dans un petit bistrot dont le patron est affolé « par la révolution qui vient » et je dîne chez Maria Ley Piscator, avec un autre juif allemand, conseiller de l'imprésario Gilbert Miller, qui me parle du merveilleux théâtre américain dont les pièces se jouent quatre années de suite, midi et soir. Il faut, dit-il, un problème clairement exposé et une histoire qui semble vraie.

Piscator me dit : « Le théâtre français n'est plus dans le circuit mondial, trop de paroles ! trop de paroles ! »

Steve croit que nous avons raison, mais que nous sommes en avance de vingt ans (?). Moi, je crois que nous sommes à côté. Piscator me dit qu'il aime ma pièce « sur Savonarole » et qu'il la montera en Amérique — projet de théâtre !

Il part pour New York, Mexico, Hollywood avec Maria Ley. « Venez avec nous », me dit-elle. J'accepte. Projet d'Armand. Puis Maria Ley me parle des crimes nazis. Un acteur, jeune, vient d'arriver à Paris. Il n'a plus de dents ; on les lui a cassées à coups de botte. Dans les camps, les malheureux sont torturés. Maria Ley ajoute : « On ne peut jamais croire que de pareilles horreurs puissent nous arriver à nous-mêmes. » Plus tard, Piscator me raconte cette histoire : « J'ai été marié huit ans, et je suis très jaloux. En dépit de mon caractère difficile, ma femme m'aimait. Un jour, elle rencontra un homme qui l'adora et auquel elle résista. Elle m'en parlait sans cesse, me racontant leurs rencontres. Je devenais fou de jalousie. Enfin, cet homme mourut et ma femme alla à son enterrement, en larmes. Eh bien, cet homme n'avait jamais existé ! c'était une invention d'elle pour me tenir, près d'elle, palpitant. »

22 avril.

J'ai conduit Camille à Courval. Lucienne avec beaucoup de courage essaie d'organiser sa solitude, travaillant la terre, peignant les balustrades blanches, ramassant le bois, et s'habillant en robe du soir, pour dîner, en luttant contre le crépuscule, seule. Le premier jour, elle me raconte cette histoire : mes deux vieilles tantes de Rouen, qui habitent à Bihorel, une maison offerte par mes parents, ont été volées, et elles ont été surprises si bêtement que tout le quartier se moque d'elles. Elles croient que le voleur aussi s'est moqué d'elles. Un matin, dans leur boîte aux lettres, elles trouvent un peu de foin.

« On se moque encore de nous, dit Jeanne.

— Oui, répond Adrienne..., que nous sommes bêtes à manger du foin ! »

Et elles l'ôtent.

Le lendemain, à nouveau, elles découvrent du foin dans la boîte aux lettres. Elles la nettoient avec rage. Le lendemain, à nouveau du foin. Cette fois, folles de colère, elles le laissent. On verra bien. Et elles guettent. Le foin augmente de jour en jour. Enfin, la boîte est pleine. Adrienne dit à Jeanne : « Va chercher le garde champêtre de Bihorel ; qu'il constate. Et on exigera des poursuites ! »

Le lendemain, le garde champêtre arrive, ouvre la boîte aux lettres et découvre un nid, avec des petits oiseaux.

Mme André Gide est morte à Cuverville. Lucienne rêve cette nuit que moi aussi je suis mort. Elle hurle. Et est restée bouleversée toute la journée par ce cauchemar. Après trois jours de calme, presque heureux, mes parents viennent déjeuner à Courval. A table, nous parlons du docteur Marescot, médecin de Pont-Audemer, qui ne dessoûle pas, et chez qui tous les malades du bourg font la queue. Il a refusé de venir soigner Berthe, parce que « dans cette maison on ne m'appelle que pour les domestiques. Pour les patrons, on fait venir le docteur de Chatel ». J'explique l'histoire, elle est née d'une phrase de Lucienne dite à « la Bonne Auberge ». « J'ai été sauvée par le docteur de Châtelguyon. » (L'an dernier, Lucienne avait fait, pour son foie contaminé, une cure genre miracle à Châtelguyon.) Pour ces paysans, le docteur de Chatel, c'est un nom —, un nom qu'ils opposent à celui du docteur Marescot, qui s'est vexé. Lucienne prend très mal cette remarque. Pourquoi ? Elle explose. Je ne comprends pas sa violence. Nous nous heurtons avec une brutalité qui nous surprend tous les deux. Dans la colère je décide de retourner sur-le-champ à Paris. Lucienne fait ma valise, mes parents sont consternés. Cette pauvre Camille pleure. Joseph me conduit à Rouen où j'arrive encore exaspéré.

A Paris, j'essaie de terminer le premier acte de *Bagatelle*. Demain peut-être commencerai-je le deuxième.

Avec Lucienne nous n'osons plus nous rencontrer, de crainte d'un nouvel éclat. Tout de même, j'espère une tentative la semaine prochaine. Nous nous téléphonons chaque matin. J'attends avec impatience ce téléphone. Après je me sens mieux.

Dimanche.

Line est à Honfleur, et ignore que je suis à Paris.

Lundi.

Line m'écrit qu'elle « vit dans un enfer ». Elle me demande de lui téléphoner mardi pour que nous nous retrouvions mercredi. Elle ignore que je suis à Paris. Je ne téléphonerai pas. Plus tard elle a téléphoné à Paris et naturellement je suis venu la rejoindre.

Revenu à Paris, j'écris à Steve qui travaille à La Roche-en-Ardennes :

« Je suis depuis quelques mois dans une impasse. Je le sais. Il est donc simple de faire demi-tour, d'en sortir, de retrouver toutes les autres rues, en plein air, et de choisir. Eh bien non, je continue à heurter du poing le mur de l'impasse ! Si un tremblement de terre n'éclate pas pour faire crouler le mur, je serai encore là dans un an, dans dix ans. Peut-être plus tard, trouvera-t-on un vieillard chauve en train de gratter un vieux mur. Et sa dernière parole ? Je savais bien qu'il y avait un mur, je savais bien que les hommes vivants ne traversent pas les murs. Mais je ne pouvais pas m'empêcher de vouloir traverser le mur. »

30 juin.

Nous sommes, Lucienne et moi, à Châtelguyon depuis le 11 juin. Nous rentrons demain à Paris. Je ne fume pas. Je ne bois que de l'eau. Un peu d'abrutissement, mais pas d'insomnies. Naturellement, je n'ai pas travaillé, — lu des livres faciles, genre *Mont-Oriol,* et les contes de Diderot.

Line m'écrit tous les jours —, moi aussi ! Au bout d'une semaine, l'illusion d'être délivré d'elle, au point que je prends prétexte d'un jour sans lettre pour ne plus lui écrire. D'où : drames, télégrammes, téléphones —, et je pense à elle davantage.

Mais surtout : catastrophe Dullin.

J'avais retardé le départ pour Châtel afin de rencontrer Dullin et d'être bien d'accord avec lui sur le troisième acte de « Savonarole ». Je lui lis mon acte. Il est d'accord et je pars le lendemain pour Châtel, tranquille. Et, voilà huit jours, nous recevons une lettre : il refuse la pièce. C'est un coup dur pour moi, un désastre pour Lucienne qui espérait que les répétitions à l'Atelier me « changeraient les idées » —, d'autant plus que Line vient de signer un gros contrat à Londres pour la rentrée.

Ici, les matins les soins, les après-midi des bains nus, à l'intérieur d'une petite crique, dans la Sioule avec son courant si violent.

Le soir, cinéma où nous voyons tous les navets qu'on nous épargne à Paris. Bien décidés à trouver quand même un intérêt au spectacle, nous regardons le film avec les yeux de l'auteur —, en essayant de deviner les intentions de l'auteur ; et nous arrivons ainsi à nous distraire.

Lucienne s'installe à Courval, et je reste à Paris avec Jean-Louis Barrault. Il ne croit pas que la lettre de Dullin soit une lettre de refus, mais Dullin, respectueux de l'œuvre de l'auteur, et timide, ne demandera jamais une « modification ». Il ne dira jamais : « Écris cela et je te jouerai. » Or il a peur de la fin de « Savonarole », et d'être enfermé seul dans un long monologue. « Offre-lui une scène de bataille au lieu du monologue, et tu le verras tout heureux. » J'écris à Dullin puis je vais à Courval.

Une expression peu scientifique, mais bien parlante : « Lucienne est à bout de nerfs. » Moi aussi. Nous nous heurtons, comme des lâches dans une panique, à qui passera par-dessus l'autre, avec l'obscure convoitise de se jeter dans les bras l'un de l'autre pour mourir ensemble.

J'étais venu passer la semaine, et à propos de je ne sais plus quoi, en dépit de mes précautions, l'orage éclate. Dans la cour de la gare de Rouen, au moment de nous séparer, Lucienne dit : « Il sera naturellement inutile d'écrire ou de téléphoner. »

Camille est avec nous, car j'ai voulu qu'elle nous accompagne afin que Lucienne ne se retrouve pas seule après mon départ.

Oublierai-je le cri de Camille, quand dans la voiture j'ai dit : « La solution : que je parte pour très longtemps, seul. » Et Camille qui n'avait pas dit un mot depuis le départ de Courval hurle : « Où ? où ? »

Arrivé à Paris, j'ai voulu recopier les phrases que je me suis dites en marchant dans la rue, une sorte de confession, et que je n'ai pas écrites par dégoût de moi.

Demain, j'irai voir Lazareff et je lui demanderai un reportage de six mois autour du monde.

Je revois le visage de Lucienne qui pleurait dans la pluie de Courval. Et maintenant nous nous appelons d'heure en heure au téléphone pour nous savoir l'un et l'autre encore vivants.

Juillet.

Jean-Louis avait raison. Dullin qui est rentré aime la pièce, il craint seulement le dernier monologue. Je lui dis en riant : « Tu veux échanger un récit de Théramène contre une bataille élisabéthaine ? » Et nous décidons, pour les décors, d'une rencontre avec André Masson. Je vais le chercher à Lyons-la-Forêt où il habite avec Rose et leurs deux gosses. Dullin, près de sa campagne à Villiers-sur-Morin, nous a retenu deux chambres dans un hôtel-tabac-restaurant sur le bord de la route et dont il connaît bien le patron, très fier de la clientèle de Charles.

Le matin, claquant du fouet, dans sa petite voiture traînée par un vieux cheval qui parfois galope comme les vieillards qui se souviennent de leur jeunesse, Dullin nous rejoint et tous les trois, autour d'une table, sur la terrasse, nous étudions les décors et les costumes de Masson. Dullin est enchanté. Et moi, donc ! Il aime moins le titre de ma pièce. Prenant prétexte de la découverte des perroquets du Nouveau Monde et des révélations de Savonarole, je voudrais lui donner le nom de cet oiseau qui ne répète que les paroles des hommes : « Le Perroquet du ciel. »

« Tu crois ? », me demande Dullin en regardant de côté.

La première journée de travail se termine dans l'enthousiasme — mais tard. Dullin rentre avec son animal chez lui et, devant la route, nous restons, André et moi, à boire des bouteilles d'un petit vin blanc léger. André a toujours été sobre, avec autrefois des crises d'ivresse d'une grande violence. Durant ces crises, il trifouillait une vieille blessure de guerre, mal cicatrisée et en retirait des petits bouts d'os carié, qu'il exhibait avec un rire de triomphe, comme le Diable ricane devant les créations de Dieu.

Depuis son mariage avec Rose et son séjour en Catalogne, André ne boit plus. Mais ce soir, nous sommes si heureux et ce petit vin blanc est si léger — et l'amitié, la joie de Dullin si exaltantes...

Alors, André Masson dessinait ses chefs-d'œuvre qu'il appelait « métamorphoses », « mythologies », « sacrifices », « massacres ». Un jour, on ne comprendra pas comment les contemporains n'ont pas été frappés par tant de beauté, d'angoisse, de grandeur. C'est probablement l'œuvre graphique la plus importante de notre temps.

La nuit tombait, j'arrêtai le vin blanc, et je le

conduisis dans sa chambre. Une fois au lit, tranquille, je rentrai dans ma chambre pour m'endormir moi aussi. Le lendemain matin, parmi les bruits des petits déjeuners, je suis surpris de l'absence d'André. Je vais dans sa chambre. Elle est vide, et son costume est sur une chaise. J'interroge le patron qui me répond sur un drôle de ton. André a disparu. Il a disparu en pyjama et en savates. Et André n'est pas un garçon à aller se promener à l'aube sur les routes départementales. Je connaissais ses obsessions, quand il s'enivrait à en mourir, mais il s'était couché très calme.

Je vais tout de même dans le cimetière qui entoure l'église et j'aperçois tout de suite André, allongé sur le marbre plat d'une tombe, en train de dormir.

Réveillé, André me raconte : « Au milieu de la nuit, à cause de ce sacré petit vin blanc, j'eus envie de pisser et j'ai cherché l'endroit dans le couloir. Je n'ai trouvé qu'un escalier que j'ai descendu pour déboucher dans la petite salle du café avec derrière le zinc toutes les bouteilles d'apéritifs et leurs étiquettes, de toutes les couleurs. Je n'avais jamais eu une telle occasion de les goûter les unes après les autres. Toutes les bouteilles y sont passées — le merveilleux délire dans le silence de cette petite salle miraculeuse. J'étais comme un Dieu dans sa solitude et sa joie. J'avais dû m'écrouler dans la salle du bistrot. Je ne sais plus comment je suis arrivé où tu m'as découvert. Une veine que la nuit n'ait pas été trop fraîche. »

3 août.

J'essaie de mettre en place la nouvelle fin de « Savonarole » — j'aimais mieux mon grand monologue désespéré (mais je le publierai) et je comprends que Charles lui préfère une bagarre avec musique et mouvement de foule entre les Enragés et les Pleurnichards. Si tout va bien, la générale aura lieu en septembre. Les répétitions commenceraient donc fin août.

Et je reçois cette lettre de Lucienne :

Mercredi soir

« Cher Armand, mon bien cher Armand,

« Il y a longtemps que je veux vous écrire, et je vais essayer ce soir, sans trop savoir si je pourrai me dépêtrer dans toutes mes pensées, voir clair, et vous faire voir clair.

« En ce moment, où je ne suis pas affaiblie par votre présence ou plus exactement par votre comportement — j'ai horreur de ce mot ! — tout me semble clair et simple. Vous avez un moment de dépression, j'ai un moment de lassitude. Votre dépression a une cause physique : suppression du tabac, de l'alcool, trop grand travail, dégoût de votre travail d'affaires. Moi, j'ai des malaises physiques, et puis j'ai beaucoup souffert, et la vieille souffrance revient plus aigre, avec des subtilités diaboliques. J'ai perdu toute confiance en moi, et auprès de vous, je me demande si vous ne vous amuseriez pas davantage auprès d'une autre, etc., etc. Vous détruisez tout ce qui fait que par moments j'ai un peu l'orgueil de ma vie. Pour moi aussi, mon cher aimé, la vie est très dure. Par courage, pour ne pas vous donner la panique, je vous cache mes troubles et ma détresse. La seule justification de ma vie, c'est de vous avoir rencontré, de vous avoir aimé. Je n'aurai rien construit, mais il me semble que j'aurai aidé à construire. C'est une pensée qui me repose, comme vous dites, et quand vous me faites tous vos reproches, c'est comme si vous me rejetiez dans ce vide, dans cette inutilité dont je ne veux pas. Vous comprenez, pour vivre, moi aussi, j'ai besoin de croire que je ne suis pas tout à fait rien. Je vous assure,

Armand, je suis très humble, je suis très modeste. Ne m'enlevez pas le peu de foi que je peux avoir en moi.

« Vous allez trouver que je vous parle bien longuement de moi. Mais, mon chéri, vous parler de moi, c'est parler de vous. Je ne peux pas penser à la vie sans vous, vous êtes mon seul ami. Dans ces jours de détresse que je viens de passer, pensez que c'était mon ami même qui me faisait souffrir, que je n'avais personne, personne, que j'étais seule au monde... et qu'en plus je pensais : “ Comme il doit souffrir, pour me torturer ainsi ”, et votre douleur s'ajoutait à la mienne.

« Mon bien chéri, il ne faut plus. Si ces affaires vous ennuient, ce que je comprends, si elles vous sont intolérables, je vous prie de tout mon cœur de ne plus vous en occuper. Je m'arrangerai, je vivrai avec très peu d'argent. Vous serez libre. La pensée que je puisse être une charge pour vous m'est intolérable. Vous partirez en voyage. Vous ferez ce que vous voudrez. Je pensais, au contraire, vous aider, vous avoir un peu aidé à stabiliser votre vie. Peut-être ai-je eu tort. Et ai-je eu tort de vouloir vous “ stabiliser ” ? C'était lutter contre votre nature. Il fallait peut-être, au contraire, vous aider à vous libérer. Je l'ai senti obscurément, il y a quelques mois, et aujourd'hui comme un éclair. Pourquoi vouloir vous faire entrer dans les cadres ? Je vous attendrai, et vous reviendrez un jour, ayant peut-être acquis la stabilité et enfin la sérénité.

« Nous n'aurons plus, mon bien chéri, qu'à nous occuper matériellement de réaliser votre plan. En effet, il n'y a pas de raison que vos parents, vos filles et moi nous sucions votre vie. Vous êtes jeune, vous avez encore beaucoup de choses à faire, vous avez votre amie fidèle — vous voyez, que de raisons de croire à la beauté de la vie. Et nous nous retrouverons.

« Vous m'avez toujours préférée. Vous avez toujours senti que j'étais votre femme, et deux êtres ont rarement été aussi près l'un de l'autre que nous deux. Si je souffre tellement de vos comportements, c'est que je sens aussi avec votre cœur. Si vous me permettez un reproche toutefois, votre manière d'extérioriser votre souffrance est rebutante. On a envie de se rebeller, et pas de comprendre.

« Mais, entre nous, pourquoi ces coquetteries à rebours ? Nous allons voir proprement, honnêtement la meilleure solution à adopter. Maintenant que je ne suis plus butée sur les moyens de vous faire parvenir au bonheur, tout va être beaucoup plus simple, et ne croyez pas que je suis si désintéressée que ça : j'espère un jour être heureuse suivant l'idée du bonheur que je m'étais faite quand j'étais petite fille.

« Je vais aller dormir. Cette lettre est mal écrite, mais je ne veux pas la refaire, car je veux que vous trouviez dans tout ce fatras l'amour que j'ai pour vous, et le désir de votre bonheur, c'est-à-dire mon bonheur. Je n'ai depuis dix-sept ans goûté de bonheur qu'après vous, auprès de vous, ou par vous.

« Je vous aime incorrigiblement.

« Je vous embrasse de tout mon cœur éternellement vôtre.

« Lucienne. »

Peut-être parce que j'ai trop souffert, mais Line me devient indifférente, et je décide, sans en parler à Lucienne, de rompre. Mais je ne veux pas la laisser partir loin de moi, sans effacer tous les restes de désirs que j'avais encore d'elle, qui pourraient traîner derrière elle et m'obséderaient. Je veux la laisser, mais vide. J'en parle à Madeleine que je vois souvent avec Jean-Louis.

« Il y a bien des voyages de noces, pourquoi n'y aurait-il pas des voyages de rupture ?

— Tu lui as dit que ce serait votre “ dernier voyage ” ?

— Non, bien sûr.

— Dans le voyage de noces, les deux sont complices. Combien de temps pars-tu ?

— Dix jours. Comme elle est d’origine basque nous irons d’abord à Hendaye... »

Et Madeleine éclate de rire :

« Viens me voir dès ton retour, j’ai hâte de la connaître, la fin de ton voyage de rupture. »

Je n’ai pris aucune note dans mon journal sur ce voyage en Pays basque. Les jours heureux laissent les pages blanches.

Le charme du Pays Basque opéra, et cette assurance de ne plus être en danger me permettait de me laisser aller à une joie tranquille. D’être les « derniers jours », ils en étaient plus pathétiques. A la fête de Saint-Jean-de-Luz, Line sur la place dansa le fandango. En toute innocence nous étions heureux, le jour, la nuit. Après les dîners dans les auberges paysannes, nous rentrions dans la voiture découverte avec toutes les étoiles du ciel sur la tête.

J’étais venu tuer tous les restes de désirs, empêcher leur métamorphose en regrets — mais n’étais-je pas en train d’accumuler de nouveaux souvenirs ? Néanmoins, je respecte mon horaire. Dix jours plus tard, je la ramenai à Paris, devant sa porte, dans les bras l’un de l’autre.

« J’ai été si heureuse ! »

A Madeleine qui s’amusait beaucoup, je dis : « Je ne suis pas sûr qu’il ne soit pas un peu raté, mon voyage de rupture... » Tout de même, je laisse avec indifférence Line s’installer dans l’île de Ré où elle retrouve Paul — et je retourne à Courval heureux près de Lucienne heureuse de mon retour. Je reprends la direction des affaires et jeudi j’ai rendez-vous avec Dullin et Masson, sur la scène de l’Atelier, pour les décors.

Mardi 30 août, Paris.

Lucienne est partie avec les enfants et ma mère pour Luchon suivre des cures. Je suis ici depuis lundi midi avec Joseph et Berthe.

Je découvre des sensations « lues » dans les livres. Vivre vous amène à relire. On visite un pays qu'on vous avait décrit : on disait qu'à cette hauteur on étouffait — on avait lu ce mot « étouffer » très simplement. On visite le pays, on reconnaît l'endroit et l'on étouffe vraiment. C'est un enfer, et je suis émerveillé : je découvre tous les poèmes, tous les souvenirs, tous les livres des autres. Comme un journaliste en reportage sur un typhon, emporté par les eaux, je dis : « Ça y est, je suis dans le bain. » Et je comprends enfin tout ce qu'on me racontait de loin sur la jalousie et certains tourments de vivre.

Mardi soir 30 août.

J'ai écrit à l'île de Ré pour dire que je suis seul à Paris. Elle m'a d'abord répondu par des lettres d'amour. Devant mon insistance, elle m'a expliqué qu'il lui était impossible de quitter l'île. J'ai répondu qu'on allait me présenter à Paula Dehelly, la jeune comédienne qui allait jouer avec Jean-Louis Barrault *La Terre est ronde*. Alors elle m'a déjà téléphoné trois fois. Puis s'est disputée avec Paul et elle rentre à Paris demain.

Rouen.

Nous passons la journée à l'hôtel d'Angleterre. Après dîner, dans la chambre, le soir tombe — son inquiétude l'a éprouvée. Je suis calme comme un bourreau. Et je sens que je la fascine, mes silences la désorientent.

De temps à autre, je la pique avec une phrase ambiguë. Je veux l'amener à une confession générale. Je ne la touche pas, sinon, je la mettrais à genoux et je lui dirais « maintenant parle ». « Je t'aime comme une folle », et elle pleure, puis elle sanglote. J'écoute, assis dans un fauteuil. Enfin, elle craque : « Je veux tout t'avouer. » En plus de ce que je savais, elle avoue deux aventures : avant le « premier » une nuit blanche, une nuit manquée par sa terreur avec un jeune garçon inexpérimenté. Puis une passade d'une heure à Nice, avec un chanteur italien qu'elle avait adoré jeune fille.

« Et ça n'a pas duré ? Pourquoi ?

— J'ai eu honte de moi. Il ne ressemblait pas à mon amour de jeune fille. »

A Rouen, elle est venue en costume sport, avec des chaussures sport et je me souviens :

« Tu m'avais dit que tu avais acheté ces chaussures à Nice ?

— Oui.

— Et elles étaient à tes pieds quand tu es entrée dans la chambre de ce beau chanteur ?

— Oui. »

Elle regarde ses chaussures. Moi aussi. Dans cette chambre de l'hôtel d'Angleterre, près des bateaux qui attendent sur la Seine, tous les deux nous regardons cette paire de chaussures grises. Elle a donc ôté, ce soir-là, ces chaussures-là, avant de s'étendre sur le lit...

Les objets sont muets et ils hurlent.

« J'avais acheté ces chaussures avant de te connaître ; l'Italien aussi, c'était avant de te connaître...

— Mais les chaussures sont toujours là ! Tu les as

remises à tes pieds après — et tu les as gardées. Et ce soir, elles sont encore là...

— Tu as raison, j'aurais dû les jeter. Mais c'est la première fois que je pense que, ce soir-là, ces chaussures étaient à mes pieds.

— Et pourquoi changer de chaussures ? Tu n'as pas non plus changé de peau ! »

La nuit est venue. Ses sanglots augmentent.

« Et Alger ?

— Je me suis saoulée sans le vouloir avec un alcool inconnu, le “ cop ”. Et le garçon, un très jeune garçon, encore plus saoul que moi, m'a raccompagnée à l'hôtel.

— Dans ta chambre ?

— Oui, mais il était ivre, et moi si fatiguée. Il a essayé de m'embrasser. J'avais envie de dormir.

— Dans la nuit de jeudi à vendredi à deux heures et demie du matin.

— Tu me l'as déjà dit, j'ai vérifié, oui. Qui t'a renseigné ?

— Toi ! C'est lui dont tu as pris le nom sur ton carnet l'adresse à Sestrières ?

— Oui, avant de me saouler. Mais je ne l'ai jamais revu, même à Alger. Je n'aime que toi. Maintenant, je n'ai plus rien à t'apprendre, ce soir je ne suis pas saoule mais j'ai quand même envie de dormir. Je suis heureuse de t'avoir tout dit. » Et elle s'endort.

Début septembre.

Lucienne m'a trouvé un petit hôtel au 13, boulevard Lannes, que je loue 3 000 francs par mois. C'est ici, parmi les bruits réguliers du chemin de fer de ceinture, que je dois écrire la dernière scène de ***La Terre est ronde.***

Mardi.

Déjeuner à la maison avec Louis Ducreux, Henri Pollès et le docteur Rohner, autrichien, qui a traduit mon théâtre. Sa femme, vedette à Vienne, vient enfin de trouver à Paris une place de servante.

Je dîne avec Lucienne chez Reich. Yolande Laffon est par hasard à côté de nous avec Anatole de Monzie.

Il nous dit :

« Ça va mal.

— Quoi donc ?

— Les Tchèques refusent l'ultimatum d'Hitler. »

Je ne sais pas ce que je penserai de ces notes plus tard, mais quel soulagement ! Enfin des hommes courageux : qui sait si Hitler ne reculera pas ?

J'ai horreur de la guerre, mais la brutalité nazie m'épouvante. Vivent les Tchèques !

9 octobre.

Dîner à la Tour d'Argent avec le préfet de police Langeron, Jules Romains, Steve Passeur et d'autres. Ce qu'ils appellent leur amour de la paix n'est que la peur de la guerre. Et la peur ne peut pas soutenir la politique étrangère d'un grand empire. L'Angleterre dit : nos frontières sont sur le Rhin et nous avons oublié que les frontières de l'Empire étaient dans les Alpes.

En septembre, la paix n'a pas été sauvée. Alors, elle a même été peut-être définitivement perdue. En tout cas, une chose certaine : la France est diminuée. Et c'est par véritable amour de la paix que je déplore que l'Empire français ait donné la preuve qu'il peut renier sa signature lorsqu'on le menace.

24 octobre.

Et maintenant, c'est la catastrophe. Depuis le 9 octobre, Line restait de plus en plus longtemps chez moi boulevard Lannes. Paul essayait de comprendre, interrogeait. Je me lassais de Line. Non, je ne me lassais pas d'elle, mais je jugeais désastreuse sa présence dans ma vie. Je voulais découvrir les raisons cachées de cet attachement absurde. J'attendais qu'une vérité venue des profondeurs m'éclate au visage.

Un soir, on répétait le premier acte de *La Terre est ronde* à l'Atelier, et j'attendais Line. Elle téléphone que Paul est venu la chercher aux Folies-Bergère et que je ne l'attende pas. Furieux, dans le foyer du théâtre, je m'approche d'une très jolie élève du Conservatoire, Odile, qui jouait un petit rôle dans *Plutus*. Et je l'embarque à Tabarin. A trois heures du matin, je la ramène chez sa mère, dans l'île Saint-Louis. Et je rentre dormir boulevard Lannes. A neuf heures, Line me téléphone :

« Je quitte Paul !

— Trop tard ! » Et je raccroche.

Le lendemain matin à neuf heures, nouveau coup de téléphone.

« Eh bien, donne-moi une preuve d'amour : viens immédiatement, même en robe de chambre. » Vingt minutes plus tard, elle arrive boulevard Lannes, sans maquillage, vraiment au sortir de son lit, le visage ravagé.

Nous passons la journée ensemble, puis elle part chez elle se préparer pour son tour de chant.

A deux heures du matin, elle me téléphone :

« Paul a voulu me tuer. Il est parti de chez nous s'installer dans son atelier. »

Je lui défends de venir me retrouver, craignant une rupture définitive avec Paul dans l'énervement.

Ce soir, elle m'apprend qu'elle est allée rechercher Paul qui ne pouvait pas vivre seul dans son atelier.

Je vais au théâtre place Dancourt, et j'emmène Odile boulevard Lannes. Nous y passons la nuit. Vers une heure, Line sonne puis frappe à la porte. J'éteins les lumières et ferme l'eau qui coulait dans la salle de bains. Line est certaine que je suis là. Soupçonne-t-elle que je ne suis pas seul ? Elle frappe encore puis s'en va.

A sept heures, je ramène la ravissante Odile chez elle et je passe ainsi sous mes fenêtres et le balcon de l'avenue Foch. Là-haut Lucienne et mes filles m'attendent. Odile ignore que j'habite dans cette maison — et je suis confus de passer ainsi sous mes fenêtres dans le noir, à la fin de la nuit, comme un étranger.

Odile me dit :

« Ma mère va s'inquiéter. C'est la première fois que je découche. »

Le lendemain.

A onze heures du soir, Line me téléphone du Pavillon de l'Élysée, en larmes.

« J'ai tout avoué à Paul. Il sait tout. Il est parti, c'est la rupture.

— Je ne peux pas aller te chercher car je dois terminer ce soir mon troisième acte pour le donner demain midi à Dullin qui veut le répéter tout de suite. Mais, après ton tour de chant, viens boulevard Lannes. Je t'attends. »

A minuit, personne. A deux heures de la nuit, personne. Et j'ai passé toute la nuit à attendre Line qui ne viendra pas. Et ainsi, j'ai écrit la dernière réplique de « Savonarole » : « Je vous laisse à vos ordures, vous les vivants... Comprenez que vous n'êtes rien... Tout est comme rien... »

Au petit matin, téléphone :

« Paul est revenu me chercher au Pavillon. Il m'a pardonné, et " Si tu ne rentres pas avec moi, si tu me laisses partir seul, je me tue ". » Le chagrin de cet homme auquel l'attache une grande tendresse l'a bouleversée. Et il était près d'elle. Elle, elle ne me voyait pas. Le lendemain, j'appelle. Line hurle : « Tais-toi ! Il t'écoute ! » Je raccroche. Je me souviens qu'elle m'avait dit qu'il y avait plusieurs postes de téléphone, communiquant. Un peu plus tard, je rappelle : « C'est Paul que j'aime, je ne t'aime plus et je ne te verrai plus. »

Surpris, je pense : Paul devait encore écouter.

Quand je sors, une heure plus tard, elle est dans sa voiture, devant la porte, en larmes.

« C'est toi que j'aime, mais il est si seul et si perdu. » Puis elle a ce mot détestable : « Laisse-moi lui redonner confiance ; après nous nous reverrons comme avant. »

Je rentre avenue Foch ; sur le balcon Lorlette voit un avion.

« C'est un avion qui vient d'Angleterre.

— Qu'est-ce que ça veut dire " Angleterre " ? »

Combien de choses elle va devoir apprendre, toutes celles que moi, en marche vers la mort, je vais avoir à oublier.

8 novembre.

Cette nuit, triomphe de *La Terre est ronde* à l'Atelier. Je n'ai jamais pu supporter le premier lever de rideau dans la salle chuchotante et d'un coup, silencieuse. Pour m'épargner cette frayeur, je dîne seul en lisant un journal du soir que j'appuie sur la bouteille de vin.

Vers neuf heures et demie, je monte doucement vers la place Dancourt, et j'entre dans la petite cour où Dullin remise les décors et son vieux cheval. Le concierge me remet un télégramme posté à seize heures vingt. Il est en basque, j'imagine, car je ne l'ai pas fait traduire, et aujourd'hui encore je le recopie sans le comprendre :

Maïté Saitout Aniz

Désespérément Line.

Donc, elle n'est pas dans la salle. Je traverse la cour, je grimpe le petit escalier et j'entre dans le « foyer des acteurs », réduit noir, un peu sale, avec en son centre un poêle Godin et son long tuyau tourmenté. Un gosse est là, le petit Mouloudji, qui joue un des enfants turbulents de frère Jérôme.

La gorge nouée, je parviens à demander :

« Comment ça va ?

— C'est glacial ! »

Mon corps se ramollit. Vais-je m'asseoir ?

« Glacial ?

— Vous venez de dehors, alors vous ne sentez pas, et le poêle n'est même pas allumé...

— Je te demande comment ça va dans la salle.

— Ah ! ils applaudissent sans arrêt ! Naturellement, la salle est chauffée, elle ! »

Je suis heureux pour Lucienne dont le cœur a dû s'arrêter de battre quand le rideau se levait.

J'entends un crépitement de bravos ; c'est la fin du premier monologue de Charles. Après le rideau le premier acte est acclamé. L'enthousiasme se nourrit de lui-même et devient délirant. C'est un déchaînement de louanges, la presse demain sera folle. *Paris-Soir* parle de Shakespeare. C'est un triomphe pour Dullin, pour Jean-Louis Barrault, pour André Masson.

Après le dernier rideau, dans les coulisses dont je ne

suis pas sorti, Lucienne me serre dans ses bras : « Je suis si heureuse », et ce fut la cohue des fins de générales.

J'ai invité les acteurs démaquillés, épuisés, avec des amis à la brasserie du Moulin-Rouge. Le ministre Jean Zay, qui a toujours défendu le Cartel et Dullin, on sert les huîtres et la choucroute. Avec cette explosion de joie, vais-je sortir de mon tunnel, de mon impasse ? A quelques tables des nôtres, je remarque un jeune homme, avec une très jolie femme. Il m'a semblé qu'il avait salué Jean Zay.

« Vous le connaissez, monsieur le Ministre ?

— Oui, c'est un des plus jeunes députés de France, un garçon très remarquable, Pierre Mendès France.

— Un de vos amis ?

— Je pense bien !

— Puis-je l'inviter à notre table ?

— Je pense bien ! »

Je les invite donc à se mêler à notre joie et je suis ému par la douceur, d'un si grand charme, de la jeune femme du si jeune député. Tous les deux se mêlent à notre exubérance joyeuse.

Pourquoi cette nuit va-t-elle se dissiper, et m'abandonner demain dans la nouvelle lumière d'une nouvelle journée ? Pourquoi nos heures heureuses sont-elles comme nous, elles aussi mortelles ? Pourquoi dans ce hall de gare n'y a-t-il pas une consigne pour y enfermer nos joies, qui se dissipent encore plus vite qu'un brouillard de l'aube ?

La fatigue commence à m'accabler. Je vais dormir. Et je crains le réveil de ce sommeil. Demain m'inquiète. Je ne vais pas au-delà. Ma vie s'arrête à demain, mais comment, dans ce tohu-bohu joyeux de la brasserie du Moulin-Rouge, aurais-je pu découvrir l'avenir et apercevoir, cinq années plus tard, l'assassinat de Jean Zay par des miliciens français et nazis ? Et quinze ans plus tard, l'arrivée de ce si jeune et si frêle député à la présidence du Conseil, afin de se battre pour la paix, et de libérer la France des guerres coloniales ; essayant de sauver ce qui pouvait être encore sauvé et brutalement écarté du pouvoir par les intérêts les plus sordides des puissances financières les plus bornées qui, pour avoir voulu tout garder, allaient tout perdre ?

Ce soir, dans la gaieté d'un spectacle réussi, naissait une amitié avec Mendès France qui dure encore. Mais ma joie s'écrase dans la fatigue. Je relis le télégramme de Line. Je sais déjà que demain tout va recommencer...

Samedi 29.

Hier soir, dîner avec les Barsacq et les Anouilh. J'envie leur bonheur tranquille. Mon malheur : je ne sais plus si j'aime encore la femme que j'estime et je sais que je n'estime pas la femme qui m'obsède.

Plus tard (sans date).

Le triomphe de *La Terre est ronde* est éclatant et je vais à Courval avec Lucienne qui, hier, « m'a rendu ma liberté ».

« Je vous demande de vivre avec elle. Dans dix ans, s'il faut attendre dix ans, vous me retrouverez, toujours fidèle, si vous désirez me retrouver. »

Cette « offre » certainement à la suite d'une conversation avec Zette qui lui a reproché, je crois, de m'avoir dit : « Si elle quitte Paul, je vous quitterai. » Zette prétend que cette menace n'est pas honnête, puisque Lucienne sait qu'elle ne me quittera pas. Et Lucienne me demande de me laisser aller totalement à cette aventure, avec l'espoir qu'ainsi j'en arriverai au bout. Il y a des heures dans la journée où je ne peux respirer qu'en voyant Line, en lançant mes bras vers elle, comme un homme qui va se noyer.

Mais pourquoi ? pourquoi ?

Depuis des années, un même cauchemar bouleverse mes nuits. Des sanglots me réveillent. Quand Lucienne est près de moi, elle essaie de me calmer, et c'est avec une grande lenteur que je me dégage de ce cauchemar, toujours le même : Lucienne, avec une gravité calme, m'apprend que depuis des semaines elle aime un autre homme, et qu'elle va le rejoindre. Certaines nuits, elle a déjà couché avec lui. L'Homme n'est pas toujours le même, quelquefois un de nos amis, quelquefois un inconnu. Et toujours la décision de Lucienne est définitive. Quand la liaison, dans le cauchemar, est déjà vieille de quelques jours, elle me donne des détails, et en me réveillant, Lucienne essaie de calmer mes hurlements.

Lucienne est-elle réconfortée par ces cauchemars ? Voit-elle, dans cette jalousie forcenée, la permanence de mon attachement ? Était-ce une autopunition, une façon de me châtier de mes égarements ?

Cette explication n'en est pas une.

Dans *La Science des rêves,* (Alcan 1926), Freud démontre que le rêve est l'accomplissement d'un désir inconscient. Comment puis-je désirer que Lucienne m'apprenne qu'elle a un amant ? C'est absurde. Alors, que signifie ce cauchemar qui revient sans cesse ?

La vérité vient de m'éclater au visage : ce cauchemar qui m'accompagne depuis des années ne peut avoir qu'un sens : les « aveux » de Lucienne entraînent fatalement une séparation définitive. Le voilà donc, le désir inconscient qui me fait hurler certaines nuits : le désir de son départ. Ma douleur est terrible, mais le désir, fixe et violent, est là : son départ qui m'offre ma liberté dans une solitude à laquelle j'ai renoncé pour elle, à vingt ans.

A la sortie du cauchemar, dans la nuit, je m'accroche à elle. Je l'entoure dans mes bras et dans mon chagrin, je répète :

« Dis-moi encore que ce n'est pas vrai... »

Je sens Lucienne heureuse de mon désarroi et je suis heureux de lui donner cette preuve de mon attachement. Et je viens de découvrir que ce rêve est la traduction d'un violent désir de m'éloigner d'elle. Dès les premières années de notre union, je lui reprochais d'être une « bernique », ce petit coquillage qui s'attache aux rochers, comme le lierre sur les murs, jusqu'à la mort. Non Lucienne n'était pas une bernique, mais une pieuvre. Elle m'enferme. Les tentacules invisibles de son amour me ligotent. Ils étouffent mon corps et mon âme. Bien sûr, elle me veut libre, mais je sais comment disparaît dans la mort un homme pris dans les bras d'une pieuvre. (J'ai lu Jules Verne.) Ce rêve me dévoile mon désir de libération. Je suis englué, je ne peux pas m'évader de son amour. Je suis son prisonnier. Je ne peux pas me libérer. Son amour est plus puissant que nous, plus puissant qu'elle, qui me donne toutes les libertés, sauf la liberté. Son désir secret et inconscient : me prendre dans ses bras, et m'étouffer afin de mourir avec moi, tout de suite, pour l'éternité.

Elle n'a pas besoin de mots pour savoir qu'elle peut me laisser vagabonder, parce qu'elle sent que son amour, plus fort qu'elle-même, ne me lâchera jamais et qu'aussi loin d'elle que je pourrais aller, je ne m'évaderai jamais. Prisonnier dans l'infini de son amour.

10 janvier.

Lucienne m'a demandé de vivre avec Line.

Nous nous installons au Trianon Palace, à Versailles, nous recevons ! Entre autres un dîner avec Mireille et Emmanuel Berl. Line n'est pas de taille à suivre la conversation.

Elle a dit à Paul, me dit-elle, qu'après tous ces drames, elle avait besoin de calme, et de savoir, après ses aveux, où elle en était dans ses histoires de cœur.

Téléphone de Paul. Elle me passe l'écouteur. Je comprends très vite que Paul ignore ma présence près d'elle à l'hôtel. Il lui demande :

« Comment va ton cœur ? »

Line a un geste pour me démontrer qu'elle a bien « tout dit » à Paul :

« En ce moment, mon cœur va très bien, et je suis heureuse.

— Néanmoins, je veux qu'à ton retour, tu consultes un cardiologue. »

Ainsi elle ment encore. En jouant sur le mot *cœur,* elle a traduit à Paul nos démêlés sentimentaux en termes de médecine. Ce mensonge caché dans une fausse vérité m'écœure.

« Cette fois, je m'en vais.

— Si tu me quittes, le jour même je quitterai Paul...

— Ainsi il apprendra que tu mens à tout le monde avec des à-peu-près de vérité. »

Line est maintenant sans danger. Mes cauchemars de la nuit voulaient me délivrer de l'empire de Lucienne. Line aura été le cauchemar de mes journées vivantes ; mon désir d'elle ? Seulement une façon d'échapper à l'amour fou de Lucienne. Depuis que j'ai décrypté mes cauchemars de la nuit, ils ont disparu. Line, le cauchemar de mes journées, disparaîtra comme eux. Mes souffrances près de Line étaient bien des souffrances de cauchemar. Je demande à Lucienne d'organiser une grande fête afin d'annoncer à tous nos amis notre prochain départ ; ainsi je me garantis contre une dernière hésitation. Lucienne écrit la carte d'invitation que je fais graver :

Cocktail

M. ET Mme ARMAND SALACROU

seront absents de Paris pendant quelques mois.
Ils espèrent vous voir avant leur départ
le lundi 30 janvier de 6 à 9 heures.

1 BIS, AVENUE FOCH, XVIe

Trois jours de suite, à la porte de l'avenue Foch, j'aperçois Line en larmes, dans sa voiture. Je me cache pour sortir et remonter vite la contre-allée où elle ne peut pas me suivre.

La fête a lieu, et nous partons à l'aube.

J'aurai entraîné des êtres qui me sont chers et moi-même dans un enfer pour une femme qui n'existait même pas ; qui ne fut rien d'autre que ma tentation d'être un homme sans attaches, débarrassé des fardeaux d'une passion implacable.

Maintenant, libéré des cauchemars de la nuit et du jour, j'allais peut-être découvrir le bonheur en me laissant librement emporter par un amour si rare.

CHAPITRE VI

D' « Histoire de rire » à la débâcle

Le lendemain, de très bonne heure, Joseph plaça les valises dans le coffre arrière de la voiture. Nous lui laissions le soin de nettoyer, avec Berthe, la maison ravagée par la visite des cent cinquante invités venus saluer notre départ, avec des sentiments divers selon qu'ils avaient souhaité la défaite de Lucienne ou mon malheur ; d'autres, si heureux pour nous deux :

« Où allez-vous ?...

— Nous promener.

— Dans quelle région ?

— Au hasard... »

« Elle va le cacher », disaient certaines petites garces.

Nous ignorions vraiment, non pas la raison de notre voyage, mais où il nous conduirait.

« Si nous allions d'abord, en passant, voir André Masson ? »

Il habitait Lyons-la-Forêt, avec sa jeune femme et leurs deux petits garçons qui avaient ramené, de la Catalogne où ils étaient nés, des prénoms espagnols. Admiration des derniers tableaux dont la réussite nous enchantait ; je donnai les dernières nouvelles du livre sur l'œuvre d'André Masson que Robert Desnos m'avait conduit à imprimer pour me distraire, au temps où je vivais en enfer ; puis nous nous réjouîmes tous les quatre du triomphe de *La Terre est ronde* et de celui des décors et des costumes d'André. Après le déjeuner, Rose voulut nous entraîner vers la forêt, pour admirer sa beauté dans la lumière ensoleillée de cet hiver clair. Mais j'avais hâte de partir. La voiture démarra. Je regardais, si près de moi, Lucienne encore apeurée —, et je compris quelle pouvait être la joie d'un évadé. La voiture roulait bien. Le bonheur a de nombreux visages. Celui de ce jour-là avait le rayonnement d'une résurrection. Vers quatre heures, nous traversions un bourg de l'Orne, Sées, je crois ; un hôtel campagnard nous attire. Dans la grande chambre calme, quel silence après la cohue d'hier soir ! Je m'installe devant une table ; la chaise est à bonne hauteur. Je sors mes papiers bleus coupés en carrés de 27 centimètres de côté, l'encre, les plumes... mais la nuit approche, et je ne trouve qu'une ampoule au-dessus du lit et un plafonnier trop haut. Lucienne court dans la grande rue à la recherche d'une épicerie et me rapporte un paquet de bougies. Puis elle descend dans le salon de l'hôtel. « Commande un bon dîner et fais-moi monter tout de suite des tasses de café. » J'allume ma pipe et les bougies. A la lueur dansante, je commence —, première scène, premier acte — ces premières pages d'*Histoire de rire*. Comme à l'habitude, en les écrivant, je parle les répliques ; je fume pipe sur pipe et vers sept heures, je descends à la recherche de Lucienne qui interroge avec inquiétude mon visage.

« Travaillerez-vous ici demain matin ?

— Non ; nous irons à la recherche d'un autre hôtel, aussi charmant que celui-ci, et chaque jour, je travaillerai en fin d'après-midi. Mais, achète un carnet et un crayon. Peut-être, en conduisant, je te dicterai des notes ou des répliques. »

Ainsi, de bourgade en bourgade, nous arrivâmes à Arcachon, où nos filles vivaient dans une sorte de préventorium, nous fêtâmes l'anniversaire de Lorlette et nous reprîmes notre randonnée de cirque, chaque après-midi dans une nouvelle chambre d'hôtel où je me donnais la représentation.

Nous arrivâmes à Marseille. Les amis des *Cahiers du Sud,* ceux du « Rideau gris » et nos souvenirs de tournage de *Monte-Cristo* nous accueillirent avec une fraternité joyeuse. Enfin, j'écrivis la dernière réplique du I : « Par pitié, ne me dites pas les paroles qu'elle dit en ce moment à l'autre. » Puis, nous reprîmes la route, cette fois vers Nice.

A l'arrivée, sur la promenade de la ville s'étalait la si belle affiche de Line en robe blanche, avec son accordéon noir. Je tournai à angle droit. L'affiche nous regardait sur le mur d'en face. Lucienne ne disait pas un mot. Sans doute, Line devait-elle donner un récital au casino. Je cherchai la route de Cannes, butant encore à chaque tournant sur la longue robe blanche, avec l'accordéon dont j'entendais les refrains :

... Boulevard Barbès
On en prend, on en laisse...

Comme des rescapés, nous atterrîmes à Marseille, dans l'hôtel « La Réserve ».

Dès le lendemain, je commençai le deuxième acte d'*Histoire de rire.* Ou bien j'aime la toute petite chambre d'étudiant, cellule avec un lit, une table, une chaise, ou bien les très grands espaces. Mais avant La Réserve, jamais je n'avais habité une chambre aussi vaste. De la porte, là-bas, dans le lointain, on apercevait un lit à baldaquin, dans lequel deux couples eussent pu dormir sans se gêner et qui semblait flotter dans cette immense salle de parade. Le chasseur de l'hôtel disait avec orgueil : « Le roi Édouard VII a couché dans ce lit. »

A côté, la chambre de Lucienne, pourtant fort belle,

prenait des allures d'alcôve. Elle en sortait dans la matinée pour se promener à pied, dans la ville, souvent sans déjeuner, tandis que l'on montait pour moi un repas froid et une cafetière avec réchaud.

Je travaille jusqu'à six heures ; alors je prends la voiture et vais retrouver Lucienne pour dîner joyeusement avec des amis. Le 15 mars, le deuxième acte est terminé.

Mais l'arrivée du Führer à Prague me fait trembler de chagrin. Je pense au désespoir de tous mes amis, là-bas, dans leur si belle ville. Bien sûr, j'avais été antimunichois. Bien sûr, j'avais crié : « Vous vous déshonorez pour ne pas avoir la guerre et vous aurez quand même la guerre ! » Mais vais-je avoir raison si vite ? Daladier eût peut-être été moins bête et moins lâche sans la stupidité de Chamberlain qui se manifeste encore ce matin en dénonçant les agissements d'Hitler « qui sont dénués de tout fondement juridique ».

Je bâcle mon troisième acte, et nous rentrons à Paris. Je rencontre André Chamson, ancien camarade du Quartier latin, et Jacques Kayser, attachés au Cabinet du président du Conseil, et tous les deux rédacteurs des discours de Daladier. La fermeté verbale de ces discours est-elle de Daladier ou bien de ses deux collaborateurs politiques et littéraires ? Daladier n'est-il que la poupée de ces deux ventriloques ? Je me souviens de ma rencontre avec Lugné-Poe, en mars 36, lors de l'entrée d'Hitler en Rhénanie. « C'est la guerre, disais-je à Lugné. — Pourquoi ? — N'avez-vous pas entendu le président Sarraut déclarer à la T.S.F. : " Nous ne laisserons pas la cathédrale de Strasbourg sous le feu des canons allemands " ? — Et après ? répondit Lugné. Sarraut a lu le discours que lui avait préparé son chef de Cabinet, puis il est allé se coucher. Demain, il n'y pensera plus ! »

Aujourd'hui, la France, les yeux fermés, les oreilles

bouchées, essaie de s'installer dans la paix —, comme on se remue dans un cauchemar. « Tout sauf la guerre. » Et un chuchotement s'enfle : « Nous avons le choix entre Hitler ou Staline ; alors plutôt Hitler qui est un ancien combattant de 14, et qui doit détester la guerre pour l'avoir déjà faite. »

Désemparé, je vais au Havre surveiller les affaires courantes des Laboratoires. Avec Pâques, nos filles revenues d'Arcachon, nous nous installons dans le printemps de Courval, et je mets au net le manuscrit d'*Histoire de rire.*

A la Pentecôte, des amis, inquiets comme nous l'étions, essaient de se rassurer en regardant les pommiers en fleur de Courval : les Leiris, Marcel Bleustein et son ami Pat, tous les deux aviateurs de combat, Sophie, Steve et Renée Passeur, Jean-Louis Barrault et mon camarade d'enfance Marcel Abraham, directeur du ministère de l'Éducation nationale. Tous nous essayons de croire que nous vivons une époque charmante et tranquille. Les invasions barbares, ce sont des calamités d'autrefois. Mais où serons-nous quand ces fleurs blanches et roses seront des fruits ?

Les fêtes passées, j'ai rendez-vous à Paris avec Willemetz pour *Histoire de rire.*

Pendant mon séjour, je suis « convoqué » par le Quai d'Orsay à un déjeuner de rapprochement entre la France et la Pologne. Avant Munich, la Pologne et ses colonels supportaient avec aisance les turbulences d'Hitler, mais voilà qu'il parlait maintenant de Dantzig.

Mon voisin de table, un officier polonais, exalta d'abord Napoléon Ier et l'amitié séculaire de la France et de la Pologne. Alors, je lui demandai ce qu'il pensait des tanks allemands.

« Nous ne les craignons pas ! » Et il reprit, pour me

rassurer dans mon silence inquiet : « Vous n'imaginez pas la virtuosité de notre admirable cavalerie ! »

Fin juillet au Havre. Les affaires m'ennuient, d'abord parce qu'elles m'ennuient et parce qu'elles sont extrêmement difficiles. Quelles décisions prendre en des jours aussi incertains ? Et je n'ai jamais aimé le jeu de colin-maillard. Quand j'oublie les « événements », je pense à écrire ma légende du loup : l'histoire de ce prince enchanté qui est un loup violent la nuit, et le jour un homme adorable et doux, délivré de son envoûtement. Dans la lumière du soleil, il essaie d'oublier ses hurlements de la nuit, puis avec le soir qui tombe, les violences du loup s'emparent peu à peu du jeune homme qui s'efface. Et l'enchantement prendra fin lorsqu'une femme aimera dans le loup de la nuit le prince du jour.

Mais comment écrire, en ces heures, un conte de fées ?

Pour me changer les idées, je vais passer les deux premiers jours du mois d'août à Deauville. L'affiche d'un cinéma annonce *Le Café du Port* avec Line en vedette. Je n'essaie même pas de résister. J'entre.

Je suis sorti en pleurant. D'abord Line est vraiment très belle et le film se passe au Havre dans les bistrots où nous allions ensemble. Elle tourne avec ses robes, que j'ai touchées. Sa robe de chambre, sa robe noire plissée avec laquelle elle venait boulevard Lannes. A son poignet, la petite montre en or que je lui ai donnée avant son voyage d'Alger —, son seul bijou, mon seul cadeau. Sur l'écran, comme un fantôme que je ne pouvais pas toucher. Elle, je l'ai oubliée, mais pas mon rêve où ce fantôme se promène.

Dans un journal, cette critique d'un homme que je ne connais pas, André Rivollet : « Tout l'attrait du film, c'est la belle chanteuse à l'accordéon. Sculpturale, rayonnante, enivrée, cette bacchante distinguée sera une de nos meilleures stars. Cheveux lourds, traits purs, yeux allongés, dents émerveillées, si l'on peut dire... Elle fait évoquer certaines poétesses de l'art grec. L'articulation laisse bien parfois à désirer, mais la voix est chaude, profonde, sensuelle. Une véritable artiste. »

13 août.

Nous arrivons, Lucienne et moi, à Genève pour visiter les toiles du musée du Prado (évacuées ici par les Républicains espagnols), dont André Masson nous avait parlé.

Certes tous ces tableaux échappés aux folies de la guerre, tout ce que les hommes ont créé pour s'inventer un destin, sont voués à la destruction comme les hommes eux-mêmes, comme notre pauvre petite boule de Terre elle-même, mais ils nous entourent d'une frange éphémère et fraternelle —, ainsi qu'une réunion d'amis, le temps d'un dîner joyeux, efface l'image de notre mort. Certes, ces chefs-d'œuvre ne nous parlent que de nous. Ils deviendraient muets et transparents pour les oreilles et les yeux de créatures aujourd'hui inimaginables qui peut-être vivront après nous dans l'éternelle lumière d'un ciel insaisissable, mais aujourd'hui, ils ont pour nous un parfum, non d'éternité, mais de postérité. La visite de ce musée réfugié nous a exaltés. Lucienne (totalement étrangère à la musique qu'elle ne différencie pas des bruits de la rue) est très sensible à la peinture. Et je me souviens de son émotion quand, jeunes fiancés, je la conduisis au musée de Nantes, davant la *Mademoiselle Zélie* d'Ingres.

Nous dînons dans un des bons restaurants de Genève, parlant peu, subjugués par le souvenir des chefs-d'œuvre. Étonnés aussi par le calme des Suisses qui vivent dans l'irréalité de la guerre. Non par lâcheté — à divers signes, on sent qu'ils se battraient pour leur liberté — mais afin de résister au délire qui s'empare de l'Europe. Après le dîner j'allai fumer une pipe accoudé au balcon de notre chambre. Et d'un coup, par-dessus le lac de Genève, le ciel s'emplit d'éclatements de toutes les couleurs ; les fusées jaillissaient pétaradantes, un grandiose spectacle...

Alors surgit dans ma mémoire le vers d'Apollinaire :

Ah ! Dieu que la guerre est jolie

et l'autre poème :

Que c'est beau ces fusées qui illuminent la nuit
... C'est un banquet que s'offre la terre
la terre a faim, et voici son festin de Balthazar cannibale.

Je me mis à hurler :

« Lucienne ! la guerre est déjà dans le ciel et elle nous tombe dessus. »

Après le feu d'artifice, Dieu que la nuit est noire.

Le lendemain matin, nous continuons le voyage vers la Méditerranée. Là-bas, comme je l'ai dit dans le premier volume, nous rencontrons Bergery, Cocteau, et les bons amis Effel, Pierre Bost, Jean Wall. Aucun de nous n'ose parler de la guerre. Moi, je ne sors pas de la phrase de Paul Reynaud, dite lors de notre déjeuner, seuls dans sa garçonnière : « Nous n'envoyons à Staline que des sous-ordres sans pouvoirs. Ils donnent l'impression aux Russes que nous ne voulons pas traiter ; cela finira mal ! »

Cela finit par le traité germano-soviétique et la guerre.

*

Une absence de nouvelles incompréhensible suit le terrible silence qui entoure la voix de la radio : « Les hostilités ont commencé à cinq heures. »

Steve est parti le premier jour; il a lui aussi quarante ans. Je crains qu'il ne soit déjà en ligne, comme nous allons dire. Desnos part aujourd'hui, sergent dans les troupes coloniales.

... où sont Raynal, Billy, Dalize...
où est Cremnitz qui s'engagea...
Peut-être sont-ils morts déjà ?

Lucienne rentre à Paris dans un état épouvantable. Camille très courageuse. Lorlette qui a quatre ans répète les mots qu'elle entend et prononce « bombe », « masque à gaz », avec une intonation qui désigne des jouets. C'est horrible.

Dans la stupeur, l'effroi et l'abrutissement, on perçoit une sorte d'allégresse, de délivrance : plus de doute, d'espoir, d'attente, maintenant ça y est : la guerre est déclarée. C'est la guerre ! Mais on n'y croit pas encore. Le mort est mort, mais il n'est pas enseveli. Nous n'avons pas encore pleuré les larmes de l'Église ni les larmes du cimetière, ni les larmes du retour avec la tristesse de la solitude. Le mort est mort, mais nous espérons Lazare, nous attendons encore le miracle...

Suzanne Servan-Schreiber me dit : « On raconte que nous sommes déjà dans la Sarre. » Est-ce vrai ? L'absence de nouvelles surprend et commence à irriter. Si ce silence précède l'annonce d'une grande victoire, alors bravo ! Et encore, est-ce si habile ? On est prêt à tout supporter — sauf le silence.

Marcel Bleustein, qui rencontre souvent Daladier,

lui parle de moi avec enthousiasme. Je suis le seul à pouvoir diriger la « contre-propagande nazie ». Il paraît que Daladier est d'accord. Son entourage parle de moi comme d' « un fou de génie », une sorte de « Goebbels de la démocratie ». Ce qui m'irrite. Mais la maîtresse de Daladier, une femme du monde, lui dit : « Tout à fait d'accord pour confier la propagande à un écrivain, — mais alors choisissez Giraudoux, qui, en plus, est un haut fonctionnaire du Quai d'Orsay. » Ainsi Giraudoux devint ministre de l'Information. Marcel n'avait pas parlé de littérateur, mais des moyens d'agir sur le public. J'avais déjà imaginé de nous brancher sur la longueur d'onde des postes allemands lors des discours d'Hitler et aussi sur la longueur d'onde du « traître de Stuttgart » pour parler dans ses silences. Des petits mots : « C'est pas vrai, tu mens ! » pour terminer ses phrases.

Jeudi 6.

Nuit d'alerte. Je vais sur le balcon. Un beau ciel d'été brillant d'étoiles, sur la ville noire. Puis de petits ballonnets rouge vif montent dans la lumière des projecteurs au-dessus de l'Arc de Triomphe, sans doute pour indiquer la direction du vent. Ils fondent très vite... et comme il ne se passe toujours rien, je retourne dans mon lit. Enfin, un maigre bombardement antiaérien inattendu et assez comique. La sirène de fin d'alerte me sort d'un rêve.

Et le matin, je lis dans les journaux une circulaire sur les résidents allemands qui oblige Ella, notre institutrice, à rejoindre immédiatement un « centre d'accueil ».

J'imagine le désarroi à Courval si Ella doit partir, et le chagrin de nos deux filles. Cette femme prussienne, qui a lutté contre Hitler, a échappé aux camps nazis, pour se mêler à la Révolution espagnole, fut alors arrêtée à la suite des luttes entre la F.A.I. et le P.O.U.M. Elle s'échappe, arrive en France, où elle est d'abord recueillie par les Queneau, puis elle habite avec nous. Depuis Munich, j'aimais davantage la présence de cette Prussienne dans ma famille. Ainsi mes filles seraient-elles préservées d'une haine collective et imbécile.

J'ai rendez-vous avec Argence à l'agence Havas. A peine deux mots échangés, alerte ! Descente rapide du personnel dans les caves. Personne ne dissimule une peur des « inventions secrètes ». Tous se plaignent aussi de l'absence de nouvelles. Je pars directement de l'agence vers Courval et je déjeune à Fleury-sur-Andelle où mon masque à gaz fait sensation parmi les vieux qui vivent déjà en réfugiés dans cette auberge. Ce masque à gaz, je le dois à Joseph. Avant-hier, je lui demandai de se débrouiller pour trouver au moins deux masques pour les filles. Devant le commissariat, une queue de femmes et d'infirmes. Quand le tour de Joseph arrivera, il n'y aura plus de masques. Alors Joseph passe de la dernière place de la file à la première en hurlant : « Je suis un combattant de l'autre guerre, où j'ai été mutilé. Et je n'ai plus qu'une fesse ! Empêcher de passer un glorieux mutilé, c'est une honte ! » Et en pleurant, il commença à se déculotter. Joseph est un grand gros garçon joufflu, bien rose, de moins de quarante ans et sans décoration. « Eh oui, je vais vous les montrer, mes blessures !... » Les femmes s'apitoient : « Passez monsieur... »

Au commissaire, Joseph dit qu'il est à mon service — et il sort avec six masques.

« Six !!

— Eh bien, et mes camarades invalides, qui se sont fait tuer pour vous à l'autre, vous voulez les achever ? »

Naturellement, Joseph a ses deux fesses intactes et n'a fait aucune guerre.

J'arrive à Courval vers trois heures. Joseph est à Évreux. Il revient avec sa moto qu'il est parvenu à faire « réformer ». En cinq minutes, il est devenu l'ami du capitaine qui lui confie une lettre pour la Suisse. Cette histoire m'intrigue. J'ouvre la lettre. Le capitaine écrit à un docteur suisse pour lui demander un certificat de maladie (duodénum et je ne sais quoi). « Car, ajoute-t-il, je n'ai pas le courage de recommencer ce que j'ai fait il y a vingt-cinq ans. » La lettre est signée du comte X. Joseph la portera demain à Paris, pour la Suisse.

Les hommes sont partis des villages. Aucune nouvelle d'eux. Les vieux écoutent la radio de Stuttgart, qui raconte qu'Hitler est reçu avec des fleurs par les Polonais.

Giraudoux, à l'Information, semble égaré. Écoute-t-il seulement Stuttgart ? Il est trop distingué pour écouter un traître. Mais toute la France l'écoute, ce porte-parole de la « France de demain ».

Madeleine Renaud nous écrit. Elle pleure sans arrêt : Jean-Louis est dans la ligne Maginot.

Le boucher de Pont-Audemer dit à Lucienne : « Je suis trop vieux pour partir. J'ai déjà fait l'autre et maintenant, je vais rester ici pour apprendre la mort de mon fils et de mes gendres. Mais que voulez-vous, cela ne pouvait plus durer ainsi. »

Minuit.

Des avions volent au-dessus des usines de Port-Jérôme. Leurs petites lumières comme des lumières d'étoiles ; mais elles passent rapides. Derrière, au-delà, au fond du ciel, immobiles, les étoiles de tous les temps attendent. Essayons de trouver un repos dans la fragilité de ce remue-ménage qui passera avec nous.

Joseph et Carnero, le Portugais, remplissent des sacs de sable qu'on placera en chicane devant la porte de la cave qui s'enfonce sous la prairie. A midi, le travail est terminé. Et Lorlette interroge : « Alors, la guerre, c'est fini ? » Camille avec un grand courage s'efforce de vivre comme si tout allait bien. Le matin, elle traduit sa version latine. Le soleil, la couleur de la campagne, les fleurs, le calme de la Seine, tout est d'une beauté tranquille qui déchire le cœur.

Il y a un mois, je disais : « Mes enfants, nous aurons un magnifique mois de septembre. Le matin, j'écrirai ma nouvelle pièce, et nous irons tous les après-midi à Trouville prendre le bain... »

*

Ce matin, Joseph est parti avec Ella pour Paris. Il espère la ramener ce soir.

Il paraît que le village attendait Mme Christiensen au marché de Bourneville pour l'écharper, parce qu'elle avait dit qu'Hitler était un brave homme...

En vérité, il y a quinze jours, elle avait dit : « Hitler n'est pas un homme à faire la guerre. »

A Pont-Audemer, ils se sont jetés à trente sur un Espagnol (probablement réfugié de la guerre civile) aux cris de « sale métèque ».

Ce soir, Joseph a ramené Ella. Comment s'est-il débrouillé ? Quel roman a-t-il inventé ? Il est arrivé éreinté — et, pour la première fois depuis « qu'il nous sert », il a consenti, sur ma demande, à s'asseoir pour me parler. Mon bonheur à la pensée que les enfants, en se réveillant demain, retrouveront Ella.

Après le brouillard du matin, un soleil doux, dans l'air frais, on entend chanter, très loin, un coq ; des perdrix piaillent avec les oiseaux du bois, les deux corbeaux tournent en rond au-dessus de Vieux-Port. Pas une ride sur l'eau de la Seine. Tout est figé avec des bruits qui circulent à l'intérieur de ce paysage immobile comme un tableau peint. Lorlette appelle : « Maman ! »

Et les gendarmes arrivent pour m'apprendre que « par ordre supérieur », Ella doit quitter sans délai la troisième Région militaire. Joseph va à Pont-Audemer pour savoir où elle aura le droit de résider.

Lorlette tout à coup comprend qu'Ella doit partir. Elle sanglote, enfonçant ses petites mains dans sa poitrine, tant elle a mal. Touours courageuse, Camille, après le départ des gendarmes, prend mon Corneille. De loin, je devine qu'elle doit lire une des premières pièces. Je m'approche. Elle lisait, elle essayait de lire, *Mélite*. Je le lui déconseille. Je lui dis pourquoi. « J'étais inquiète de ne plus aimer Corneille. » Et elle abandonne *Mélite* pour *Le Cid*.

*

Ella vient de partir. Dimanche dernier, à Pont-Audemer, le brave gendarme Rihavey, le « Chef », comme on l'appelle dans le pays — et qui parle si lentement « que la messe durerait toute la journée s'il était curé », s'est fait insulter par le capitaine : « Je vous avais donné l'ordre de l'enlever sans délai... » Le « Chef » répond syllabe par syllabe : « Quand je suis arrivé dans la propriété, l'institutrice était seule avec les enfants. Peut-être l'auriez-vous emmenée, en laissant seuls les enfants, moi, j'ai jugé...

— Vous n'aviez pas à juger, mais un règlement à appliquer. Je transmettrai un rapport à Évreux. »

« Ça m'est égal, dit plus tard le chef Rihavey à Joseph, car j'ai Évreux derrière moi. » Évreux ? Est-ce un colonel ? Le préfet ?

Mais Ella doit partir lundi à neuf heures. Joseph

l'accompagne. Le même capitaine : « Vous êtes convoqué ? Non ? Alors, allez attendre dehors !

— Je veux bien, répond gentiment Joseph. Et vous allez être servi si vous aimez les femmes qui ont des crises de nerfs à ameuter tout le quartier. Des idiots croiront que vous la battez, ou que vous essayez de la violer, elle relèvera ses jupes... »

Le capitaine fait rester Joseph, qui l'entend grommeler : « Une Prussienne ! Ici, une Prussienne ! »

Il veut l'envoyer dans le centre de la France. Mais Joseph a été renseigné par le « Chef » : « Elle a droit à Paris. » Après discussion, Joseph obtient pour elle un sauf-conduit pour Paris où il va l'accompagner. Naturellement, Ella n'est pas du tout une femme à crises de nerfs. Elle a appris à attendre en se laissant oublier. Sa fureur est silencieuse et calme.

Madeleine Renaud vient nous voir, et se jette dans nos bras. Jean-Louis est maintenant secrétaire d'état-major près de Strasbourg. C'est mieux que nous n'espérions. Mais, elle aussi, craint une guerre longue.

Dimanche 17.

Je vais avec mon père voir le docteur Coisnard, directeur technique des Labos, et mobilisé à Rouen. Entré chez nous docteur en pharmacie, il a suivi des cours de médecine, et il est maintenant aussi docteur en médecine. Peu intelligent, avec une mémoire de machine. Il aime ses livres d'études, mais pour apprendre et non chercher ou réfléchir. C'est un manœuvre intellectuel. Et ce double docteur ne se pose jamais une seule question sur son existence : « Des histoires de curé ! » Il nous dit : « La guerre ? Moi, je m'en fous ! je suis dans les " gonos " » (laboratoires militaires pour les maladies vénériennes).

Puis violente dispute avec mon père. J'ai appris par

hasard qu'il a mis toutes nos ouvrières à pied, sans salaire !

« On n'expédie plus rien ! Le travail manque ! Tu ne vas tout de même pas les payer à ne rien faire ?

Il ne comprend pas mes exigences. Il traite les salaires des ouvrières comme un contrat de verrerie, et s'il pouvait leur raboter vingt sous, il le ferait, comme il paierait ses cartonnages à moitié prix s'il en avait la possibilité. Fait-il un rapprochement entre le salaire, élément comptable, chapitre de bilan, et le bonheur, le malheur de ces ouvrières vivantes ? Je ne crois pas. Il doit les imaginer nourries, logées, heureuses dans un pays dont elles s'échappent pour connaître la joie de travailler dans nos laboratoires. Il n'a jamais dépensé un sou pour lui. Il n'a même jamais d'argent sur lui. Jamais il n'est entré dans une boutique acheter un bifteck ou une cravate. Quand il s'est privé pour augmenter mon mois d'étudiant, c'est que j'étais d'une inquiétante maigreur et qu'il avait déjeuné avec moi dans mon restaurant habituel. Sinon, y eût-il pensé ? Toute sa vie il a mangé les nouilles collées et les pommes de terre brûlées de ma mère en pensant à autre chose, enveloppé dans sa timidité, enfermé dans son rêve.

Et j'aurai marché à côté de ce rêve et à côté de ma vie, méconnu de tous, sauf de Lucienne et de Camille. Entraîné dans ces affaires, j'ai toujours obéi à mes devoirs envers tous mes proches. Mais ai-je écouté mon devoir envers moi-même ? Je suis seul, sauf près de Lorlette si petite avec son regard qui semble tout comprendre.

La guerre est une catastrophe qui secoue le destin de l'Histoire, mais la guerre est aussi une grande catastrophe parce qu'elle est le rassemblement, à la même heure, de toutes les petites catastrophes individuelles. On a donc le droit de penser à soi, particule du désastre :

Histoire de rire, terminé, allait être joué. Je me sentais en pleine possession de mes moyens d'écriture. J'avais en tête deux excellents thèmes pour deux grandes pièces. Tout ce que j'avais écrit jusqu'ici était incertain ; j'allais commencer...

Si je sors vivant du chaos où nous entrons, dans quel état en sortirai-je ?

Courval.

A Trouville-la-Haule, d'où tous les hommes sont partis, sauf le vieux père Yvon qui soigne nos roses en boitant et le vieux Prévost qui ne dessoûle pas, les femmes écoutent la T.S.F. avec angoisse — et, aujourd'hui, le journal annonce le programme des prochaines émissions de la Radiodiffusion nationale : les auditeurs assisteront à la naissance d'une œuvre d'art avec les causeries de Paul Valéry (naissance du poème), François Mauriac (naissance d'un personnage romanesque), Pierre Benoit (construction d'un roman), Despiau (comment naît une statue), Louise Hervieu (l'art du fusain).

Giraudoux est-il devenu fou ? Victime d'un canular de Jules Romains ? Quand le général Gamelin va-t-il demander sa révocation ? La France est envahie par le « traître de Stuttgart ». Ce salaud s'est installé dans tous les foyers de France. Jusqu'ici, on ne s'est battus, semble-t-il, que dans le ciel, sans avions, mais avec les ondes. Et quelle dérouillée on est en train de recevoir !

La guerre m'accable. Elle m'accable d'autant plus que je n'y suis pas encore mêlé. Et comment y serais-je mêlé ? Comme un obus qui éclate dans le vide ? Comme le garçon d'étage d'Havas qui fignole son paquetage ? Et je pourrais rendre des services. Pour la Radiodiffusion, j'ai dix idées à l'heure. J'en tremble de rage.

Lorlette s'approche de moi : « Tu sais bien, cette dame qui venait à Paris te faire travailler... » Elle cherche. Moi aussi. Et elle trouve : « Mlle Margery ! » C'était ma secrétaire.

Dimanche 1er octobre.

Quelle quinzaine !

A Paris, je déjeune chez Pierre Bost qui m'apprend « qu'on lui a offert » la radio qu'il a refusée « pour incompétence » et André Chamson, sur l'ordre de Daladier, me convoque à la Présidence. J'ai rendez-vous vendredi 22 septembre à onze heures et demie à l'hôtel Continental.

Giraudoux, avec un certain M. Lohner, me reçoit.

On m'interroge, avec un ricanement sous le nez, sur mes intentions.

J'évoque l'inquiétude des familles sans nouvelles des soldats et ignorant tout de leur vie actuelle, et sans nouvelles des enfants évacués dans les campagnes pour les mettre à l'abri d'éventuels bombardements.

« Alors, pourquoi ne pas diffuser chaque soir, ***à l'heure même où parle le traître de Stuttgart,*** des reportages sur les cantonnements du Front, et sur les centres d'enfants ? Bien sûr, tous les soldats et tous les enfants n'auront pas la parole, mais chaque soir, les familles écouteront ces émissions dans l'espoir, comme on gagne le gros lot, d'entendre la voix des absents.

« Voilà notre homme ! La Radio est sauvée ! » crie Lohner, qui m'emmène dans je ne sais quel service.

Mais à quel titre dois-je travailler ? Personne ne le sait, et Giraudoux a déjà disparu.

Le lendemain, rien ne se précise, et je traîne dans l'hôtel Continental où de jeunes boy-scouts servent d'huissiers, une idée originale de Giraudoux, pour introduire la jeunesse de France dans la guerre, et ces malheureux gosses se prennent plus au sérieux que des sentinelles sur les murs d'une citadelle assiégée.

J'ai le sentiment qu'on me balade et je mets les pieds dans le plat ! Alors, Giraudoux, pour éviter une explosion que j'essaie de contenir, et avec l'espoir de se débarrasser de moi, me confie à un commandant pour « me conduire au Grand Quartier général ». L'officier viendra me prendre avenue Foch. Je prépare ma valise.

« Pour quoi faire ? Nous serons de retour dans deux heures... »

Je ne veux pas passer pour un espion et ne demande pas où est le G.Q.G. En effet, nous sommes vite arrivés... au château de Vincennes !

Ahuri, je me laisse conduire, sous les combles, dans une sorte de chambre de bonne, où trois officiers m'attendent en fumant des cigarettes. Ils sont bien décidés à rigoler. « C'est vous qui avez l'idée de soutenir le moral de l'arrière par le moral de l'avant ? »

Furieux, avec une agressivité non dissimulée, je leur jette à la figure : « N'est-ce pas normal, puisque c'est l'arrière qui est envahi, que c'est à l'arrière qu'on se bat, alors qu'à l'avant, on dort. D'ailleurs, si l'on se battait à l'avant, n'y seriez-vous pas ? »

Ils ne me foutent pas à la porte parce que je suis porteur d'un « ordre de mission » qualifié à l'encre rouge de « Secret » et signé par « le Général Commandant en Chef Gamelin, Chef d'État-Major général de la Défense nationale, Commandant en Chef des forces militaires... »

Et je laisse mes trois officiers blancs de colère, avec leurs cigarettes et leur cendrier à remplir de mégots.

Le samedi, au Continental, je ne rencontre que des sous-fifres, et le dimanche, j'obtiens enfin deux autorisations, l'une pour visiter les Centres d'accueil d'enfants, l'autre pour le « Front ».

Le lundi Marcel Bleustein m'emmène à Rambouillet dîner chez le député du coin, où le président Daladier a couché dimanche. J'y rencontre Marcel Pagnol et un vieux monsieur, Delos, éminence grise, paraît-il, de Daladier, qui au potage, déclare : « Daladier est ce qu'il est, grâce au 30 novembre. » (Je ne sais pas quel est ce 30 novembre, mais au dessert, le vieux monsieur précise : « Le 30 novembre, c'est moi ! »)

Ce qui m'étonne le plus c'est que Daladier a appris hier à ce vieux monsieur que j'étais le « Grand maître de la Radio » ! Je suis, en somme, le seul à ne pas le savoir, ou plus exactement le seul, semble-t-il, à savoir que ce n'est pas vrai.

Pierre Brisson m'a fait téléphoner quatre fois dans la journée : Si vous « prenez » la Radio pour appliquer votre plan d'information générale à l'échelle nationale, vous allez vous brouiller avec toute la Presse qui sera concurrencée. Elle ne vous le pardonnera jamais.

Mardi.

J'ai enfin mon équipe et nous partons pour le « Front ».

J'ai choisi Jean Antoine, Jaboune et un jeune qui m'impressionne par son intelligence de la radio : Pierre Crenesse.

Nous arrivons au « Front ». C'est le pont de Kehl ! L'officier semble très habitué à ces visites organisées et c'est tout juste s'il ne demande pas aux touristes de ramper sur la route.

« Vous êtes à découvert et ils sont en face !

— Ils tirent quelquefois ?

— Ils n'oseraient pas, car notre riposte serait terrible !

— Alors, où est le risque ? »

L'officier me regarde de travers ; l'entrée du pont est couverte d'éclats de verre.

« Il y a eu un accident ?

— Non, c'est pour crever les pneus de leurs voitures, s'ils parvenaient à passer... »

En face, de l'autre côté du Rhin, avec mes très bons yeux :

« Mais je ne vois que des pêcheurs à la ligne !

— C'est pour nous tromper (?).

— Et ces fumées noires qui sortent des cheminées d'usines ?

— Ils brûlent de la paille pour nous faire croire qu'ils travaillent ! »

Je recopie ces notes le jour même, dans la voiture, consterné. Il y avait aussi des chevaux de frise pour interdire le pont aux tanks ennemis !

Toute l'équipe se réconforte dans les villages d'Alsace et les campements que nous visitons. Enfin, des hommes, ni gais ni tristes : calmes. Nous les interrogeons micros en main, les priant de parler à leurs femmes, à leurs gosses, de raconter leur vie, — « et embrasse la tante Mimi, qui va aussi bien que moi, j'espère... ». Je les regarde, je les écoute comme des futurs morts, et j'ai mal. (Je me souviens de ce film de Gance, où tous les tués de la Grande Guerre sortaient de leurs tombes et s'avançaient à travers les champs dévastés.) Ceux-ci sont déconcertés par leur inaction : « On nous demande rien ! On se croirait en vacances à la campagne. Que se passe-t-il ? »

Je revois le château de Vincennes et le pont de Kehl ; et moi aussi, je suis inquiet. Oui, que se passe-t-il ?

Au retour, nous traversons Strasbourg, désert. A la devanture d'une librairie, un écriteau : « Réouverture le jour de la victoire ! » Et micro en main, j'interroge, devant la cathédrale vide, le curé qui en a la garde, dans la ville évacuée.

A Nancy, rencontre de Roland Dorgelès dans un curieux costume kaki de correspondant de guerre (« Drôle de guerre, d'ailleurs », dit-il), qui se plaint de son poignet : « Je ne peux plus écrire ! Figurez-vous que les officiers de la division m'ont reçu à leur popote, hier, avec, chacun autour du cou, une croix de bois ! Et tous, ils ont voulu que je la leur signe, leur petite croix — c'est très dur d'écrire sur du bois —, mais l'idée n'est-elle pas adorable ? »

Je rentre avec les reportages que Giraudoux accepte d'écouter avec moi. Il se désintéresse des désirs des soldats et des demandes de colis. Quand passent des messages de ce genre : « Dis bien à Pépé qu'on les aura », il se trémousse sur sa chaise, mais il éclate avec les camps d'enfants : « Quelle vulgarité ! Papa ! Maman ! Vous ne pouviez pas inciter ces enfants à dire " Mon cher père, ma chère mère " ! »

La saveur de cette ironie, peut-être perceptible rue d'Ulm, m'échappe.

Pour ne pas nous séparer trop brutalement (et peut-être pour me donner une leçon de radio), il me demande de l'accompagner à l'enregistrement de sa prochaine émission. Il a imaginé une rencontre au G.Q.G. du Führer. Le ministre des Armées lui déclare : « Nos troupes se débandent » ; le ministre de la Marine : « Nos navires sont menacés » ; le ministre de l'Air : « Nos avions sont surclassés ».

Giraudoux est très content de son texte. Mais quand des auditeurs français qui auront manqué le préambule de cette saynète entendront, sur le poste national, une voix française affirmer : « Nous n'avons plus d'armée, de marine, d'avions » —, je lui souhaite bien du plaisir ! Un roulement de terreur va secouer la France. « Je l'ai entendu à la radio : " Nous n'avons plus d'armée… " »

30 octobre, Paris.

Lucienne et les enfants sont rentrés avenue Foch, et Ella est à nouveau installée chez nous : autorisation de résider à Paris. Ce matin, de mon lit, je vois dans l'encadrement des deux fenêtres, sur le balcon, Ella faisant le pas de l'oie, suivie d'une Camille molle et renfrognée, et d'une Lorlette joyeuse qui essaie de lever la patte aussi haut que possible. Je saute en l'air.

« Que sa passe-t-il, Ella ?

— La gymnastique.

— Mais c'est le pas de l'oie !

— Oui, un bon mouvement pour la respiration et les muscles fessiers.

— Ella, vous comprenez que l'on va raconter que tous les matins, sur un balcon, devant l'Arc de Triomphe, une Prussienne marche au pas de l'oie ?

— Le pas de l'oie n'est pas une spécialité de l'armée allemande, c'est une figure gymnique...

— Cela suffit. Rentrez les gosses dans l'appartement...

— Mais dans la poussière, c'est impossible. Pour les poumons, le plein air... »

Puis Lucienne m'apprend qu'elle s'est séparée de Joseph. « Il a fallu la coupure de la guerre pour découvrir le pot aux roses. Même à Courval, il possédait une auto V8 que nous n'avions jamais vue. Comme c'était lui qui commandait, personne n'osait nous en parler. Il répondait au téléphone. Il nous distribuait le courrier. A la porte, il donnait ou refusait l'entrée... Nous ne nous occupions de rien. Il s'occupait de tout. Et hier, il m'a fait trop peur...

« Une jeune fille, genre petite vendeuse, sonne, j'ouvre et tout de suite, avec la violence des timides, elle me jette à la figure : “ J'ai à vous parler ! Je vous demande pardon de ce que je vais vous dire, mais M. Salacrou m'a mise enceinte, et depuis que je lui ai appris cet accident, il se cache. Si votre mari s'était occupé de moi, je ne vous aurais jamais rien dit.

« — Mon mari connaît votre situation et il refuse de s'occuper de vous ?

« — Oui.

« — Êtes-vous certaine de ne pas vous tromper ?

« — Je suis déjà venue ici. Voulez-vous que je vous décrive la chambre du fond, près de la salle de bains ? Même un soir, il a donné un dîner en mon honneur, dans votre salle à manger. Nous étions six.

« — Qui servait ?

« — Le valet de chambre d'Armand.

« — Joseph ? !

« — Non, il s'appelait Maurice. Un petit vieux, un peu bossu... "

Et la petite s'enfonça dans les sanglots.

« " Je vous demande pardon, mais je l'aime, votre mari. Un si bel homme...

« — Armand, un si bel homme pour vous ? Comment est-il ?

« — Quoi, vous le connaissez comme moi, avec ses yeux bleus et des cheveux noirs... "

« Joseph !

« " Ma pauvre petite, c'est notre valet de chambre qui vous a reçue. Vous allez me donner votre adresse, et je n'aurai même pas besoin de le menacer de tout raconter à Berthe, pour qu'il s'occupe de vous... " »

De toute façon, ajoute Lucienne, avec la guerre, nous ne pouvons plus garder un « intendant » du style Joseph. Je vais maintenant m'occuper des comptes, engager une bonne à tout faire et une femme de ménage...

5 novembre.

Je classe les paperasses du tohu-bohu de la quinzaine Radio. Chamson n'est plus là. Et Kayser refuse ma démission. D'ailleurs démission de quoi ? Daladier continue de répéter à tous les inquiets qu'il a trouvé un type épatant pour diriger la Radio, mais je n'ai reçu aucune nomination ! Giraudoux, qui sait qu'on avait pensé à moi avant de penser à lui, écoute les murmures de son grand ami Jouvet : « Pour la Radio, n'importe qui, sauf Salacrou. »

A rester dans les couloirs (car je n'ai d'autres bureaux que les couloirs) de l'hôtel Continental, j'aurais l'air de chercher une planque, et les planques du Continental, avec tous les petits copains de Giraudoux, sont les plus mal vues de toutes les planques.

Si j'avais voulu la place, sans doute l'aurais-je eue (en demandant à Marcel de me conduire à Daladier, que je n'avais jamais rencontré), mais profondément, je la redoutais. C'est parce que j'espérais détruire l'influence du parleur de Stuttgart que je l'eusse acceptée. Mais qui sait quelles ordures Stuttgart eût déversées sur moi, sur la Marie-Rose et la vie extravagante de la famille de Lucienne ? On m'eût ordonné de servir, je l'eusse fait ; mais pourquoi me démener dans les plates-bandes pourries où gambade Giraudoux afin de m'organiser un désastre personnel ?

Et je garderai le souvenir, auxiliaire de deuxième classe, d'être allé au Grand Quartier général avec un ordre de mission « secret » signé Gamelin et d'avoir ainsi pu rencontrer ces hommes du « front » qui s'ennuient, impatients, avec un calme, une autorité, une abnégation qui donne de l'espoir —, et de l'effroi.

Quand le bruit a couru dans Paris que je devenais le grand manitou de la Radio, le téléphone n'arrêtait pas. Maintenant, c'est le silence !

Lundi 7 novembre.

Steve, interprète dans une escadrille de la R.A.F., en permission de vingt-quatre heures. Par courtoisie, il accompagne parfois des officiers aviateurs dans leurs galipettes en plein ciel. « Souvent, j'ai très peur ! » Mais notre dialogue a du mal à s'accrocher. Il vit déjà dans un autre monde. Cette séparation qui s'annonce me peine. Je pense à la réflexion de Picasso : « En 14, j'ai accompagné Braque à la gare de l'Est, il n'est jamais revenu. »

Au moment de partir, Steve retourne au passé : Le préfet de police Langeron, en ce moment grand ami de Renée, lui a dit : « J'ai vu Daladier qui est rudement content d'avoir trouvé un type épatant pour la Radio, un homme nommé Salacrou... »

Kayser a rejoint lui aussi son régiment. Je vais rencontrer Bizardel et lui demander si je ne peux pas « rejoindre » moi aussi. Mais où ? Dans quoi ? Je n'ai jamais été soldat.

*

Je m'ennuie. Plus rien ne m'intéresse. Je dors au moins quatorze heures par jour et je fume le reste du temps. J'ai naturellement des difficultés au Havre et Lucienne ne se porte pas bien.

*

En pleine nuit, au téléphone, Alice Cocéa me réveille :

« Je joue ta pièce !

— Mais tu ne la connais pas !

— Je viens de la lire, Fonson me l'a donnée hier soir. »

(Fonson, directeur de théâtre à Bruxelles qui m'avait demandé le manuscrit pour la Belgique.)

« Mais ce n'est pas un rôle pour toi ! »

(J'avais refusé de donner le manuscrit à Alice, car jamais elle ne pourrait jouer le rôle d'une femme honnête, déchirée par une situation désastreuse.)

« Pas un rôle pour moi ? Mais c'est à croire que tu as écrit Adé pour moi !

— Tu jouerais Adé ? Mais elle n'est pas du II et à peine du III !

— Fais-moi confiance : je frétille dans Adé.

— Laisse-moi dormir. Nous verrons demain. »

Roger Capgras, mandataire aux Halles et dont la vie est en ce moment accrochée à Cocéa me dit : « Alice veut jouer ta pièce. Pourquoi dire non ? Tu la connais, elle la jouera !

— En pleine guerre : *Histoire de rire ?*

— Quelle guerre ? » rigole Capgras qui est d'un caractère enjoué.

Je sens que je vais me laisser faire. Je changerai le titre. Je pense à « 1938 ». Nous parlons déjà de distribution ; je propose Harry Baur pour le mari. « Impossible, dit Alice. Il est trop laid. Une femme doit avoir des vices — à moins qu'elle ne manque d'argent — pour coucher avec lui ! »

Alice Cocéa, Roger Capgras et moi-même, allons par le train en Touraine, rendre visite à Fernand Gravey. Mais c'est Jane Renouart qui va discuter avec Capgras. Pendant ce temps, Gravey nous montre, à Alice et à moi, sa collection de petits soldats de plomb. Ils sont rangés dans des tiroirs. « Je vais les sortir. J'adore les batailles ! Voulez-vous que je vous montre Austerlitz ? » Et il sort ses régiments. Jane Renouart a fait fructifier avec beaucoup d'ordre les profits d'une vie désordonnée et l'on dit qu'elle a « gagné » dix immeubles autour de l'Opéra. Elle « s'offre » Gravey qui a trente ans de moins qu'elle. Mais elle l'entretient en s'occupant de ses contrats.

L'an dernier, Gravey valait 1 000 francs par soirée. Elle demande 2 000 parce que c'est la guerre. Capgras accepte. Elle demande cent représentations garanties parce que c'est la guerre, et parce qu'elle ne veut pas que Gravey répète une pièce qu'il ne pourra peut-être pas jouer. Capgras accepte. Elle exige le paiement des cent représentations avant la première répétition, parce que c'est la guerre. Capgras accepte. Elle insiste pour que tous les frais accessoires soient payés par le théâtre ; même la cigarette qu'il fume au dernier acte. Capgras accepte. On précisera dans le contrat qu'il doit, chaque soir, ouvrir un paquet neuf, qu'il gardera. Capgras accepte. Elle ajoute que Fernand ne peut pas se passer de son adorable petit chien et que le théâtre devra fournir chaque soir, dans la loge, une pâtée au cabot. Capgras accepte, et ils signent le contrat.

Dans le train, au retour, je demande à Alice ce qu'elle pense de Gravey :

« Tu ne crois pas que c'est un idiot ?

— Oui.

— Pourra-t-il jouer le rôle ?

— Je n'en sais rien. »

Capgras, très pâle, sur la banquette du train :

« Mais j'ai signé le contrat ! Et je dois verser demain 200 000 francs...

— Alors, espérons qu'on pourra le garder », dit Alice.

Histoire de rire devant être joué au théâtre de la Madeleine, Jane Renouart a aussi exigé, pour Gravey, la loge de Guitry. Luguet qui joue l'autre rôle, et dont on lui a dit que c'était le premier rôle, exige, lui aussi, la loge de Guitry, avec d'autant plus d'insistance qu'il sait que son cachet n'atteint pas la moitié de celui de Gravey. Et les répétitions commencent dans la fureur. Les deux acteurs s'injurient sur la scène, et surgit des coulisses Jane Renouart, armée d'une paire de ciseaux — où l'a-t-elle trouvée ? On dirait un outil à tailler les haies — et tendant la cisaille à Gravey, elle hurle :

« Mais coupe-lui donc les couilles ! »

Et ces deux acteurs doivent jouer les rôles de deux grands amis d'enfance !

La sirène siffle et s'enfle. Alerte. Ils s'immobilisent sur la scène. J'étais dans la salle. Je sors dans la rue. Le ciel est noir et toutes les lumières sont éteintes. Brusque passage des distractions d'hier aux obscurités inquiétantes de ce soir. Certes, je n'ai jamais supporté les répétitions de mes pièces, mais comme ces jeux deviennent dérisoires, dans cette rue déserte, silencieuse, si obscure que je n'aperçois pas le bord du trottoir, et où je marche seul dans l'attente — qui sait, elles tomberont bien un jour —, des bombes et des incendies.

Jean Cocteau, déjeunant à midi chez Alice Cocéa, disait : « Je ne peux pas m'intéresser à une guerre dont le héros est un traître. »

Mais comment être indifférent à la magie du mot « guerre » ? Et dans les ténèbres de cette rue abandonnée, en plein cœur d'un Paris disparu, je me sens seul comme si j'étais le dernier survivant sur une terre dévastée. Mon désir de solitude m'amène jusqu'à me détacher de moi-même : un endroit où il n'y aurait rien. Pas même moi !

En dépit de la bagarre Luguet-Gravey (Capgras a installé un huissier dans la salle pour faire le constat des disputes), les répétitions continuent et sont une suite d'éclats de rire. Je m'irrite à entendre les autres découvrir tant de drôleries dans tant de chagrin.

Je suis « un grand auteur », qu'ils disent. Et par instants, je me sens aussi misérable qu'un gosse perdu.

Mon repos, quand je rentre à minuit, après la répétition : embrasser Camille et Lorlette endormies dans leurs lits.

A tort ou à raison, les Parisiens ne portent plus leur masque à gaz. Seuls les clochards... Une très vieille femme, touillant dans les poubelles, et plus tard, un mendiant, les deux portent leur masque, heureux de posséder une chose bien à eux, qui leur rappelle qu'on se préoccupe tout de même de leur vie. Cet instrument de malheur devient pour eux un objet d'espérance. On veut qu'ils vivent. Ils le caressent avec amour, leur masque à gaz, qui les ramène à la surface, parmi les autres, à égalité.

Pour étoffer un peu le troisième acte, Alice a choisi deux petites chansons — sa voix est adorable. Puis, tout à coup : « Armand, je dois te parler. » Et elle m'entraîne : « Je te demande de changer le nom du rôle de Luguet.

— Ça jamais ! Et pourquoi ?

— Tu l'appelles Victor. Rappelle-toi, Armand, Victor, c'est impossible… »

Et voilà que surgit dans *Histoire de rire* le fantôme de son malheureux suicidé.

« Je te demande pardon, Alice, je ne pensais plus à cette histoire.

— Moi non plus ! Mais les autres y penseront pour nous. »

Comment faire ? Mes phrases sont organisés phonétiquement et je ne me sens pas le courage de les réécrire. Alors, je cherche un « homonyme vocal » à Victor, et je me décide pour Gérard.

Capgras se précipite sur moi : « Je suis sauvé !

— De quoi ?

— De l'affiche — tu imagines comme c'était commode à composer avec tous ces oiseaux qui voulaient être tous en premier et avant l'autre… Eh bien, j'ai découvert cette nuit l'ordre alphabétique : Cocéa, Devillers, Gravey, Luguet, Renoir (lui qui s'en foutait de l'affiche) et voilà, c'est gagné ! Je n'aurai pas d'embêtements de ce côté-là ! Même Alice est en premier ! »

Le travail continue. Toutes les dix minutes, je sors

du théâtre, chaque fois surpris, après les lumières de la scène, du silence noir de la rue déserte.

Sans nous prévenir, Capgras s'est arrangé avec l'Amirauté britannique pour organiser une grande première de gala au profit des marins anglais. Je suis furieux. Alice inquiète. Capgras rigole : « Ainsi tes petits marins français ne pourront pas venir chahuter. »

Et c'est la générale. Lucienne sera dans la salle et j'organise ma soirée. Je dînerai très tôt avec la femme d'un officier de marine, rencontrée il y a quelques jours chez des amis. Après le dîner, vite, je l'entraîne. Vers minuit, j'arrive avec elle au théâtre. Le rideau vient de tomber. Les acclamations fusent. C'est le triomphe. J'aperçois Jouvet, que j'avais pris grand soin de ne pas inviter, debout dans la grande loge, face au public, applaudissant d'un doigt, avec dégoût, les deux mains recouvertes de gants gris de filoselle, pour protéger sa peau ravagée par l'eczéma. A côté de lui, Gérard Bauër, qu'il a si bien endoctriné que, le lendemain, la critique de Gérard, qui a toujours aimé mes pièces, est une suite de réserves gênées.

15 janvier 1940.

Val d'Isère. Hôtel de Solaize. Ma dernière journée à Paris : brisé par la fatigue ; en fin d'après-midi, je donnais encore des bons à tirer pour les journaux des Laboratoires et je prenais le train à huit heures vingt-cinq. Dans le wagon-lit, un rêve. Je traverse Berlin et deux passants me jettent sur le dos des étoiles de verre soufflé. Et je pense avec inquiétude : « Ces deux idiots vont me faire reconnaître. »

Le théâtre de la Madeleine joue « complet ». Mais je n'y mettais plus les pieds. Ces vedettes m'agacent et Jane Renouart me dégoûte. Chaque soir, elle vient paraît-il prendre le paquet de gauloises entamé sur scène et vérifie si la pâtée du chien est bien dans la loge.

Ici, je ne fume plus, je ne bois plus — il était temps ! mais je skie très mal. Les pentes sont glacées. Je reste sur mon lit à lire, dans l'édition de la Pléiade, *Lucien Leuwen.*

De Rome, une lettre du Teatro dell' Arte, m'annonçant que Bragaglia a monté *La Sconosciuta di Arras* le 12 janvier. Dans le programme, je lis que le Duce a approuvé l'activité du théâtre qui appartient à la Confederazione fascista. Était-ce un rêve prémonitoire, le rêve où des passants, à Berlin, m'accrochaient aux épaules des étoiles d'arbre de Noël ?

Fin janvier. Retour à Paris.

Déjeuner chez Marthe de Fels, car Alexis Léger veut me connaître. Il me parle de ma maison de verre de Courval et me raconte l'histoire d'un homme qui, un jour de pluie, s'était enterré les pieds pour prendre racine. Avec Marthe de Fels, c'est l'histoire d'un général qui, sortant hier de l'école de Guerre, glisse sur le verglas et se casse la jambe. Son colonel qui voulait le retenir, glisse aussi et se casse le bras. Alors, le commandant qui les accompagne se met à quatre pattes en hurlant : « Taxi ! Taxi ! »

La couturière Schiaparelli triomphait aussi avec *Histoire de rire.* Cocéa s'était glissée dans la maison fermée pour cause de guerre, et avait fouiné dans les immenses placards où s'entassaient des robes et des modèles. Avec un instinct de chatte attrapant les bouts de viande perdus dans le sable, elle avait choisi cinq ou six robes, qu'elle portait avec une élégance très efficace, et la pièce devenait ainsi un festival de grande couture. Pour fêter le succès, Schiaparelli organise un cocktail en l'honneur d'*Histoire de rire,* et les luxueuses clientes, mêlées aux mannequins et à des actrices, se promenaient dans les salons. Arletty s'approche de moi : « Venez voir Armand », avec son accent gouailleur d'ouvrière d'usine, et je subis toujours sans résistance son charme. On raconte qu'elle est amoureuse d'une ravissante et très jeune duchesse, et que toutes les deux échangent leurs cœurs enflammés. Arletty me conduit devant sa belle, Antoinette, saoule à son habitude, avachie dans une bergère, en train de ronfler.

« Armand, regardez-la et regardez-moi : les deux faubourgs ! »

J'éclate de rire. Et en même temps, je suis gêné. Le spectacle est drôle et atroce. Cette manifestation de déséquilibre mène au cœur de l'absurdité de tout ce qui est vivant, de tout ce qui remue. Un caillou ne donne jamais envie de se moquer.

Et la « guerre » continue, avec des discours, des « coups de main » au bord des forêts de la frontière, dans le froid et l'ennui.

Barsacq m'apprend avec satisfaction qu'Anouilh est parvenu à entrer dans les services de la censure.

Capgras me dit que des places pour *Histoire de rire* se vendent au « marché noir », la location ouvre trois semaines à l'avance et la queue devant le bureau se forme dès huit heures. Avec les droits d'auteur du premier mois, j'offre à Lucienne son premier manteau de vison.

A la fin de la nuit, Lorlette, qui depuis les alertes couche dans notre chambre, rit à gorge déployée. Je crois qu'elle rêve. Mais non, elle est réveillée.

« Pourquoi ris-tu ainsi ?

— Parce que j'ai des idées drôles dans la tête... »

Le dernier bruit qui court : « On attend le printemps pour enfoncer la ligne Siegfried avec un million de nègres ! » Lucienne s'écrie « Pauvres gens ! » et fond en larmes. Elle ajoute : « C'est indigne. Ils n'y sont pour rien !

— Et les autres ? »

A Rome, il semble que j'aie un succès.

Mais quelle pièce ce grand metteur en scène a-t-il jouée ?

2 février.

Mes parents arrivent pour l'anniversaire de Lorlette qui demain va être bien déçue. Elle croit qu'à cinq ans, « on est grande » et qu'elle va grandir d'un coup, dans la nuit.

Georgette Chadourne écrit, parlant de moi à Nora Auric que je rencontre souvent en ce moment et qui peint le portrait de Lucienne : « Il est fascinant. » C'est idiot, mais ça m'a remonté le moral pendant quelques instants.

Lundi de Pâques, 25 mars.

Enfin, j'ai reçu ma convocation, dans l'armée de l'Air.

La femme de chambre, avec le petit déjeuner, me l'a apportée, mélangée dans le courrier. Je regarde cet appel aux Armées. Je le regarde encore entre chaque lecture des autres lettres. Puis je me lève et, tout à coup, je me surprends à chanter. Un soulagement de quitter Paris. Une curiosité aussi.

Marcel Bleustein, lieutenant dans l'armée de l'Air, me présente aussitôt à son colonel, le colonel Bourges, qui gentiment me rassure : « On va vous faire rester ici.

— Mais je ne veux pas !

— Mon cher ami, que ferez-vous comme auxiliaire de deuxième classe à Caen ? »

A Caen, au camp de Carpiquet, de poste en poste, j'arrive enfin dans le bureau de l'officier qui regarde mes papiers. Alors, il se présente :

« Capitaine Ducimetière. »

Ça commence bien ! Pour chasser de fâcheuses idées, je pense aux héros de Feydeau... Il est très gentil, ce capitaine, qui me dit :

« Avec votre Légion d'honneur et votre réputation, je vais vous attacher au deuxième bureau du régiment. »

Pour me conduire de bâtiment en bâtiment, il me confie à un jeune soldat qui me fait prendre des chemins compliqués pour éviter des mares de boue. Halte au foyer. Des soldats m'interrogent sur le ruban de mon veston. Tous sont aussi très gentils, mais d'une grossièreté d'esprit qui m'étonne. Le rire gras et sale. Un troupeau sans trouble. L'un d'entre eux me prend à part : « Cette guerre-là, “ ils ” l'ont voulue pour foutre en l'air la loi de quarante heures et nous faire turbiner soixante heures à la sortie. » Je ne réponds pas et il ajoute : « A ce soir, j'ai à te parler. »

Dans l'après-midi, le capitaine Ducimetière me rejoint, désolé : « Vous êtes déjà réclamé par le général pour l'état-major de la subdivision de Chartres. » Après l'ordre du général, le soin qu'il prenait de l'écrivain a encore augmenté : il m'accompagne chez le caporal d'habillement : « Le général, je m'en fous, et à ce civil-là, je vais lui foutre ce que j'ai de plus moche, pour qu'il voie, le général, que je manque de tout. »

Mais le capitaine Ducimetière fouille le magasin et parvient, avec ma belle casquette aux ailes de laine, et ma Légion d'honneur sur mon uniforme de deuxième classe auxiliaire, à me donner bonne allure.

« Je regrette que vous ne soyez pas resté avec nous,

et vous m'avez surpris : pour un homme connu, comme vous êtes timide ! »

Je vais de Caen à Chartres avec ma voiture, et sur la route, un soldat m'arrête. C'était un paysan silencieux, têtu, sans dents, que je rapproche de sa caserne. Tout à coup, il éclate, et ce seront les seules paroles du voyage : « Mais bon sang de bon sang, comment voulez-vous qu'on sache quand elle finira, cette saloperie de guerre, puisqu'elle n'a pas encore commencé ! »

A la subdivision, je me présente au commandant. C'est un marquis au nom célèbre dans l'histoire, et qui a une marotte, une seule qui s'est emparée de toute sa vie : faire de la bicyclette. Il y a des porte-bicyclettes sur son auto. Il s'enfonce avec sa voiture dans des campagnes perdues et enfourche un de ses vélos. Après une trentaine de kilomètres, il rejoint sa voiture et revient à Chartres. Il n'a jamais, semble-t-il, entendu parler de moi et comme il ne veut pas de planqués dans son service auxiliaire, il m'interroge sur mes capacités. « Diplômé de sciences, licencié en droit, licencié de philosophie… »

Avec ses mains, de haut en bas, il essaie de me faire taire : « Je n'en demande pas tant. Allez prendre votre service. »

Si je comprends bien, mon travail consiste à arriver au bureau à huit heures pour attendre midi, et à revenir à deux heures pour attendre six heures. Nous classons des circulaires qui arrivent le matin, et que les officiers demandent parfois pour répondre à d'autres circulaires. Travail sans intérêt et qu'avec humilité je m'impose comme d'autres récitent des prières.

Le premier jour, mes « collègues » ne trouvent pas la circulaire demandée.

« Je me demande où tu as pu la foutre !

— Laisse tomber. Dans une heure, ils en demanderont une autre, qu'on trouvera peut-être, et ils penseront à autre chose... »

Nous sommes donc cinq dans ce bureau à mal faire ce que ferait très bien une bonne dactylo, et nous serions cinq hommes disponibles pour des tâches de soldats.

Il fait froid, — abruti et triste parmi mes camarades : le sergent Papillon (pilote de club dans le civil) et qui frétille de bonheur : il passe un dernier examen médical afin d'entrer dans une école de l'Air et devenir pilote de chasse. Le sergent Lavigne, licencié ès sciences, fabricant de confections et qui désire rester ici pour surveiller son usine ; le caporal Doyer qui sort, je crois, des Arts et Métiers ; Papon, un idiot qui a peur de tout, même du bruit de sa respiration, et le jeune Ély, seconde classe comme moi, pion dans un collège et qui n'a qu'une idée depuis qu'il me connaît : me faire piquer contre le tétanos.

J'ai la permission de déjeuner, de dîner et de coucher en ville, car, grâce à mon ruban (qui sur mon uniforme est devenu une barrette), je suis assimilé aux sous-officiers.

En inspection, un colonel, ancien chef de cabinet de Guy La Chambre. L'état d'esprit de la troupe l'inquiète. Moi aussi : « On dirait qu'on a mobilisé tous les hommes de France pour leur apprendre à jouer aux cartes, en leur offrant le pastis à moitié prix dans les mess des cantonnements. Pas d'exercices ! pas de manœuvres ! toute l'armée s'endort dans l'ennui... » J'ajoute : « Je ne veux pas faire la guerre, si elle éclate un jour, dans un bureau, et à mon âge, je ne vais tout de même pas m'engager dans la Légion étrangère ! » Las, il me répond : « On devrait vous nommer caporal... » et s'en va.

Je reçois une lettre de Roumanie m'apprenant que le « cercle Carol » fait une conférence sur mon œuvre fin mars.

Le jeune Ély, en arrivant le matin, sort de son placard une boîte de beurre rance que lui envoient ses parents, et se met à tartiner. Cette odeur me tourne le cœur. Très gentiment, je lui demande de s'éloigner. « Avec plaisir, car moi, c'est l'odeur de ta pipe qui me tourne le cœur. »

Lucienne vient du vendredi au lundi et nous passons des heures charmantes.

Aujourd'hui, elle me trouve détendu : c'est que ma décision est prise : lundi, je demanderai à être versé dans le service armé.

Le capitaine, ahuri, me fait répéter ma demande, enfin, il sort de sa stupeur pour me dire : « Je ne comprends pas votre intérêt... »

Vais-je lui faire un cours de civisme ou de morale à l'usage des hommes tristes qui n'aiment pas Hitler ? Tout à coup, son œil s'allume. Il a compris mon intérêt ! Et ayant découvert les raisons de mon étrange demande, il me prévient : « Vous devez d'abord passer des examens médicaux, et faites-moi confiance, ils seront sérieux ! je les surveillerai moi-même... »

Cet imbécile imagine que j'ai une maladie cachée, secrète, qui me permettra, la révélant à la sortie, de toucher une pension !

Le capitaine a bien fait les choses : j'ai été examiné sous toutes les coutures, à l'extérieur et à l'intérieur. Les majors ont tout de même découvert que j'ai une légère perte d'audition de l'oreille droite et un dixième de dioptrie de l'œil droit(?). « Que voulez-vous, on prend de la bouteille », me dit le médecin — et je suis versé dans le service armé. Vais-je avoir un fusil ? Non, je reste dans le bureau des scribouillards avec l'odeur du beurre rance d'Ély. Je demande à suivre le peloton pour « élèves sous-officiers ». Le général commandant la troisième subdivision habite à Chartres à l'hôtel du Grand Monarque. Moi aussi. Quand je le rencontre dans les couloirs, je le salue comme je peux, en claquant des talons. Personne ne m'a appris à saluer et j'ai répété le geste devant la glace de l'armoire. Le général s'ennuie, me semble-t-il, et si je n'étais pas deuxième classe, il m'inviterait à sa table. Ayant appris ma demande par son chef d'état-major, il donne à l'adjudant l'ordre de me faire suivre le peloton. Enfin, j'ai un fusil ! que je dois rendre après la leçon et je suis le seul élève du peloton !

Tous les deux jours, nous nous rencontrons, l'adjudant et moi, dans le jardin du pavillon où s'entassent les circulaires pour apprendre le maniement d'armes ; le fusil, qu'il remportera après la séance, ressemble plus à un bout de bois qu'à un instrument de mort. Et commencent les hurlements : « Par file à gauche, gauche ! Au temps ! par file à droite, droite ! Repos ! »

En des époques plus calmes, à la caserne, j'aurais eu sans doute des soldats sous mes ordres pour exécuter mes commandements, mais dans le jardin, je suis tout seul, et à moi tout seul : le peloton et son chef.

Alors, dans le vide, j'ordonne à une escouade inexistante : Par file à droite, droite ! Et me transformant aussitôt en escouade, j'exécute moi-même le mouvement que je viens d'ordonner, en m'embrouillant les pieds.

« Ça pourrait aller, me dit l'adjudant très gentil, mais vous ne gueulez pas assez fort. »

Alors, en hurlant dans le silence et le vide de l'air, j'ordonne des mouvements à des soldats qui ne sont pas là. Au bout d'une demi-heure, un subtil découragement envahit l'adjudant et l'aspirant caporal, et notre escouade imaginaire s'évapore dans l'air du printemps. Le soir, je potasse le manuel des sous-officiers.

« Travaillez surtout le chapitre des gaz asphyxiants. Vous serez sans doute interrogé sur l'ypérite. Vous ne pouvez pas savoir quelle saloperie c'était en 14-18. »

Mon intention, promu caporal, est de « continuer

mes études » pour devenir aspirant et m'intégrer à une compagnie de défense aérienne.

Un moniteur d'une des écoles de l'Air que la subdivision administre, me rencontre et m'offre de visiter l'école.

« Tous les élèves seraient heureux de déjeuner avec vous, et on vous offrira après un petit tour en l'air… »

Je n'ai pas du tout envie d'aller jouer à saute-mouton par-dessus les nuages du ciel, je remercie très vivement le moniteur, bien décidé à ne jamais mettre les pieds dans ce centre d'entraînement.

Trois jours plus tard, le moniteur revient :

« Je viens vous chercher. Toute la popote vous attend, après on ira faire un petit tour au-dessus de Chartres. » Après le déjeuner où, la gorge serrée, j'ai assez peu mangé, le moniteur m'entraîne. On m'attache sur le dos un parachute…

« Il n'y a pratiquement pas de risque d'accident, mais c'est le règlement. Alors, en cas d'accident, vous tirez sur ce cordon, et le parachute s'ouvre. A l'atterrissage, n'oubliez pas de plier les genoux… »

Puis il m'installe dans un petit coucou. Deux places, l'une derrière l'autre, lui devant. « C'est un merveilleux appareil, très maniable, vous verrez. »

On décolle ! Pourquoi me suis-je laissé faire ? Avec quels ricanements ces jeunes gens, qui tous les jours s'entraînent dans des appareils semblables, auraient-ils reçu mon refus ? J'aurais dû laisser ricaner ! Nous volons au-dessus de la cathédrale. Le moniteur, se retournant, me demande de m'accrocher avec les deux mains aux deux poignées qui, à droite et à gauche, sont devant moi. Je m'agrippe. Il prend un virage si serré que j'en ferme les yeux. Puis, tout redevient normal, et le moniteur se retourne vers moi avec un grand sourire de contentement. Je ne sais pas à quoi peut ressembler ma grimace. Et il recommence ! Au quatrième « virage », pour voir comment il s'y prend, j'ouvre les yeux et je vois la cathédrale au-dessus de ma tête ! Et le ciel sur la Terre ! Et je comprends que cet animal est en train de m'offrir des « loopings ». Et maintenant, on plonge vers le sol, en chute libre, me semble-t-il. Est-ce cette terrible glissade qu'on appelle « feuilles mortes » ou des « vrilles » ? Gribouille se serait jeté par-dessus bord en parachute. Moi, je me répète : « T'avais qu'à dire non ! T'avais qu'à dire non ! »

Enfin, tout devient calme à l'approche du terrain de l'école, puis on roule — et on s'arrête. On me sort du coucou. On m'enlève le parachute. Le moniteur si content me dit : « Vous avez vu comme ce coucou-là est maniable ? Une vraie merveille ! » J'aurai donc vu la cathédrale de Chartres au-dessus de ma tête, — dans cette tête où je vais avoir des douleurs pendant trois jours.

Après plusieurs semaines de hurlements dans le jardin où les fleurs viennent nous annoncer les beaux jours, je demande à l'adjudant s'il ne croit pas que je sais tout ce que l'on peut apprendre à un élève caporal sans soldat ?

« Bien sûr ! Mais le peloton doit durer trois mois. Vous passerez l'examen fin mai, début juin. »

Je saluerai donc la naissance des jeunes feuilles des arbres avec mes cris sauvages. Enfin, le 9 mai au matin, on me donne ma première permission. Une permission de dix jours.

Avec ma Delage, j'arrive à Paris pour déjeuner, la concierge très épatée par mon bel uniforme. Je ne sais quel général d'habillement a décidé de donner le même uniforme à tous les hommes de l'armée de l'Air, qu'ils soient « volants » ou « rampants », pilotes de chasse ou scribouillards, si bien qu'avec ma Légion d'honneur, je traîne un parfum d'héroïsme.

Lucienne a un mouvement d'humeur devant l'admiration de Lorlette. Depuis des semaines, notre fille admire les aviateurs qu'elle rencontre, et voir surgir son père avec ce costume du ciel la transporte de respect et la confirme dans l'idée que je suis le premier entre les premiers. Lucienne me dit : « Décidément, vous obtenez tout ce que vous voulez ! »

Le lendemain matin, la femme de chambre, avec le petit déjeuner, nous annonce :

« Ça y est !

— Qu'est-ce qui y est ?

— Vous ne savez pas ? C'est la guerre !

— Mais, oui, on le sait !

— Je croyais que vous ne le saviez pas ! »

Je dis à Lucienne qu'elle a de nombreux dons, et parmi ceux-ci, celui qui lui permet, avec un flair époustouflant, de dénicher des êtres hors du commun, loufoques, lunaires, burlesques, inattendus...

Un peu plus tard, un coup de téléphone d'amis nous apprend le déclenchement de l'offensive allemande. Il paraît que le général Gamelin déclare : « Tout se passe comme je l'avais prévu. »

« Eh bien, ma permission n'aura duré qu'une nuit !...

— Tout de même, vous déjeunez avec moi ? »

Et je retourne à Chartres.

Les copains sont ahuris : « T'as oublié quelque chose ?

— Non, mais maintenant, c'est la guerre.

— Quelle guerre pour toi, puisque tu es en perm... »

Le lendemain, le général me convoque :

« On me dit que vous connaissez le secrétaire général du Quai d'Orsay. Or, je suis un ami très intime du président du Conseil du royaume de Roumanie. Je pourrais, là-bas, rendre des services exceptionnels. Pouvez-vous le lui faire savoir ? »

Par téléphone, j'obtiens un rendez-vous avec Alexis Léger pour le surlendemain.

Un Léger secret, mais dont l'accablement ne peut être caché. Il écoute avec politesse l'offre du général que je lui transmets sans commentaire et je lui demande s'il a des nouvelles du Front.

« Elles ne sont pas bonnes !

— Mais nous résistons toujours à Sedan ?

— Ce n'est pas sûr. Tout est sur le point de craquer — et c'est probablement déjà fait. Alors, ils passeront. »

Le soir, je dîne avec Marcel Bleustein et plusieurs de ses amis, officiers de l'armée de l'Air. Je raconte mon inquiétante visite à Alexis Léger.

« Celui-là, éclate un lieutenant, qui est paraît-il, député socialiste, après avoir été l'artisan de Munich, il devient le haut-parleur des fausses nouvelles. Je demanderai demain à Daladier de nous débarrasser de lui. »

Mais le lendemain, les communiqués cachent mal la gravité de la situation. Je reste quelques jours à Paris, pour essayer d'attraper aussi vite que possible les bruits et les informations. Ella, cette fois, doit rejoindre un camp d'hébergement, et je rentre à Chartres. On dit que les Allemands sont à Abbeville. Ce n'est pas possible ! Il y a quand même une armée devant eux et pourtant, ils semblent avancer seuls, sur des routes vides.

Nous continuons à classer dans les placards des circulaires que nous ne retrouverons pas, et je recommence à suivre le « peloton », hurlant, seul, mes ordres : « Demi-tour à droite, demi-tour à gauche ! » à une escouade fantôme, devant un adjudant qui, comme moi, pense à autre chose.

Dans l'après-midi, une alerte ; je sors devant le pavillon où est logée la subdivision et je vois en l'air trois petits avions qui, comme les « pères la colique » de mon enfance, lâchent des crottes dans le ciel. Ils disparaissent et l'on entend au loin les explosions.

Puis dans un déchaînement de sonneries et de sirènes, c'est l'arrivée des ambulances qui amènent les blessés à l'hôpital, en face de l'État-Major. Les Allemands qui visaient le champ d'aviation ont manqué, paraît-il, les avions, mais ont démoli les maisons construites en bordure du terrain ; des femmes, des enfants sont blessés, et il y a des morts.

Pour remonter le moral, le général déclare que les trois avions ennemis ont été abattus. Pas un d'entre nous ne croit à cette histoire : la D.C.A. est entrée en action plus de cinq minutes après le départ des avions. Les artilleurs buvaient au mess, personne n'imaginant qu'ils oseraient attaquer en plein jour.

Ces petites crottes d'oiseau, ridicules dans le ciel, sont atroces à l'arrivée. La Science élargit la folie des hommes.

Des colonnes de réfugiés traversent Chartres, avec des matelas sur le toit de certaines voitures. A l'arrêt, l'une d'entre elles est très entourée : sa carrosserie est percée par des trous de balles.

23 mai.

Les Allemands seraient entrés dans Calais ! Ils auraient donc traversé tout le nord de la France en treize jours ? Ce doit être encore une fausse nouvelle — mais nous recevons l'ordre de nous replier sur Rennes. L'État-Major part en voiture, les hommes rejoindront par le train.

Eh bien, nous avançons moins vite que les Allemands ! Notre train s'arrête, repart, attend et nous n'osons pas descendre pour garder notre place assise, entassés à huit dans le compartiment de troisième.

L'un de nous, ingénieur « dans les chemins de fer »,

après avoir consulté sa montre, nous dit : « Nous marchons à 35 kilomètres à l'heure.

— Comment le sais-tu ?

— Les rails ont 22 mètres de long et chaque rail est séparé du suivant de 3 centimètres pour éviter l'éclatement au soleil. Chaque fois que la roue passe sur ce vide, elle saute. Je compte quatre sauts, soit 100 mètres — je compte les secondes tous les 100 mètres, et je multiplie : en ce moment, nous roulons à 35 kilomètres à l'heure. »

Nous réfléchissons à cette astuce pour nous distraire, et nous arrivons au Mans. Le train que nous devons prendre n'est pas arrivé. Nous l'attendrons dans la gare encombrée de réfugiés et de soldats, comme nous, désemparés et résignés. Nous allons et venons devant une alignée de gosses apeurés et de femmes fatiguées.

Un général, accompagné de deux officiers, fait aussi les cent pas. Et le général s'immobilise devant notre groupe. Il se met au garde-à-vous et me salue :

« Mon brave, où avez-vous gagné votre Légion d'honneur ? »

Interloqué, je réponds :

« Dans le civil, mon général.

— Ça ne fait rien. Je vous félicite quand même. »

Et il repart.

Les copains se foutent de moi :

« Tu es impossible. On ne peut plus sortir avec toi ! »

Mais la foule a vu un général saluer un soldat de l'armée de l'Air décoré. Et je deviens le héros de la gare.

Nous attendons notre train toute la nuit, et au petit matin, nous partons enfin pour Rennes.

Dimanche.

En liaison à Lannion avec le général et le commandant qui inspectent l'école de Pilotage d'Évreux repliée ici. Devant le monument aux morts, revue militaire : la musique locale, cinq vieillards, dix enfants jouent comme ils peuvent *La Marseillaise* avec des trompettes et des tambours. Je pense à je ne sais quel film de René Clair. Les élèves, pilotes de chasse, défilent. Ils pourraient être mes fils, et sans doute, ils vont mourir si la guerre dure. Et de la façon dont elle commence, il faut souhaiter qu'elle dure. (Résonance tragique du plaisant : « Hugo hélas. »)

Et Lannion est calme. Des filles rigolent. Près de l'église, une belle maison avec une boutique de « relieur-doreur ». Et là-bas, une armée qui se bat encore semble prisonnière. Et ici, seul, simple soldat, dépendant du destin de tous. Je passe comme un halluciné dans un paysage jaune de genêts, ne regardant rien ; tout à coup, un voisin chante : *Sérénade sans espoir.* Je pense à Capron qui est à Lille, à Bertin dont le père est égaré, au mien qui est au Havre. Je veux quand même espérer. Croire en ce qu'on souhaite ? Quelle fragilité ! L'attente continue parmi les babillages de Papon, d'Ély, et la tendresse de Papillon pour ses parents qui vivent à Rouen. Une mouette plane, seule dans le ciel bleu. Et elle fonce sur l'eau, avale un poisson, se laisse remonter par le vent et recommence. Elle me dégoûte, quand je pense au poisson dévoré, mais elle est belle à nos yeux, qui ne sont pas des yeux de poisson, tandis qu'Hitler est de notre race.

Le 10 mai, je ne pensais qu'à mes dix jours de vacances. Aujourd'hui, j'envisage l'occupation de la rive droite de la Seine. Disons avec Mandel : « De catastrophe en catastrophe, jusqu'à la victoire. »

Dans notre bureau, ex-salon d'un petit château, nouveau Q.G. de la subdivision, la fenêtre est ouverte ; les oiseaux sifflent...

Quelqu'un demande : « Quel jour on est... » Personne ne peut répondre.

Le caporal Vion raconte : « Ma femme voulait quitter Caen. Plus de trains. Plus de cars, alors elle a acheté des sandales. » Nous nous retrouvons, tous les matins, sur la place, près de la poste. Le printemps nous offre des paysages et un ciel de bonheur. Les boutiques de la place ont les mêmes gestes à la même heure. La fille de salle qui lave les pavés du café, l'horloger qui remonte son rideau de fer, la femme du premier qui ouvre sa fenêtre, et regarde les réfugiés entourés d'autres réfugiés, sales, la figure noire, et qui s'endorment dès qu'ils s'arrêtent dans la file des camions camouflés anglais, français... Où vont-ils ? En Angleterre ? En Afrique ? Chercher du matériel américain ? Une femme pleure parce qu'elle a oublié de demander à la poste à Paris de suspendre son abonnement de téléphone.

J'ai perdu la mémoire. Je sais que j'ai télégraphié à Lucienne et je ne me souviens plus du texte. Peut-être parce que j'en avais imaginé plusieurs ?

Le caporal Henry discute avec le soldat Papon : « Toujours le manque d'organisation : Tout ne devrait-il pas être prévu, même les défaites ?

— Et tu savais que la ligne Maginot ne pouvait pas tirer dans les deux sens ?

— Non, mais on m'a dit pourquoi les aviateurs allemands, quand ils sont descendus, gardent leur parachute. C'est pour remonter dès qu'ils sont découverts et qu'on vient les chercher. »

*

Lucienne, au volant de la Delage, arrive à Rennes, avec les enfants, les tableaux de Juan Gris, les Boudin et le petit Delacroix. Grâce au journal l'*Ouest-Éclair* dont le propriétaire avait envoyé son fils en stage à Havas-Le Havre, pour que je le familiarise avec la publicité, Lucienne obtient un appartement. Je lui conseille une installation très provisoire. Sa mère passe, allant vers Saint-Nazaire, et nous donne des nouvelles du Havre qui ne sont pas bonnes. Mandel demande à Léon Meyer et à mon père de prévoir leur départ.

Pendant le dîner, je regarde voler des hirondelles. On pense à des avions cherchant l'objectif. Toujours la guerre. Nous vivons dans une angoisse de cauchemar, ni éveillés ni dormants. Ce qui me bouleverse le plus dans la guerre, c'est son absurdité. Sir Henderson dit : « Hitler est un génie. » Ce n'est pas vrai. Il polarise la bêtise et la sauvagerie des foules.

Tout à coup, le bruit court que la Turquie a déclaré la guerre à l'Allemagne. On y croit pendant trois heures, imaginant pendant trois heures un retournement de situation avec des interventions en cascade de la Roumanie et de la Russie. Puis à nouveau, le déroulement des mauvaises nouvelles, mais vraies.

Je demande à Lucienne d'aller mettre les enfants à l'abri. Avec les réservoirs de la subdivision, je bourre la voiture d'essence et je conseille à Lucienne d'aller jusqu'au château de Brissac, chez May. Adieu. Personne ne pleure. Il y a au centre des catastrophes une évidence qui calme. Toutes les dimensions changent. Les minutes, les heures n'ont plus la même durée. On s'indigne devant un stupide accident de bicyclette, mais quand tout un monde s'effondre, on regarde comme si on allait enfin comprendre l'incompréhensible. Le soir, seul dans l'appartement vide, un gros chagrin s'empare de moi.

15 juin.

Enfin, aujourd'hui, j'ai failli mourir pour la Patrie ! Ce matin, l'adjudant me fait passer l'examen « Par file à droite ! par file à gauche ! ». Je gueule à ameuter tout le quartier. Puis il m'interroge sur l'ypérite. Je réponds n'importe quoi pendant que lui pense à autre chose...

Une heure plus tard, le commandant me convoque. Garde-à-vous.

« On vous propose pour être promu caporal... Je m'y oppose ! » Je le regarde, étonné — et il prend un air fin dans un silence qu'il fait durer —, puis :

« Je veux que vous soyez caporal-chef. »

J'aurai donc été promu le jour où les Allemands entrent à Paris.

Mais ces galons, je dois les porter et j'en trouverai sûrement dans cette ville de soldats, aux Nouvelles Galeries. Et j'achète donc mes galons de laine brune pour le caporal et le petit galon d'or pour le chef. Je demande à la vendeuse si elle sait coudre : « Montons au premier, au rayon de couture » ; là je lui abandonne mon bras et gentiment, elle commence le travail. Pendant les derniers coups d'aiguille j'entends dans mon dos un brouhaha qui tourne au tapage, et je suis entouré d'une vingtaine de mégères hurlantes : « C'est un espion ! Il se fait coudre de vrais galons sur un faux costume ! On l'a vu ! »

Je veux prendre à témoin ma jeune vendeuse — elle a déjà filé. Une grosse femme, avec la trogne d'un vieux boxeur à la fin d'un combat, crie : « Faut le foutre par la vitrine sur le trottoir ! » Et je suis acculé à cinq mètres de la glace, entouré de ces furies qui vont me prendre à bras-le-corps...

Après tout, est-ce plus absurde qu'une balle perdue, qu'un éclat de bombe ? Je n'ai pas peur. Un grand dégoût m'a envahi.

Elles ont fait un tel tapage que le directeur des Nouvelles Galeries, mobilisé comme lieutenant à la subdivision, s'amène. « Un espion ! On va le foutre par la fenêtre... » Le lieutenant me connaît et me reconnaît. Il fait reculer le troupeau : « Ramassis d'andouilles ! » Et me prenant par le bras m'entraîne loin de ces sacrées femelles qui se lamentent entre elles : « Si c'est pas malheureux ! Pour une fois qu'on en tenait un ! »

Dans son bureau, le directeur :

« Vous prendrez bien un petit verre de calvados ?

— Un grand même.

— Pour arroser vos galons... »

Ni l'un ni l'autre n'avons le cœur à rire et je bois à la file quatre verres de son calvados breton.

Ce matin, alerte. Deux minutes plus tard, une formidable explosion, suivie de petites explosions, très rapprochées, crépitantes. Tous, dans la cave du château ! Le général assez pâle, entouré de ses officiers. Une heure plus tard, le bombardement sans arrêt continue. Le général me dit avec une inquiétude toute pleine de reproches à l'égard des Allemands : « Mais ils sont en train de raser la ville ! »

Deux heures plus tard, le bombardement continue. J'examine les murs de la cave ; résistera-t-elle à une bombe ? Enfin quelques-uns d'entre nous remontent dans le jardin : Rennes n'est pas bombardé. Aucun avion ennemi dans le ciel. Un seul appareil allemand, tout petit, a survolé ce matin la gare et a jeté une bombe, une seule, sur le train de munitions, qui saute encore. Décidément, quel service de renseignements ! Mais quel idiot a garé en pleine ville, dans la gare, ces wagons d'explosifs ? Et de chaque côté de ce train, deux autres trains, l'un à droite, l'autre à gauche, bourrés de soldats, échappés de Dunkerque, arrivant de Brest et d'Angleterre, et qui ont reçu l'ordre de rester dans les compartiments en attendant leur départ. L'explosion a fait sauter ces deux trains : Le spectacle est terrifiant. Des centaines de soldats déchiquetés dans la gare détruite.

Enfin renseignés, le général et ses officiers sortent de la cave, et nous recevons l'ordre de détruire les archives.

Dans le jardin, avec toutes nos circulaires si mal rangées à Chartres, et complètement mélangées à Rennes, j'allume un grand feu, que je remue à la fourche. Les pétarades de la gare continuent mais sont moins nombreuses. On m'apporte les « codes secrets » pour déchiffrer les messages du deuxième bureau. « Surtout, brûle-les bien ! » Comme si les Allemands avaient besoin de nos codes secrets pour savoir ce qui se passe ici. Je n'ai pas dîné. Le bruit des explosifs se calme et je continue à remuer les cendres de mes papiers noircis, seul avec mes galons neufs, sous un ciel qui se laisse envahir par la nuit, sans pensées, sans idées, sans désirs.

Le lendemain matin, dans le bureau en désordre, le sergent Papillon nous dit :

« Ah ! si les Allemands ne sont pas là à midi et demi, tant pis pour eux ; on ne les attend pas ; on se mettra à table quand même ! » Mais c'est nous qui n'allions pas les attendre. Nous quittons Rennes. Pas un repli, une fuite ! Nous couchons dans le foin, près de Redon. Le lendemain, ordre, contrordre. Le général et le colonel partent vers les deux heures et nous devons les rejoindre à Brest, pour embarquer. Vers l'Angleterre ? Vers Bordeaux ? Chaque fois que nous entendons un ronflement d'avion, nous nous jetons dans les fossés du bord de la route, le temps qu'il passe au-dessus de nos têtes.

Où est Lucienne ? Qui doit penser : Où est

Armand ? Nous allons partir — et nous ne partons pas ; puis nous devons être prêts à partir quand on nous en donnera l'ordre — que l'on ne nous donne pas.

Enfin, à la tombée du jour, la colonne part pour Brest, où nous devions embarquer aujourd'hui — et où nous embarquerons demain. Pour le Maroc ?

Durant la nuit, plusieurs arrêts. Le capitaine Lecat, avec son téléphone de campagne, essaie de joindre le général. Puis la colonne repart, pour s'arrêter encore. Enfin, à l'aube, nous entrons dans Brest vide. Le dernier bateau est parti hier soir, et des incendies brûlent sur les quais. Sur le rivage désert, j'aperçois une silhouette. Je vais l'interroger, et je découvre un gros et grand lutteur de foire, avec un imperméable noir, la main droite tenant un gros objet sous son imperméable. Il me regarde sans répondre à mes questions. Je rejoins la colonne, me souvenant qu'aux environs de Pontivy, l'avant-veille à un croisement de route, j'avais déjà interrogé un fort gaillard, à tête de brute, mal rasé, cachant aussi sa main droite sous son imperméable. Pour toute réponse, il m'avait, de la main gauche, montré un chemin. Et je crois comprendre : ce sont des hommes de la cinquième colonne, des guetteurs déjà en place pour diriger les Panzers dans leur avance.

Le capitaine Lecat ordonne le repli sur Sizun où nous arrivons à huit heures du matin, et il nous rassemble autour du monument aux morts. Il accroche sa croix de guerre complète sur le bout de ruban de son uniforme (il voyageait donc avec son insigne qu'il avait sans doute mérité en 14-18) et il se met à bredouiller des mots, Gloire, Patrie, Soumission au destin et Incertitude des combats. Enfin, il nous demande d'être dignes de nos héros morts à Verdun, et nous apprend, les larmes coulant sur ses joues, que nous sommes prisonniers. Il donne l'ordre à un adjudant de faire porter nos armes (pour quatre-vingts hommes : une vingtaine de fusils et dix revolvers) à la gendarmerie afin d'éviter tout malentendu avec l'ennemi quand il viendra nous chercher. Et nous restons tous assis sur le derrière à regarder la petite place scintillante de soleil. Épuisé, sans sommeil depuis quarante-huit heures, je m'endors avec de petits cailloux comme oreiller.

Une heure plus tard, réveillé et reposé, je regarde le troupeau. Doyer, Papillon et Laborne (qu'on appelle Lariflette, du nom d'un personnage des bandes dessinées qu'il publie dans *Le Petit Parisien*) sont déjà près de moi.

« Qu'est-ce qu'on fait ?

— Eh bien, on se taille ! »

Je leur demande de visiter rapidement nos camarades avachis et de leur demander s'ils veulent nous suivre. Ils reviennent suivis de quatre gradés, d'accord avec nous pour partir. Et les autres ? les autres qui sont tous de la région disent : « Eh bien, pour nous, c'est terminé ! On va rentrer à la maison. »

L'adjudant qui a rejoint notre groupe et que je ne connais pas, me dit : « Dans le civil, je suis courtier d'assurances agricoles dans ce pays. J'en connais les routes comme ma poche, je me fais fort de vous conduire à Saint-Nazaire par des chemins secondaires — et comme les tanks allemands rayonnent sur les nationales, nous ne risquerons rien. »

Pour ne pas être porté déserteur avec mes sept bonshommes, je demande au capitaine Lecat l'autorisation de rejoindre l'armée à Saint-Nazaire.

Tant que ma mémoire sera vivante, je l'entendrai me répondre :

« Salacrou, vous êtes fou ! Mais vous risquez un coup de fusil ! »

Nous prîmes deux voitures, chaque voiture pour quatre hommes et des bidons d'essence. Le capitaine, très déprimé, nous laissait faire. Il fallait un chef à la colonne. Les sept hommes de l'équipe me donnèrent le commandement. Je décidai de chercher un village où nous pourrions nous reposer.

Nous nous arrêtons à Tressartes. Le restaurateur me dit : « Je veux bien vous servir, mais je viens de recevoir un téléphone des Allemands qui m'ont commandé dix déjeuners pour une heure ! ! » Nous repartons. Enfin, dans un village, à Brasparts, un hôtel de voyageurs. La patronne, Mme Diraizon, nous offre des chambres et une petite salle à manger privée, un peu cachée derrière la grande salle.

Il fait très chaud. Nous tombons la veste et commençons les hors-d'œuvre. Affolée, la petite bonne très pâle chuchote : « Les Allemands sont là ! Dans la grand-rue, avec leurs tanks arrêtés. »

« Remettons les tuniques et continuons de dîner. »

Mais personne ne mange.

Un peu plus tard, la patronne entre avec la petite bonne : « Ils viennent de repartir. Ils sont très aimables. Ils ont payé des bonbons pour les offrir aux enfants.

« Et à moi, l'un des Boches m'a montré une photo de femme : " Belle, hein ? Est ma femme ! " »

Lariflette rigole : « Après la cinquième colonne, voici la colonne larmoyante ! »

Je décide de partir le lendemain, un quart d'heure avant le lever du jour.

Nous suivons la voiture pilotée par le courtier d'assurances. Des petits chemins charmants et l'allure n'est pas rapide. Quand nous devons traverser une nationale, nous vérifions si la voie est libre. Vers onze heures, nous croisons trois soldats allemands, assis sur le bord de la route, cassant la croûte.

« On les fait prisonniers ? » demande Lariflette. Les Allemands semblent étonnés, mais nous filons, et nous arrivons à Saint-Nazaire vers deux heures. L'équipe du courtier d'assurances va nous quitter.

« On rentre chez nous. On se met en civil et bonsoir ! »

Je lui demande de déposer auparavant nos deux voitures dans une caserne.

Et nous voici tous les quatre à pied, sur les quais du port vide. Trois pêcheurs, assis dans l'entrée d'une maison, refusent de nous faire passer la Loire : « Allez par Nantes ! Hier, ils ont mitraillé tout ce qui bougeait sur l'eau. »

J'ai de l'argent sur moi, et j'arrive à convaincre un quatrième pêcheur. « Je veux bien essayer, mais s'ils reviennent on sera tous foutus. »

Une demi-heure plus tard, nous atterrissons à Saint-Brévin-les-Pins.

Il nous faut une voiture. Dans un parc d'autos abandonnées, un homme dit à Doyer : « Je peux vous vendre ma voiture. Voici les papiers ; elle marche bien. »

Cette voiture, immatriculée en Belgique, avec des papiers belges, appartient à un homme qui n'a même pas l'accent du Nord. Nous allons l'essayer. Le vendeur sur la banquette arrière, Doyer prend le volant. Je lui murmure : « Arrête-toi devant une gendarmerie. »

Au vendeur surpris, je dis : « Je veux vous payer devant les gendarmes, qui me délivreront un papier, attestant que la transaction a eu lieu devant eux. » (Doyer apprendra plus tard que l'auto avait bien été volée.)

Et nous filons nous mettre à la disposition de l'autorité militaire de La Roche-sur-Yon. Dans la cour de la caserne, tout le régiment est accroupi, cul par terre, les coudes sur les genoux, sans ceinturons...

« Nous attendons les Allemands !

— Ne soyez pas trop pressés, car hier soir, on les attendait encore à Brest. »

Le colonel : « Puisque vous êtes de l'armée de l'Air,

vous allez me rendre un service : trois petits avions tout neufs sur le terrain risquent d'être pris par l'ennemi. Allez me les casser ! »

Papillon, qui a perdu l'espoir de devenir pilote de chasse, furieux :

« Vous n'avez qu'à leur fiche le feu, mon colonel, à moins que votre essence attende elle aussi l'arrivée des Allemands ? » Nous saluons — et en route vers le Sud.

Dans les environs de Rochefort, non loin d'un terrain d'aviation, un grand escogriffe s'agite devant nous : c'est un adjudant de l'armée de l'Air : « Venez avec moi, vous avez entendu la radio ? Le type qui déclare qu'on n'a pas perdu la guerre et qui nous attend à Londres. Tout est prêt. Quatre pêcheurs d'ici vont partir cette nuit. Ils m'emmènent. Venez avec nous !

— Qui a parlé ?

— Un gars dont je ne sais pas le nom, mais qui nous attend, et pour foutre sur la gueule des Boches, moi, j'en suis. »

Le grand diable, ivre de fatigue et d'alcool, veut nous entraîner, mais il est trop énervé pour nous donner confiance, et nous reprenons la route du Sud.

Je ne sais plus où ni comment nous avons dîné. La nuit nous entoure avec ses grosses explosions de flammes rouges et de fumée noire. Lariflette et Papillon dorment derrière et nous nous relayons au volant, Doyer et moi, avec deux bouteilles de whisky en réserve. Nous évitons Bordeaux. Par Agen et Auch, je veux rejoindre Luchon, où ma mère faisait une cure contre la surdité. Le jour se lève. Nous roulons sans arrêt, mais lentement, ménageant la vieille petite voiture. Vers midi, nous traversons Saint-Gaudens. A la vitrine d'un pharmacien, j'aperçois les statuettes du Bébé Lune qui pleure et de la Fée aux dix-huit plantes. Mais j'ai changé de monde, avec une idée fixe : arriver à Luchon.

Enfin, place de l'Église, on m'indique l'hôtel de Bordeaux où ma mère descendait chaque année.

— Mme Salacrou n'est plus chez nous, elle a loué un appartement, mais à cette heure-ci, vous la trouverez au restaurant Cavé, c'est en face, de l'autre côté des Allées, — et pour la première fois, je traversai ces allées d'Étigny où j'allais tant séjourner chaque année, jusqu'à la fin de ma vie.

La porte poussée, sur la banquette, ma mère, mon père, Lucienne et nos deux filles.

Après le déjeuner, nous nous présentons au lieutenant commandant de la Place.

Depuis lundi — et nous sommes vendredi —, nous avons dormi une seule fois dans un lit. Je commence à être fatigué, et j'emmène l'escouade prendre un bain à l'Établissement thermal. Lariflette : « Le matin, une bolée de cidre, et le soir une reniflée de soufre. Ah ! la vie est rapide avec toi. » Ils trouvent à se caser pour la nuit et je rentre avec ma famille dans l'appartement que ma mère a loué, quatre fois son prix, à une vieille fripouille qui organisait, avant la débâcle, des tournées d'autocars pour touristes.

Dans la salle à manger qui donne sur une cour noire, mon père et ma mère assis devant une table, face à face, tripotent un gros tas de paperasses soigneusement empilées : ce sont les traites des Labos. Plus de 1 500. J'avais pris la décision, voici trois ans, de faire établir, en même temps que la facture, le jour de l'expédition, la traite (toujours à quatre-vingt-dix jours et quelquefois à cent vingt jours) et de la mettre à l'abri dans un coffre. Mon père a eu la présence d'esprit d'emporter toutes ces traites. Sinon, c'était la faillite car c'était notre trésorerie pour payer nos fournisseurs, verriers, plantes et publicité. Ma mère, lunettes sur le nez, colle un timbre quittance sur chaque traite et la passe à mon père qui, lunettes sur le nez, signe chaque timbre. Leur égarement a disparu…

Le toucher de chacune de ces traites les rassure. Dans le calme de leur vie retrouvée, ils se sourient. Avec Lucienne, je vais coucher les deux filles dans leur lit, heureuses.

Le lendemain matin, le lieutenant de la Place me fait savoir par un gendarme que je dois, avec mes trois camarades, rejoindre immédiatement Toulouse d'où nous serons dirigés sur Marseille afin d'embarquer pour l'Afrique du Nord.

Devenu bon soldat, je traduis « immédiatement » par « après déjeuner » puis, avec Lucienne et les deux filles, je rejoins la voiture que Doyer et les copains ont arrêtée devant l'église. La gorge est nouée. Pas un mot. Pas une larme, mais elles n'ont jamais eu les yeux aussi grands. Doyer met en route. On entend le moteur. Nous regardons-nous pour la dernière fois ?

« Pour ne pas rester là à suivre des yeux la voiture qui va disparaître, entre donc avec les gosses dans l'église. C'est une maison vide, mais où l'on a beaucoup espéré... »

J'embrasse les visages immobiles de ces trois êtres que j'aime tant ; la portière claque. Nous roulons sur la route de Toulouse, les copains aussi se taisent.

La base aérienne de Toulouse grouille de soldats qui circulent dans tous les sens. Je dois aller coucher dans une salle de bal réquisitionnée, le sol recouvert d'un peu de paille et de foin, et par-dessus des centaines de corps allongés. Je me glisse entre un gros homme qui ronfle et une très jeune femme avec un sourire affligé d'angoisse qui me montre son enfant, d'un an peut-être, et me dit : « J'espère qu'il ne vous empêchera pas de dormir... » Durant la nuit, le bébé pleure souvent, sa mère le suppliant : « Ne pleure pas mon chéri, tu réveilles tout le monde... » Mais mal aux dents, ou au ventre — ou la faim peut-être —, le pauvre gosse hurle avec le refrain de sa mère : « Ne pleure pas mon petit, laisse les autres dormir... »

Le lendemain matin, notre départ pour l'Algérie est annulé. L'armistice est signé. Je n'ai plus qu'à attendre ma démobilisation.

« Parce que c'est moi », le concierge d'un grand hôtel de la rue de Metz qui est archiplein, m'offre de mettre un matelas au fond d'une baignoire...

Le jour, je traîne dans les rues, les femmes passent en suçant des glaces, les officiers répondent à nos saluts suivant leurs sentiments : ceux qui croient encore à l'armée et ceux qui n'y croient plus. Après le bombardement de l'escadre française à Mers el-Kébir, par les Anglais, une femme dit à son amie : « Nous allions enfin être tranquilles, et voilà que ça recommence ! »

Lucienne m'apporte un certificat de vie des deux enfants et, le 8 juillet, je suis enfin démobilisé. Nous rentrons le soir même à Luchon.

Pour en terminer avec cette équipée militaire, j'apprendrai plus tard que la centaine de soldats qui à Sizun attendaient les Allemands autour du monument aux morts, les ont attendus pendant quarante-huit heures, et qu'ils furent tous emmenés en Allemagne pour une captivité qui allait durer quatre ans. Quant au vieux général fait prisonnier dans les environs de Brest, il fut libéré assez vite et à son retour, il signa cette citation :

PROPOSITIONS DE CITATIONS
À L'ORDRE DU CORPS D'ARMÉE
CONCERNANT QUATRE MILITAIRES
QUI ONT RÉUSSI À REGAGNER
LES FORCES AÉRIENNES FRANÇAISES
LES 18, 19 ET 20 JUIN 1940

Le sergent PAPILLON Henri, secrétaire de l'État-Major de la 3e subdivision aérienne
Le caporal-chef SALACROU Armand, *id.*
Le caporal-chef DOYER André, *id.*

Le soldat LABORNE Daniel, *id.*

« Le 18 juin, encerclé par l'ennemi, a refusé de se rendre, et a voulu rejoindre les Forces françaises pour continuer à se battre. A fait preuve du plus grand sang-froid et d'un courage élevé en traversant pendant trois jours les lignes ennemies et en réussissant à traverser la Loire. »

Le général MUIRON
Ancien commandant de la 3e subdivision aérienne
signé : E. MUIRON.

Mes parents, dans cet appartement sans lumière, ne pensaient qu'à rentrer au Havre, « chez eux » avec le paquet de traites. Ils partirent pour Lyon, où ils toucheraient les papiers nécessaires au franchissement de la ligne de « démarcation » qui nous séparait des troupes nazies ; et rejoindraient Le Havre.

La France ahurie, étourdie, attendait... elle n'imaginait plus son avenir. Moi, je cherchais le mien avec une gosse dans chaque main, et Lucienne qui m'attendait, elle aussi.

D'abord, discuter le coup avec des amis, en attente eux aussi à Marseille. Puis un repos à Antibes et enfin, ma décision est prise : je ne rentrerai pas à Paris. Qui sait si à côté du professeur de Martel, je ne l'eusse pas accompagné dans son suicide, le jour du premier défilé nazi ? Pour les deux gosses, les laisser à Luchon. Nous avions visité la pension Sainte-Hélène, dirigée par une institutrice, de noir habillée, et fort intelligente. A Luchon, avec tous les sapins d'alentour, les filles auront du bois pour se chauffer cet hiver et les troupeaux de moutons et de vaches des hauts plateaux leur donneront à manger. Nous les conduisons donc à Sainte-Hélène : l'institutrice est tout en blanc :

« Oui, je suis dominicaine, et j'ai maintenant l'autorisation de porter l'habit en public. Soyez tranquilles, je m'occuperai moi-même de vos deux filles. »

« Et aujourd'hui, Lucienne, Marseille ou Lyon ?

— Comme vous voudrez.

— L'exubérance de Marseille que j'aimais tant dans les jours heureux, je la supporterais difficilement ; je lui préférerais la tristesse de Lyon. »

Et le vendredi 28 septembre, dans la soirée, nous arrivions à Lyon, enfoui dans un brouillard froid.

« Quelle horreur ! », dit Lucienne.

A l'hôtel Royal, place Bellecour, on nous promet une chambre ; mais elle est encore occupée par les officiers allemands, en civil, qui ont fait la noce toute la nuit et qui roupillent.

Après dîner, le concierge nous mène dans la chambre libérée et nous nous couchons.

Les draps sont blancs, très propres, mais le nez sur l'oreiller, je sens une épouvantable odeur de vomissure. Ces salauds ont dégueulé, et le matelas a été imbibé de leur dégobillage.

Et c'est le nez dans cette puanteur de la défaite que je dois essayer de trouver le sommeil.

Lucienne aussi doit souffrir de cette odeur intolérable. Mais, comme toujours, elle ne se plaint pas. Demain matin, nous changerons de lit et de chambre.

Mais seulement de chambre ? Suis-je le seul à ne pas supporter cette déroute ?

Demain matin, tendre la main à ceux qui ont mal comme moi, et découvrir tous ensemble des raisons d'espérer ?

J'arrive à dormir, parce que dans l'odeur de cette ordure nazie, je sens que je vais bientôt rencontrer des camarades avec lesquels je parviendrai enfin à être un homme parmi d'autres hommes !

1er août 1975.

POSTFACE

Le troisième et dernier volume aura pour titre :
« De l'Occupation à la Libération. »

Il se terminera par le procès que, sur les conseils de mon ami Georges Izard, j'intentai à de petits salauds qui m'accusaient tout simplement d'avoir voulu, à la Libération, faire fusiller un de mes confrères, coupable, paraît-il, d'avoir écrit dans un journal nazi de Paris.

A dire vrai, à la Libération, on ne m'accusa de rien. C'est après le triomphe de *L'Archipel Lenoir,* avec Charles Dullin, et la grande reprise d'*Une femme libre,* avec Sophie Desmarets et Yves Robert, qu'un murmure se mit à frémir : « Fusilleur ! »

Encore si j'avais été fusilleur pendant l'Occupation et que mes victimes soient mortes brûlées, ou enterrées, on eût pu passer l'éponge au nom de la réconciliation nationale. Mais « fusilleur à la Libération » ! ! Seulement où saisir ce murmure qui s'agitait de plus en plus ? Heureusement un nigaud, parlant de moi dans *Aspects de la France,* répétait cette infamie avec joie — et qui sait ? peut-être avec bonne foi. Nous étions en 1952 :

« Ne voulait-il pas en 1945 que l'on fusillât Jean Anouilh coupable de talent sans mesure et d'une indépendance qu'il doit au seul goût que le public a de ses pièces, à l'exclusion de tout produit insecticide ? »

J'ai fait enregistrer par un sténographe judiciaire, agréé par le tribunal civil de la Seine, les dépositions des témoins de cette audience du 18 mai 1953.

Des témoins : Rachet, directeur au ministère de l'Intérieur pendant la Libération ; Guignebert, un de mes chefs dans la Résistance ; Édouard Depreux, ancien ministre de l'Intérieur, et Maurice Merleau-Ponty, professeur au Collège de France (mon camarade avec Sartre et Leiris pendant les combats de Paris) vinrent dire quelle fut mon attitude. Ceux qui m'accusaient ne parvinrent à réunir que deux témoins : l'un, Galtier-Boissière, précisa qu'il avait entendu raconter cette histoire, mais avec l'accent marseillais ! l'autre, Morvan-Lebesque, à la consternation des accusateurs qui l'avaient fait citer, démentit toutes les insinuations et les racontars. Je publierai ces témoignages.

Ensuite le jugement fut rendu le 1er juin 1953 et confirmé par la cour d'appel le 4 mai 1954. Et voici deux attendus du jugement :

« Attendu que divers témoins entendus au sujet de l'activité politique de Salacrou à la Libération où il faisait partie du Comité national des Écrivains, attestent que non seulement Salacrou n'a jamais manifesté l'intention de faire fusiller ou même épurer Anouilh, mais au contraire qu'il est intervenu en faveur de diverses personnalités du monde des Lettres ou du Théâtre...

« Attendu que pas davantage on ne peut considérer ***comme le prétendent les prévenus*** que cette allégation particulièrement grave est ***purement humoristique*** et n'outrepasse pas les bornes de la polémique politique ou littéraire... »

Vous avez bien lu ? Purement humoristique ! Et pendant des années de pauvres types furent convaincus que j'avais voulu faire fusiller un confrère !

D'abord, l'eussé-je voulu que je n'en avais pas les

moyens. Cette première remarque devrait clore l'affaire. Mais cette affaire me dépasse. Elle montre le mécanisme des réussites si rapides de la médisance. Quand, sans preuves, sur des papotages qui se répètent, des êtres sont si facilement convaincus d'une ignominie, c'est qu'ils sont eux-mêmes ignominieux. Leur « c'est évident » qui les fait glisser du « vraisemblable » à « leur vérité » prend naissance dans leur bassesse, et n'a d'autre sens plus ou moins conscient que celui-ci : « A sa place c'est ce que j'aurais fait ! » Ils projettent, dans l'histoire d'un autre, leur propre ordure. Quand sans preuves, on accuse, c'est soi-même que l'on découvre. Sans le savoir, on se met à la place de celui qu'on imagine, et ainsi le « vraisemblable » devient une vérité du monde sale dans lequel vivent ces âmes basses.

Et lorsqu'on peut, comme le fit ce procès, remonter à la source de ces infamies, que disent ces salauds ?

« C'était pour rire ! »

Depuis, j'ai été pendant douze ans président de la Société des Auteurs, dont je suis maintenant le président d'honneur. Je doute que mes confrères, qui me connaissent, m'eussent accordé leur affectueuse confiance si j'avais été un « fusilleur ». Cette Société des Auteurs qui fut fondée par Beaumarchais dont le génie n'est pas encore parvenu à nous débarrasser de la calomnie.

« La calomnie, monsieur !... » Relisez la tirade de Basile, acte II, scène VIII...

ŒUVRES D'ARMAND SALACROU

nrf

THÉÂTRE

I. LE CASSEUR D'ASSIETTES. — TOUR A TERRE. — LE PONT DE L'EUROPE. — PATCHOULI.

II. ATLAS-HÔTEL. — LES FRÉNÉTIQUES. — LA VIE EN ROSE. Note sur le théâtre.

III. UNE FEMME LIBRE. — L'INCONNUE D'ARRAS. — UN HOMME COMME LES AUTRES.

IV. LA TERRE EST RONDE. — HISTOIRE DE RIRE. — LA MARGUERITE.

V. LES FIANCÉS DU HAVRE. — LE SOLDAT ET LA SORCIÈRE. — LES NUITS DE LA COLÈRE.

VI. L'ARCHIPEL LENOIR. Note sur la vie et la mort de Charles Dullin. — POOF. Note sur mes certitudes et incertitudes morales et politiques. — DIEU LE SAVAIT.

VII. POURQUOI PAS MOI ? — SENS INTERDIT. — LES INVITÉS DU BON DIEU. — LE MIROIR.

VIII. UNE FEMME TROP HONNÊTE. — BOULEVARD DURAND. — COMME LES CHARDONS...

Collection « *Le Manteau d'Arlequin* ».

UNE FEMME TROP HONNÊTE.
IMPROMPTU DÉLIBÉRÉ. Entretiens avec Paul-Louis Mignon.
LA RUE NOIRE, pièce en deux parties.
LE THÉÂTRE DE SALACROU, par Fiorenza di Franco.

Collection « *La Bibliothèque idéale* ».

SALACROU, par *Paul-Louis Mignon.*

Chez Fayard
Collection « *Le Grenier des Goncourt* ».

LES IDÉES DE LA NUIT.

Collection « *Folio* »

BOULEVARD DURAND (n° 779).
UNE FEMME TROP HONNÊTE OU TOUT EST DANS LA FAÇON DE LE DIRE (n° 647).
LES FIANCÉS DU HAVRE (n° 950).
HISTOIRE DE RIRE (n° 322).
UN HOMME COMME LES AUTRES (n° 523).
L'INCONNUE D'ARRAS (n° 384).
LES INVITÉS DU BON DIEU (n° 1068).
LES NUITS DE LA COLÈRE suivi de POOF (n° 93).
LA TERRE EST RONDE (n° 497).

Pour les représentations en France et à l'étranger, s'adresser à la Société des Auteurs, 11, rue Ballu, Paris-IXe

Cet ouvrage
a été achevé d'imprimer par
l'imprimerie Bussière à Saint-Amand (Cher)
le 13 janvier 1982.
Dépôt légal : janvier 1982.
Imprimé en France (1978).

29237